위험한 줄 알면서도

2

지은이 | 언정이
펴낸이 | 권순남
펴낸곳 | 마롱
디자인 | 최미선
편　집 | 안효진
마케팅 | 이민영

1판1쇄 인쇄일 | 2023년 10월 17일
1판1쇄 발행일 | 2023년 10월 30일

등록일자 | 2008년 1월 7일
등록번호 | 제310-2008-00001호

주소 | 서울시 노원구 상계 1동 1049-25 신영산업 BD 602호
대표전화 | 02-2091-0291
팩스 | 02-2091-0290
이메일 | marubooks@mayabooks.co.kr

979-11-368-3193-4 (04810)
979-11-368-3191-0 (set)

값 9,000원

* 저자와 협의하여 인지를 붙이지 않습니다.
* 잘못된 책은 교환하여 드립니다.

차 례

*

제10장 가까워진 듯 멀어지는 사람 / 7

제11장 비밀 연애 / 50

제12장 지독한 불안 / 89

제13장 나는 당신을 사랑하지 않는다 / 127

제14장 불완전한 마침표 / 161

제15장 한겨울의 복숭아 / 204

제16장 꺾이지 않는 마음 / 242

제17장 끝나지 않은 이야기(외전) / 279

제10장
가까워진 듯 멀어지는 사람

회의실에는 아무 소리도 들리지 않았다.
"신선한 아이디어 없어?"
침묵을 뚫고 김 팀장이 팀원들을 재촉했다. 신제품 홍보 아이디어를 내 보라는 것까지는 좋았다. 문제는 비용이 거의 들지 않는 선에서 진행해야 한다는 거였다.
그렇게 가성비 넘치는 방법이 있었다면 다들 진즉에 그 방법을 썼을 거다.
"젊은 사람들이 머리를 써야지. 다들 싱싱하잖아."
김 팀장의 채근에도 여울은 머리를 굴려 대지 못했다.
솔직히 말하자면 그의 목소리가 귀에 들리지도 않았다. 태형에게 무슨 선물을 할까. 그 생각만 머릿속에 가득했기 때문이다.

지금부터 생각해도 시간이 빠듯했다.

향수?

이미 쓰고 있는 향이 따로 있을 것 같았다. 지갑이나 시계는 태형의 수준을 맞추는 것이 쉽지 않을 것 같고…….

옷이나 넥타이도 생각해 봤지만 취향을 많이 탈 것 같아 고민이 됐다.

"민아 씨 뭐 없어? 우리 중에 가장 젊잖아."

"어……"

"주 대리는?"

여울은 김 팀장이 자신을 부르는지도 모르고 수첩만 노려보고 있었다.

"주 대리는 집 다녀오더니 마음이 콩밭에 가 있네. 아주 그냥 정신을 놨는데?"

김 팀장의 빈정거림조차 듣지 못할 정도였다.

"주 대리… 아아악! 차 과장, 그거 내 다리야."

비명과 함께 터진 짜증에 뒤늦게 정신이 돌아왔다.

"죄송합니다, 팀장님!!"

차 과장의 얼굴이 울상으로 변했다. 김 팀장의 레이더에 들어갔으니 그럴 만도 했다. 당장에 머리라도 박고 석고대죄라도 할 태세였다.

수첩에 열심히 '일요일'만 끄적이고 있던 여울의 눈동자가 분주하게 돌아갔다.

분위기가 살벌한 것을 보니 무슨 말이든 던져야 할 것 같았다.
"직장인 너투버분들하고 협업하거나 협찬을 하는 건 어떨까요?"
다급하게 던진 말에 김 팀장의 귀가 쫑긋했다.
"노골적으로 노출을 시키는 것보다는 브이로그 같은 콘텐츠에 자연스럽게 녹이는 게 좋지 않을까 해서요."
마치 미리 준비한 듯 말이 술술 터져 나왔다. 지루하게 이어지고 있는 회의를 어떻게든 끝내고 말겠다는 마음이 빚어낸 결과물이었다.
제 의견이 나쁘지 않았는지 김 팀장이 연신 고개를 끄덕였다.
"괜찮네."
회의실의 탈출을 알리는 소리였다.
"주 대리가 구체적으로 기획 한번 짜 와 봐."
일거리 하나가 더 늘어났다는 얘기기도 하고.
이만 회의를 종료하자며 김 팀장이 홀가분하게 자리에서 일어났다. 차 과장이 곧장 그의 뒤를 따라 나갔는데 여울만 자리를 지키고 앉아 있었다.
일요일, 일요일, 일요일······.
아직도 결론을 내지 못한 탓이다.
볼펜을 굴리면서 생각에 잠겨 있던 여울의 머릿속에 불현듯 도현의 말이 떠올랐다.

'본부장님이 추운 걸 워낙 싫어하셔서.'

 선물할 만한 것이 떠오르자 여울의 입가에 미소가 번졌다. 삽시간에 머리가 맑아지는 기분이었다.
 덩달아 선물을 준비할 시간을 따지며 마음도 급해졌다.

※

 일요일 아침.
 여울은 잠을 줄여 가며 팥이 들어간 손난로를 완성했다.
 바느질을 잘하지 못해 몇 번이나 바늘에 손을 찔렸는지 몰랐다. 골무가 있어도 소용이 없었다.
 손난로 만들 천을 구한다고, 바느질 선이 예쁘지 않아서, 난데없이 야근이 생겨서……. 여러 문제가 있었지만 시간 내에 완성했다는 것만으로도 뿌듯했다.
 손난로를 예쁘게 포장하고는 일찍이 약속 장소로 나갔다.
 미리 준비한 케이크를 찾고는 역 앞에 섰다.

[저 1번 출구에서 기다리고 있을게요. 오면 전화 주세요.]

 태형에게서는 아무런 대답이 없었다.
 메시지를 읽지도 않는다.

그럼에도 불구하고 태형이 오지 않을 거라는 생각은 하지 않았다. 운전을 하느라 메시지를 보지 못했거나 잠깐 일이 있겠거니 생각했다.

자신과의 약속을 잊었을 리 없다.

그렇게 약속 시간까지 10분.

여전히 태형에게서는 아무런 연락이 없었다. '읽지 않음'이라는 글자가 야속했다.

'무슨 일 생긴 건 아니겠지.'

걱정이 슬며시 고개를 내밀었다.

핸드폰을 잃어버렸나? 설마 차 끌고 오다가 사고라도 난 건 아니겠지?

나쁜 생각이 꼬리에 꼬리를 물고 이어졌다. 아무 생각을 하지 않으려 해도 쉽지 않았다.

[천천히 조심해서 오세요^^]

설마 진동을 느끼지 못했나 싶어 문자 메시지를 한 통 더 보냈다.

역시나 읽지 않음.

약속 시간마저 속절없이 지나고 있었다. 더는 가만히 있을 수가 없었다. 곧장 태형에게 전화를 걸었다.

-고객님이 전화를 받지 않아 소리샘으로 연결됩니다. 삐 소

리 이후에는 통화료가 부과됩니다.

그런데 수화기 너머로 태형의 목소리는 들리지 않았다. 입술을 잘근 깨물며 도로 쪽으로 고개를 내밀었다.

태형의 차가 보이지 않았다.

이곳까지 오는 내내 느꼈던 설렘은 흔적도 없이 사라졌다. 그저 애만 탔다.

뽑아도 뽑아도 자라나는 잡초처럼 나쁜 생각들이 머릿속을 우악스럽게 삼켜 버린 탓이다.

조금만 더 기다려 보자.

금방 올 거야. 오겠지. 온다고 했으니까…….

스스로에게 주문을 거는 것도 오래 가지 못했다.

발을 동동 구르고 있는 사이. 하늘에서 눈이 내렸다.

"하아…….."

고개를 든 여울의 입술 사이로 입김이 번졌다.

"눈이다!"

"너무 예쁘다."

곳곳에서 함박웃음이 터졌다. 행복한 사람들 틈에서 여울만 웃을 수 없었다.

눈을 피해서 자리라도 벗어날까 생각했으나 이내 접었다. 자칫 잘못하다가 태형과 길이라도 엇갈리면 큰일이니까.

태형이 올 거라는 믿음 하나로 하염없이 기다렸다.

한 시간이 지나고 두 시간이 지날 때까지.

이쯤이면 태형이 오지 않을 거라는 걸 인정해야만 했다. 그런데도 발이 떨어지지 않았다. 조금만 더 기다리면 태형이 어디선가 나타날 것 같았기 때문이다.

그게 헛된 희망이래도 어쩔 수가 없었다.

태형이 오지 않는다고 하면 정말 슬퍼질 것 같으니까.

여울은 입김을 불면서 얼어붙은 손을 녹였다. 그러나 금세 칼바람이 불어와 온몸을 차갑게 만들었다.

결국 한참을 기다리다가 도현에게 전화를 걸었다. 그러면 태형에 대해 모르는 게 없을 것 같았다.

신호음이 몇 번 가지 않았는데 도현이 바로 전화를 받았다.

-주 대리님?

"주말에 갑자기 전화해서 죄송해요."

-마침 심심하던 참이라 반가운데요. 근데 무슨 일 있으세요?

"다른 건 아니고……."

민망한 마음에 잠시 머뭇거렸다.

-본부장님 일이에요?

도현이 먼저 그의 얘기를 꺼내 준 게 고마웠다.

"그게……. 오늘 만나 뵙기로 했는데 연락이 없으셔서요. 혹시나 무슨 일 있는 건 아닌지 걱정돼서."

-제가 바로 연락해 볼게요.

"매번 신세만 지네요."

-밖에 계신 건 아니죠? 우선 따뜻한 곳에서 몸 녹이고 계시

면 바로 연락드릴게요.

"감사합니다."

핸드폰을 붙들고 선 채 도현의 전화를 기다렸다.

태형에게 아무 일이 없기만을 바랐다.

추워서 이가 딱딱 부딪히는 건지, 긴장을 해선지 모르겠다.

그때 조용하던 핸드폰이 울렸다.

그토록 기다리던 태형의 문자 메시지였다. 내용을 확인한 여울의 입에서 탄식이 터져 나왔다.

"아……."

[무슨 일 있는 거 아니죠?]
[없어요.]

답장이라고는 그게 전부였다.

어째서 약속 장소에 나오지 않는지 설명도 하지 않았다. 설명할 필요가 없다고 생각했는지도 몰랐다.

그럼에도 불구하고 제가 다 괜찮다고 할 테니까?

여울은 뭐라고 답장을 보내야 할지 몰랐다. 머릿속이 새하얗게 변해 아무 생각도 들지 않았다.

[나 기다리지 말고 들어가요.]

태형에게서 문자 메시지가 더 날아왔는데 역시나 거기에도 사과나 상황 설명은 들어 있지 않았다.

순간 태형이 무사하다면 괜찮을 거라던 마음이 자취를 감춰 버렸다. 미안하다는 한마디만 해 줬더라면 이렇게 화가 나지는 않았을 거다.

'당신도 당해 봐요.'

유치한 복수라도 하듯 태형에게 답장을 보내지 않았다.

여울은 핸드폰을 주머니 깊숙이 쑤셔 넣고는 케이크를 내려다봤다.

애써 준비한 선물이 쓸모없게 돼 버렸다.

깊은 한숨이 여울의 입을 비집고 쏟아졌다.

이 순간에도 태형을 어떻게든 이해하려고 하는 제가 싫었다. 하지만 머리와 마음은 따로 놀아서 도통 제어가 되지 않았다.

누구를 좋아한다는 건 이렇게 힘든 일일까.

제 마음이 부서지더라도 견뎌야 할 만큼?

"주 대리님!"

맥없이 제자리에 서 있는데 저를 부르는 소리가 들렸다.

그게 꼭 태형의 목소리처럼 들렸다.

"아직 있으셨네요."

태형이 아니라는 걸 알면서도 그렇게 믿고 싶었던 것 같다.

하지만 현실을 알려 주듯 자신의 앞에는 도현이 서 있었다. 얼마나 달려왔는지 도현의 이마에는 땀이 송골송골 맺혀 있다. 불안정한 호흡을 고르는 그의 입꼬리가 호선을 그리며 휘어졌다.

"제가 좀 늦었죠?"

도현의 목소리가 괜찮냐면서 저를 다독이는 듯했다.

∗

여울은 카페 창가에 자리를 잡고 앉았다.

시야가 제대로 보이지 않을 정도로 눈발이 짙게 날리고 있었다. 눈이 금방 그치지는 않을 것 같았다.

자리에 앉아 몸을 녹이며 진동 벨만 만지작거렸다.

얼른 따뜻한 음료를 마시고 싶기도 했고 왠지 모르게 가만히 있기가 어색했다. 그 마음을 알기라도 하듯 진동 벨이 요란하게 울렸다.

"제가 다녀올게요."

"앉아 계세요. 계속 밖에 계셔서 추울 텐데."

"괜찮,"

도현의 고집을 꺾지 못했다.

제 손에 있던 진동 벨을 가져간 도현이 빠른 걸음으로 픽업대까지 도달했다. 주문한 음료를 들고 오는 도현을 보면서 자연스럽게 자리에서 일어났다.

"편하게 계세요."

빙긋이 웃는 도현의 말에 따라 자리에 앉았다.

따뜻한 차를 한 모금 마시자 차가운 기운이 단번에 달아나는 느낌이 들었다. 마른 목을 축이고는 잔을 내려놓는데 혹시 태형이 그를 보냈나 싶었다.

지난번에 호텔에서도 태형의 부름을 받고 나타나지 않았나.

"여기는 어떻게 오셨어요?"

여울의 목소리에는 기대가 묻어 있었다.

"본부장님이 말씀해 주셨어요. 여기서 기다리신다고."

역시 제가 걱정됐던 게 분명했다.

도현의 말을 멋대로 해석하고는 안도의 숨을 쏟아 냈다.

"본부장님은 나쁜 일이 있거나 하신 건 아니죠?"

"네."

"일이 많이 급하신 거예요?"

"일… 아, 네."

도현의 대답이 한 박자 늦었다. 마치 거짓말이라도 하는 것처럼 들렸는데 여울은 불안한 느낌을 외면하려 애썼다.

모르는 것이 때로는 약일 수도 있으니까.

여울이 레몬차를 늘이켰다. 눅진하게 젖은 공기가 그녀의 코끝을 적셨다.

일렁이는 마음을 다독이면서 조심스럽게 잔을 내려놨다.

"오늘 혹시 본부장님 만나세요?"

"그건 왜요?"

"생일 선물을 준비했는데 전해 드리지 못해서요. 혹시 만난다고 하시면 대신 전해 주실 수 있나 해서. 비서님 바쁘시면 제가 드려도 되니까 마음 쓰지 않으셔도 돼요."

"전해 드릴게요."

"정말요?"

"어차피 밤에 뵐 거라서."

도현의 말에 절로 미소가 번졌다.

생일에 선물을 줄 수 있는 것만으로도 다행이다 싶었다.

"비서님한테는 매번 부탁만 드리네요."

"어려운 일도 아닌걸요."

다시 한번 고맙다는 말을 하면서 여울은 예쁘게 포장한 박스를 도현의 앞에 내밀었다. 레터링이 들어간 케이크도 함께.

"저녁은 드셨어요?"

"아직요."

"저하고 같이 드실래요? 근처에 맛있는 우동집 있는데 혼자 먹기 싫어서요."

"좋아요."

태형에게 아무 일이 없다는 것만으로도 한결 마음이 편안해져 무엇이든지 입에 넣을 수 있을 것 같았다.

*

우동집에는 사람들이 바글거렸다.

하긴 추운 날씨에 따끈한 국물만큼 좋은 것도 없기는 했다.

여울도 자리에 앉자마자 우동 한 그릇을 순식간에 비웠다.

시원한 국물을 보고 있자니 가슴을 졸이던 시간이 아득하게 느껴질 정도였다.

"와아- 진짜 맛있어요."

갑갑했던 속이 뻥 뚫리는 것 같아 감탄이 쉼 없이 터졌다.

"잘 드시는 거 보니까 뿌듯하네요."

도현의 입가에 만족스러운 미소가 번졌다.

여울은 천천히 먹으라면서 새우튀김이 든 그릇을 그의 앞에 밀어 주었다.

"주 대리님 드세요."

"아니에요. 제가 여기 있던 거 다 먹은걸요."

"잘 먹는 사람이 먹으면 좋잖아요. 저는 튀김 말고 유부초밥 먹을게요."

도현이 제가 남긴 유부초밥을 집어 들었다.

"그거 제가 남긴 건데······."

"괜찮아요."

그가 곧장 유부초밥을 먹어 치웠다. 그 바람에 튀김은 제게 돌아왔다.

고소한 튀김을 집어 들었다.

시간이 조금 지났는데도 여전히 바삭했다. 잇새로 느껴지는 통통한 새우의 식감도 좋았다. 마지막 튀김까지 말끔히 없애자

식탁에는 빈 그릇만 남았다.

배가 얼마나 부르던지 자리에서 일어나는 것조차 쉽지 않았다.

"여기는 제가 계산할게요."

"다음에요."

"비서님한테 차도 얻어 마셨고,"

"제가 추천한 집이니까 제가 낼게요. 대신에 다음에 대리님이 맛있는 거 사 주세요."

카운터에서 서로 계산을 하겠다고 투닥거리다가 백기를 들었다.

"남자 친구분 걸로 할게요."

홀 서빙에 바빴는지 사장이 도현의 카드를 긁어 버렸기 때문이다.

생각지도 못한 오해에 여울이 서둘러 사과했다. 도현은 기분 나쁘지 않았다면서 도리어 저를 달랬다.

식당을 나온 두 사람이 거리를 걸었다.

"쇼핑몰이라도 들어갈까요?"

"사실 거 있으세요?"

"걷기에는 추운 것 같아서요."

그의 말대로 하는 것도 나쁘지 않을 것 같았다.

밥을 먹었다고 바로 헤어지기도 뭣했고 쇼핑몰을 돌다 보면 소화도 될 테니까.

가볍게 한두 바퀴만 돌고 헤어질 마음이었다.

그때 어디선가 탕-

시원하게 공을 치는 소리가 들렸다. 소리가 나는 쪽으로 고개를 돌리자 야구 연습장이 보였다.

초록색 그물망이 너덜너덜하게 걸려 있는 낡은 연습장이었는데 사람들이 제법 많았다. 공이 배트에 맞는 소리가 시원했기 때문이었는지도 모르겠다.

"야구 할 줄 아세요?"

"조금요. 몇 번 해 봤어요."

"해 보실래요?"

"네?"

"스트레스 풀기 좋을 것 같아서요."

도현은 어서 올라가자며 고개를 까딱거렸다.

그의 고갯짓에 뒤채여 어느새 연습장으로 들어섰다. 여울은 능숙하게 장갑을 끼고는 작은 박스에 동전을 넣었다.

배트까지 잡기는 했는데 오랜만이라 조금 자신이 없었다.

그래도 이왕 이곳까지 들어왔는데 포기를 외치기 싫었다.

"조심해요."

도현의 말이 끝나기 무섭게 맞은편에서 공이 날아왔다.

"아!"

첫 번째 공은 맞히지도 못했다.

여울은 두 다리에 힘을 주고는 자세를 가다듬었다. 다음 공이 곧바로 날아올 거다. 배트에 힘을 주고 힘껏 휘둘렀지만 헛스윙이었다.

두 번이나 실패로 끝나니 오기가 생겼다. 어떻게든 야구공을 맞히고 말리라.

하지만 그다음도 헛방망이질.

집중해야만 했다.

그러지 않으면 바로 또 공을 놓쳐 버리고 말 테니까.

바로 다음 공이 날아온 순간. 뭔가 느낌이 달랐다.

탕!

시원한 소리와 함께 야구공이 포물선을 그리며 멀리 날아갔다.

"맞았어요!"

여울이 잔뜩 흥분해서는 뒤에 서 있는 도현을 보고 소리쳤다. 그는 미소로 잘했다는 말을 대신했다.

드디어 몸이 풀렸는지 공이 시원하게 맞아 들어갔다.

"하아."

게임이 끝나자 거친 숨소리가 몰아쳤다.

장갑을 벗고 타석을 나오는 여울의 몸이 후끈거렸다.

"비서님도 해 보실래요?"

"저는 구경하는 걸로 충분히 마음 뚫렸어요."

한바탕 배팅 연습을 하고는 실내로 들어왔다.

여울은 자리를 잡고 앉아 물을 마셨다. 시원한 물이 들어가자

거칠었던 호흡이 조금씩 제자리를 찾아가는 듯했다.

"대리님한테 한번 배워야겠어요. 제가 사실 야구는 잘 못하거든요."

"잘하실 것 같은데."

"운동 재능은 저보다는 본부장님이 있죠."

"절대 안 져 주시죠?"

"어떻게든 본인이 이겨야 하는 분이라."

"왠지 그럴 것 같았어요. 그래도 친구한테 한 번 져 주지."

태형은 자신과 맞붙어도 똑같을 것 같았다.

어쩌면 자신을 둘러싸고 있는 모든 것에 군림하고 있어야 마음이 편한 건지도.

"야구에는 영 취미를 못 붙였는데. 대리님 하는 거 보니까 다시 해 보고 싶네요."

"저도 잘 모르기는 한데……. 음, 그래도 괜찮으시면 다음에 가르쳐 드릴게요."

"매일 가르쳐 달라고 조를 것 같은데."

"매일 가르쳐 드리죠, 뭐."

전혀 걱정할 것 없다면서 도현을 응원했다. 그러다가 벽에 걸린 시계를 봤는데 시간이 꽤 흘러 있었다. 시간이 이렇게 지났을지 꿈에도 몰랐다.

이렇게 도현을 붙잡아 뒀다가는 자정을 넘어서야 태형에게 선물이 도착할 거다.

"저희 이만 갈까요?"

"조금만 더 쉬다가요."

"본부장님 만나신다고 하셨던 것 같은데 안 늦을까요?"

"괜찮아요."

"몇 시에 보기로 하셨는데요? 집에서 보시는 거예요?"

궁금한 것이 많아선지 질문이 끝없이 쏟아졌다. 그런데도 도현은 아무 말이 없었다.

뭔가 알 수 없는 생각에 깊이 잠긴 듯했다.

"곽 비서님."

무슨 생각을 하길래 대답도 없는 걸까.

"비서님?"

다시 한번 그를 불렀다.

그러자 이번에는 조금 반응이 있었다. 도현이 고개를 돌려 저를 봤으니까.

"대리님."

"네?"

"저희 친구 할래요?"

"비서님하고 저하고요?"

질문에 담긴 의미가 단박에 파악되지 않아 절로 고개가 갸울어졌다. 그냥 서로 친구처럼 편하게 지내자는 의미일까.

"네."

"갑자기 친구는 왜요?"

"특별한 건 없고 그냥, 대리님하고 친구하고 싶어서요."

어려울 것도 없는 일이었다.

그런데도 선뜻 알겠다는 대답이 나오지 않았다. 이대로 도현과 친구를 해도 태형이 괜찮아할까 싶었기 때문이다.

이 와중에도 태형을 생각하다니. 제가 완전히 돌아 버리기는 했나 보다.

"저는……."

여울은 바로 말을 잇지 못하고 머뭇거렸다.

"너무 갑작스러웠죠?"

자신의 대답을 듣기도 전에 도현이 말허리를 잘랐다.

"다음에 대답해 주세요."

아무 일도 아니라는 듯 도현이 빙긋이 웃어 보였다.

혹시 자신이 거절을 날릴 줄 예감하고 있었던 걸까.

그건 아니겠지.

"네, 그럴게요."

어쨌든 간에 괜히 거절을 해서 분위기가 어색하게 변하지는 않았으니 나행이리 여기기로 했다. 이대로 친구를 하자는 말을 어영부영 넘길 수도 있었고.

두 사람이 나란히 야구 연습장을 나왔다.

조용히 흩날리는 흰 눈이 거리를 온통 새하얗게 물들이고 있었다.

*

　호텔 바에 앉은 태형도 창밖에 내리는 눈을 보고 있었다.
　눈이 참 끝없이도 내린다.
　태형은 창밖에 시선을 고정한 채 온 더 락 글라스를 돌렸다. 유리잔 안에 든 얼음이 달그락거리며 위스키 속을 굴러다녔다.

'주 대리님이 너 기다린다는데 어디 있어?'
'주여울이 너한테 전화했어?'
'너 걱정돼서 전화했대. 만나기로 했다며.'
'그렇게 걱정되면 네가 가든지.'

　도현은 주저하지 않고 여울에게 달려갔을 게 분명했다. 불쌍한 건 죽어도 못 견디는 녀석이니까.
　그런데 이번에는 정도가 좀 지나쳤다.
　여울이 어디에서 무엇을 하든지 무슨 상관인데? 득달같이 제게 전화를 거는 것도 거슬렸다. 다른 마음이라도 먹은 건가.
　짜증스러운 마음을 누르며 위스키를 들이켰다.
　주여울은 지금쯤 집이려나. 눈도 많이 오니까 서둘러 돌아갔겠지. 바보처럼 저를 기다리고 있을 리 없다.
　그렇게 여울을 떠올리는데 핸드폰이 울렸다.

[생일 축하해요.]

주여울이다.

자신의 문자 메시지를 확인하고서도 아무 말이 없다가 자정을 10분 남기고 생일 축하 메시지를 날렸다.

무슨 생각인지 도통 알 수가 없었다.

화가 났다가 풀린 건가. 자신의 존재를 잊지 말라고 확인이라도 시켜 주는 걸까.

태형은 미간을 구긴 채로 핸드폰을 내려놨다. 독한 술을 끝없이 들이붓는데 좀처럼 마음이 풀리지 않았다.

오히려 속이 부글부글 끓어오른다.

"축하할 게 뭐가 있다고."

퉁명스러운 목소리가 터져 나왔다.

처음에는 여울과의 약속을 지킬 생각이었다. 그런데 석윤의 전화를 받고 심사가 뒤틀려 꼼짝할 수 없었다.

'형, 신형 사전 예약 말고 가지고 있는 거 없어? 나도 하나 주면 안 돼? 애새끼들이 그거 하나 없냐고 지랄하잖아. 어엉?'

'기다렸다가 사.'

'그때 그 여자는 주더니. 도현이 형하고 썸 타는 년은 챙겨 줬으면서.'

'뭐라고 했냐.'

'아니, 저번에 행사 때 보니까 서로 쪽지 주고받고, 좋아서 웃고 난

리던데.'

'뭘 줘?'

'자세히는 나야 모르지!!'

석윤의 말에 회식을 했던 때가 떠올랐다.

그러고 보니 그때도 여울의 근처에 도현이 있었다. 애초에 회식 자리에는 같이 앉아 있지도 않았던 녀석이.

도현이 회식을 하러 가겠다고 했을 때도 이상하다고 생각하지 못했다.

여울에게 온 신경을 집중하고 있던 탓이었다.

김 팀장의 시끄러운 아부에 원체 정신이 없기도 했고.

속에서부터 들끓는 짜증스러움을 견디지 못하고 도현의 집을 찾아갔다. 아무도 없는 집에 앉아 있는데 볼펜 한 자루가 눈에 들어왔다.

미신수.

글자가 또렷이 박혀 있는 볼펜이었다.

항상 똑같은 볼펜을 쓰던 도현이었기 때문에 볼펜을 발견하자마자 뭔가 잘못됐다는 걸 느꼈다.

'이거는 별거 아니지만 선물이에요.'

동시에 해사한 얼굴로 자신에게 볼펜을 건네던 여울이 생각났다.

자부심 가득한 눈빛, 싱그러운 웃음, 조근조근하던 말투.

도현의 앞에서도 똑같이 그랬을까.

"시발, 개같이."

순간적으로 화가 치밀었다.

도현을 보고 환하게 웃었을 여울을 생각하는 것만으로도 배알이 꼴렸다.

태형은 이를 악문 채로 그의 집을 나섰다. 뒤늦게 집에 돌아온 도현이 저를 불러도 뒤돌아보지 않았다. 주먹이라도 날릴 것 같았기 때문이다.

그랬다고 기분이 풀리지는 않았을 거다.

도리어 자신의 꼴만 우스워졌겠지.

여울에게 서로 얽매이지 말자 제안한 건 자신이 아니던가.

이건 절대 질투가 아니었다.

자신이 질투를 느낄 리가 없었다. 발에 채일 듯 평범한 여자라 뭐라고.

"후……."

태형은 술로 입을 적셨다.

연거푸 술잔을 비웠는데도 취기가 돌지 않았다. 술을 마실수록 정신이 맑아지는 기분마저 들었다.

여자가 필요한 걸까.

그럴지도 몰랐다.

아무나 불러서 놀다 보면 주여울에 대한 생각은 말끔하게 머리에서 사라질지도 몰랐다.

"위스키 맛있어요?"

그런 마음을 알기라도 하듯 옆에 앉아 있던 여자가 말을 걸어왔다.

"마셔 볼래요?"

"엄청 독할 것 같은데."

"입만 적셔 봐도 되고."

여자의 쪽으로 술잔을 기울였다.

웃길 만한 짓을 하지도 않았는데 여자는 뭐가 그리도 즐거운지 두 손으로 입을 가리며 웃었다. 그 소리에도 마음이 들뜨지 않았다.

"옆에 앉아도 돼요?"

"마음대로."

여자가 클러치 백을 들고는 일어나더니 곧장 자신의 옆자리에 앉았다. 그녀가 자리를 옮기기 무섭게 향수 냄새가 들끓었다.

여울에게서 번져 나오던 은은한 비누 향과는 전혀 달랐다. 얼굴을 푹- 묻고 싶을 만큼 다디단 향이었는데.

매혹적이게 다가오는 여자의 몸짓에도 몸이 달지 않았다.

하룻밤을 보내고 싶은 마음조차 들지 않는다. 그저 자신의 옆자리를 원래대로 비워 두고 싶다는 생각만 강해졌다.

"쓥, 음."

잔을 비운 여자가 두 눈을 찡긋거리면서 온몸으로 쓴맛을 표출했다.

"벌써 취하는 것 같아요."

"그럴 리가 없는데."

"제가 술이 좀 약하거든요. 근데 혹시 여기서 묵어요?"

"그렇다면?"

"저도 여기서 묵는데 방이 넓거든요. 괜찮으면 같이 내려갈래요?"

"질펀하게 놀자?"

여자가 바로 고개를 끄덕거린다.

심지어는 카드 키까지 꺼내 놓는데 나쁠 것이 없는 제안이었다.

'같이 있고 싶어졌어요.'

여울의 목소리가 귓가를 맴돌지 않았더라면 여자와 주저 없이 객실로 내려갔을 거다.

"나 팔 아픈데."

"사양할게요."

"뭐라고요?"

"그쪽한테 꼴리지가 않아서."

자존심이라도 상한 듯 여자의 얼굴이 붉어졌다.

그런데 어쩔 수가 있나. 여자의 행동이나 말이 모조리 따분해 죽겠는데.

"남은 위스키 이쪽에 드려요."

태형은 여자의 테이블을 탁탁 두드리고는 자리에서 일어났다. 뒤에서 뭐라고 욕을 날렸지만 관심도 없었다.

집으로 돌아가고 싶을 뿐.

로비에서 택시나 불러 달라고 해야 할 것 같았다. 지루한 얼굴로 바를 나서던 태형의 걸음이 멈췄다.

꼴도 보기 싫은 도현이 앞을 가로막았다.

"집에 가려고?"

"왜 왔어?"

"이거 주려고."

도현이 난데없이 쇼핑백을 내밀었다.

이건 또 무슨 쇼야?

"주 대리님이 준비한 선물이래. 너 꼭 전해 달라고 하더라. 케이크는 집에 뒀으니까 가서 먹어."

"네가 그 여자 비서야?"

"강태형."

"왜 주여울 심부름이나 하고 앉아 있는데? 이거 주면 너한테 뭐라도 해 주겠대?"

"그런 게 아니라."
"아니면 내가 먹은 거 뺏어서 먹고 싶어졌어?"

도현의 속을 날카롭게 긁었다. 기왕이면 자신처럼 속이 비틀려 버리면 좋겠다.

"거기까지만 해."

도현이 더는 참지 못하겠다는 듯 제 멱살을 움켜잡았다.

열이 받기는 했나 보다. 손아귀에서 느껴지는 힘부터가 다르다.

"한 대 치겠네."
"그러고 싶은 거 참고 있어."

도현이 이를 악물고 대답했다. 자신의 뺨을 대번에 후려치지 못하는 건 보는 눈이 많았기 때문일 거다.

아무도 없었다면 분명 제게 주먹을 날렸을 거다. 그에게서 퍼져 나오는 살기가 대단하지 않나.

"그 여자 좋아해?"

도현의 손을 뿌리치며 물었다.

"네가 이 지랄 하는 게 그 여자 때문이냐고."
"그러면, 주 대리님 놔줄 거냐."

거지 같은 대답이다.

결국 좋아한다는 거구나, 네가?

"그렇게 친한 것 같은데 나하고 만나기로 했다는 소리는 못 들었나 보네?"

33

"네가 주 대리님을 만난다고?"

"주여울이 그러고 싶다던데. 꼭 사귀는 게 아니어도 자기는 괜찮다고."

"그게 진심이라고 생각해?"

"진심이 아니기를 바라는 거 아니고?"

"지금 당장 네가 좋아서 받아들였을 수도 있고,"

"나하고 잤던 게 좋았을 수도 있고."

마음이 비틀리다 못해 무너졌다. 그러니 이성을 잃고 제멋대로 유치한 말을 지껄이고 있는 거겠지.

"강태형!!"

"그러니까 주여울 좋아하는 거면 그쪽 꼬셔 봐. 나 그만 좋아하라고. 근데 그 여자한테 통할지 모르겠네."

어디 한번 잘해 보라는 듯 도현의 어깨를 두드렸다.

그러고는 그의 손에 있던 쇼핑백을 가져갔다. 여울과 관련된 거라면 단 하나도 도현의 손에 남기고 싶지 않았다.

바를 나가 엘리베이터에 올라탄 태형의 얼굴에서 미소가 사라졌다.

여울이 도현을 만났다는 것만으로도 심사가 뒤틀려 미칠 것 같았다.

'태형, 아······.'

쇼핑백을 쥐고 있는 태형의 손에 바투 힘이 들어갔다.

그녀가 다른 곳에 한눈파는 꼴을 보고 싶지 않았다. 오직 제 이름을 불러 주기만을 바랐다.

그 목소리를 삼킬 수 있는 건 자신뿐이다. 제 관심이 꺼질 때까지 그래야만 했다.

아직도 나는 당신이 아주 재밌어 미치겠으니까.

*

집으로 돌아온 태형은 소파에 앉아 있었다. 외투를 벗지도 않은 채였다.

소파 테이블에 놓아둔 쇼핑백을 가만히 바라봤다.

자신의 생일 얘기를 꺼내던 여울의 얼굴이 눈에 보이는 듯했다.

뭘 그렇게 대단한 날이라고.

별일 아니라는 듯 굴면서도 태형은 자리에서 일어나 주방으로 향했다. 도현의 말대로 냉장고에는 케이크가 들어 있었다.

「태어나 줘서 고마워요.」

케이크 판에 쓰여 있는 글씨가 제일 먼저 눈에 들어왔다.
한 번도 들어 본 적이 없던 말이었다.

다른 것도 아니고 태어난 것만으로도 고맙다니.

별거 아닌 말인데도 시선을 뗄 수 없었다. 자신이 있는 시간이 일순간 소중해지는 기분이었다.

케이크 선물이 처음은 아니었다. 물론 가족들에게는 아니고 직원들에게 선물하곤 했다.

다만 태형이 단 음식을 좋아하지 않았기 때문에 곧장 쓰레기통으로 가고 말았지만.

하지만 이번에는 쉽게 버릴 수가 없었다.

"꼭 자기 같은 걸로 샀네."

여울이 얼마나 고심해서 케이크를 골랐는지 느껴졌으니까.

어느샌가 태형이 자리를 잡고 앉았다. 사람이 열심히 선물을 준비했다는데 맛은 봐야 하지 않을까 하는 마음이었다.

상자 안에 들어 있던 나이프로 케이크를 크게 잘랐다.

단맛이 입에 들어오자 거지 같던 기분이 한결 나아지는 것 같았다.

태형은 케이크를 먹으며 핸드폰을 들었다.

[생일 축하해요.]

여울이 보낸 문자 메시지 아래로 폭죽을 터뜨리는 이모티콘이 보였다. 흰 강아지 캐릭터가 그녀를 닮아 귀여웠다.

[생일 축하해 줘서 고마워요.]

잠시 고민하던 태형이 전송 버튼을 눌렀다.
열심히 파먹은 케이크도 찍어 보냈다.
그런데 시간이 늦어선지 여울은 문자 메시지를 읽지 않았다. 잠을 자고 있는 건지도 몰랐다.
충분히 여울을 이해하면서도 울리지 않는 핸드폰을 자꾸 보게 됐다. 애꿎은 핸드폰 화면도 툭툭 건드렸다.
간절한 자신의 마음을 읽기라도 했는지 여울이 드디어 문자 메시지를 읽었다.
동시에 남단아에게서 전화가 걸려 왔다.
빨리 전화를 받고 끊는 게 나을 것 같았다.
"이 밤에 무슨 일이야?"
전화를 받자마자 본론을 말했다.
-우리 회사에서 이번에 자선 연주회 하는 거 들었지? 너 꼭 오라고.
"따분한 거 질색인데."
-와서 나 한 번만 살려 주라. 너 없으면 나 종일 맞선 얘기로 시달려야 하는 거 알지?
"나한테 득 될 것도 없는데."
-너희 어머니가 부르시면 도와줄게. 결혼 준비하시면서 계속 너 불러 대실 텐데 혼자 감당할 수 있겠어?

"못 하지."
어머니 애기를 들으니 당이 당겼다.
특별할 것 없는 케이크인데도 자꾸 손이 갔다.
-그니까 무조건 와서… 근데 너 뭐 먹어?
"케이크."
-케이크?
믿을 수 없다는 투다.
-누가 선물로 케이크라도 준 거야?
"어."
-니가 근데 그걸 먹는다고?
"버리기 아까워서."
-누가 챙겨 줬는데?
"있어."
더 이상 묻지 말라는 듯 태형이 대답했다.
누구냐는 단아의 질문에도 그의 시선은 핸드폰 화면에만 꽂혀 있었다.

[계속 기억할게요. 그러니까 태형 씨도 생일 잊지 마요.]

여울의 답장이 눈에 꽉 들어찼다.

*

"민아 씨, 혹시 너투버 찾아봤어?"

"거의 다 정리됐어요. 4시 전까지는 드릴 수 있을 것 같아요."

"고마워."

대답을 들은 여울의 고개가 모니터로 돌아갔다.

월요일 아침은 언제나 전쟁이었다.

분명 주말에 다들 쉬는데 일이 산더미처럼 쌓이는 기분이었다.

쉴 새 없이 일을 하느라 아침이 어떻게 지났는지도 모르겠다. 눈을 감았다 다시 떠 보니 어느새 3시가 넘어 있었다.

"나는 월요병 때문에 죽겠는데 주 대리는 왜 이렇게 쌩쌩해? 주말에 몸 보양이라도 했어?"

"푹 쉬었어요."

"눈도 오고 분위기 좋았는데, 나가서 데이트라도 좀 하지."

"집이 좋아서요."

여울은 차 과장의 말을 대충 넘겼다.

분명 쓸데없이 도현 이야기를 꺼낼 것이 분명했기 때문이다.

다시 일에 열을 올리는 모습이 따분했는지 차 과장은 다른 먹잇감을 찾아 떠났다.

그의 말대로 몸이 가뿐한 느낌이었다. 카페인을 충전하지 않아도 체력이 도는 기분이랄까.

어젯밤에 날아든 태형의 문자 메시지 때문인가.

그럴지도 몰랐다.

솔직히 말하자면 여울은 답장이 돌아올 거라고 생각도 못 했지 않나. 그런데 태형은 케이크를 먹은 인증샷까지 보내왔다. 그 사진 한 장에 화가 사르르 녹았다.

태형 나름대로도 용기를 내서 보낸 사진이라 생각했으니까.

지혜가 이 광경을 봤더라면 속이 터진다고 했을 거다.

'밀고 당기기가 핵심인데 말이야. 여울아, 너 맨날 당기는 거 힘들지도 않니?'

지난번에도 제자리에서 펄쩍 뛰지 않았나.

하지만 애석하게도 자신에게는 밀고 당기는 재주 같은 건 없는 듯했다. 이렇게 좋은 마음을 어떻게 숨길 수 있는지가 그저 신기할 따름이었다.

포털 사이트 첫 화면을 보고 있는데 '겨울 데이트 장소 추천' 글이 눈에 띄었다.

뭔가에 홀리기라도 한 듯 글을 클릭했다.

스크롤을 내리는데 괜찮은 장소가 눈에 들어왔다. 태형과 함께 가면 좋을 것 같다.

Rrrr-

다른 짓을 하느라 여울은 전화벨 소리에 화들짝 놀랐다. 도둑질이라도 하다가 들킨 것 같이 마음이 벌렁거린다.

여울이 서둘러 수화기를 들어 전화를 받았다.

"미신수 마케팅팀 주여울입니다."

-여기 로비인데요. 대리님 찾는 분이 계셔서요.

"누구요?"

-남단아라고 하시면 아실 거라고 하시더라고요.

귀에 꽂힌 이름 석 자에 눈이 커졌다.

얼마간 경계심도 일었다.

단아가 왜 저를 찾아왔을까. 그녀가 저를 찾을 이유가 없지 않나.

단아와 자신의 공통점이라고는 태형이 유일무이했다.

"지금 바로 내려가겠다고 전해 주시겠어요?"

불안한 마음을 안고 수화기를 내려놨다.

자리에서 일어나 서둘러 로비로 내려갔다. 얼마나 떨리던지 엘리베이터에 서서도 다리가 가만있지 못하고 달달 떨렸다.

여울은 큼큼거리면서 목을 가다듬고는 엘리베이터에서 내렸다.

출입 게이트를 지나 밖으로 나가자 단아가 보였다.

우아한 멋이 흐르는 스타일에 직원들이 단아를 힐끔거리고 있었다. 그런 시선에도 아랑곳하지 않고 단아는 저를 향해 손을 들어 보이기만 했다.

반가운 친구라도 만난 모양새다.

"여기는 무슨 일로 오셨어요?"

인사를 마치자마자 단아에게 물었다.

"주 대리님 만나러요."

"저를요?"

"내가 대리님한테 줄 게 있어서요. 커피 한잔할 시간 정도는 되죠?"

단아는 대답을 듣지도 않고 로비 카페로 걸어갔다. 어쩌다 보니 그녀의 뒤를 따르는 꼴이 됐다.

"저는 따뜻한 아메리카노 주시고, 대리님은?"

"저도 같은 걸로 주세요."

주문을 마치고 카드를 내밀려는데 단아가 가볍게 저를 제지했다.

"넣어 둬요."

"아니에요. 저희 회사인데 제가 낼게요."

"요새 커피값도 비싸잖아요. 이걸로 계산해 줘요."

여울은 이 상황이 불편하기만 했다.

그래서 자리에 앉아서도 안절부절못했다. 단아가 무슨 말을 할지 알 수도 없고 대화의 주도권을 그녀가 가지고 있는 것 같은 기분이 든 탓이다.

"태형이 생일 챙겨 주셨다면서요?"

이 사람은 모르는 게 없다.

"생일이라고 하셔서……."

"태형이가 케이크 너무 맛있었다고 하더라고요. 그리고 또 선물도 따로 준비하셨던데."

"저희 회사 만년필 드렸어요. 회사 차원에서요."

여울은 부러 뒷말에 힘을 실었다.

어째서 거짓말이 나왔는지 알 수 없었다. 단아의 경고가 내심 마음에 걸렸던 것도 같다.

위험한 길임을 알면서도 그 길로 들어서는 바보 같은 여자로 보이고 싶지 않았을지도.

"좋은 회사네요."

단아의 입매가 부드럽게 휘어졌다. 그 미소가 다정해 보이면서도 어딘가 모르게 차가워 보였다.

지이이잉- 지잉-

옅게 번진 침묵 사이로 진동 벨이 요란하게 울렸다. 단아는 일어날 생각 없이 저를 쳐다봤다.

자신과 그녀의 일이 나눠져 있다는 것처럼.

"커피 가져올게요."

결국 여울이 진동 벨을 들고 자리에서 일어났다.

픽업대에서 따뜻한 커피를 가지고 돌아왔는데 고맙다는 말도 없었다. 여울도 별다른 말을 꺼내지 않고 따뜻한 커피나 한 모금 마셨다.

"맛이 생각보다는 나쁘지 않네요."

단아가 잔을 내려놓으며 말했다.

"근데 저 주실 거라는 게 뭔지 여쭤봐도 될까요?"

"맞다! 내가 이렇게 자주 깜빡해요. 잠깐만요."

핸드백을 뒤적이던 그녀가 초대권을 내밀었다.

"이번에 내가 자선 연주회를 진행하게 됐거든요."

테이블 위에 올려진 티켓이 자신의 것이 아닌 것처럼 느껴졌다.

"초대권 몇 장이 있는데, 줄 사람이 있어야 말이죠. 제가 친구가 별로 없거든요. 척진 사람만 많구."

단아가 콧잔등을 찡긋거렸다.

"그래서 말인데 주 대리님이 와 줄 수 있어요?"

자신의 소원을 들어 달라는 눈빛이 날아왔다.

"혹시 본부장님도 오시나요?"

찝찝함보다는 태형을 보고 싶다는 마음이 컸다.

"올 것 같긴 한데. 왜요? 태형이한테 할 말이라도 있어요?"

"아닙니다. 혹시나 하고요."

"태형이 좋아해요?"

어마어마한 돌직구였다.

"아…뇨."

좋아한다는 말이 밀려 올라왔다가 목구멍 뒤로 넘어갔다.

따뜻한 커피를 시킨 게 후회됐다. 얼음물이라도 들이부어야 속이 진정될 것 같은데.

"그런데 태형이 오는 건 왜 물어봤어요?"

"제가 가면 본부장님이 불편하게 생각하실까 봐 걱정돼서요."

"아아!"

그제야 굳어 있던 단아의 얼굴이 풀렸다.

"하긴 태형이가 자기 쫓아다니는 여자들 엄청 싫어하기는 하죠. 근데 뭐 어때요. 대리님은 내 친구로 오는 건데. 태형이 쫓아다니려고 온다는 거 아니잖아요."

"그럴까요?"

"걔가 이상한 소리라도 하면 내가 쉴드 쳐 줄게요."

단아의 말에 미소로 화답했다.

그다지 나쁠 것 없는 초대였다. 자연스럽게 태형의 세계에 발을 들일 수 있는 기회니까.

그가 만나는 사람들이나 친구들.

그들 사이에 선 태형을 보는 것만으로도 그를 더 잘 이해할 수 있을 거다.

"올 기죠?"

"가겠습니다."

"고마워요."

"제가 더 감사드리죠."

"그러면 그날 볼까요? 제가 지금 회사에 들어가 봐야 할 것 같아서."

단아가 쉴 새 없이 울어 대는 핸드폰을 보며 말했다.

그녀가 먼저 자리에서 일어났고 여울이 그 뒤를 따랐다.

"그때 봐요. 기다리고 있을게요."

건물을 나서는 단아를 배웅하고는 초대권을 바라봤다.

꼭 요정 대모가 남기고 간 유리 구두라도 들고 있는 기분이었다.

*

시간이 쏜살같이 지나갔다.

연주회에 뭘 입고 갈지 정하지도 못했는데 벌써 이틀이나 지나 버렸다. 이러다간 집에 있는 낡은 원피스를 입어야 할지도 몰랐다.

쉴 새 없이 쇼핑몰을 들락날락거리는데 좀처럼 마음에 드는 걸 발견하지 못했다.

그때 태형에게서 전화가 걸려 왔다.

"네, 본부장님."

-회의 준비는 됐어요?

수화기 너머로 들리는 저음이 듣기 좋았다.

"준비됐습니다."

-나 본다고 예쁘게도 꾸몄고?

"그거는,"

누가 태형의 말을 듣기라도 했을까. 저도 모르게 주변 눈치를 살피게 됐다.

하지만 다들 일을 하고 있는 마당에 그의 목소리를 들을 수 있을 리 만무했다.

-농담.

여울의 입에서 어색한 웃음이 터졌다.

-10분 정도면 도착하겠네.

"로비에서 기다리고 있겠습니다, 본부장님."

-곧 봐요.

가벼운 미소를 머금은 목소리였다.

일을 하는 것뿐인데 왜 이리도 마음이 떨리는지 알 수 없었다. 봄바람을 맞은 것처럼 마음이 살랑살랑거린다.

이러다가 차 과장에게 태형과의 사이를 들키지 않을까.

"흠흠."

전화를 끊고 헛기침을 쏟아 냈다.

정신을 차리자는 나름의 주문이었다.

자리에서 일어난 여울이 옷매무새를 가다듬고는 김 팀장에게 걸어갔다. 그는 무료한 얼굴로 마우스 휠만 굴리고 있었다.

"팀장님."

"어."

"강태형 본부장님 10분이면 도착한다고 해서요. 제가 모시고 바로 회의실로 가겠습니다."

"어어, 그래. 우린 먼저 회의실 가 있을 테니까 잘 데리고 와."

김 팀장이 드디어 모니터에서 시선을 떼고는 자리에서 일어났다.

눈치 빠른 차 과장이 재빨리 김 팀장의 뒤를 따른다.

"팀장님은 제가 모시겠습니다. 아하하!!"

상사를 모시는 솜씨는 그야말로 세계 제일이었다.

민아까지 두 남자를 따라 회의실로 향했다.

여울만이 로비로 내려갈 준비를 했다. 엘리베이터를 타기 전에 화장실에 들어가 거울을 봤다.

흰 티셔츠에 붉은 니트 카디건에, 검은 바지.

단아와 비교하면 볼품없는 차림이었다. 그래도 태형에게는 예쁘게 보이고 싶었다.

그래서 립스틱도 새로 발랐다. 비싸서 중요한 날에만 바르자고 아껴 둔 거였다.

머리까지 단정하게 귀 뒤로 넘기고는 화장실을 나왔다. 로비로 내려가는 길이 마냥 즐거웠다. 슬그머니 올라가는 입꼬리를 단속하려고 했지만 쉽지 않았다.

여울은 엘리베이터에 올라탔고 곧장 로비로 내려왔다.

-로비 층입니다.

로비에서 내리자 곧장 태형이 보였다.

하고 많은 사람 중에도 태형의 모습만 확대돼 보이는 것 같았다.

정신 차리자, 여울아.

"안녕하세요, 본부장님."

얼른 태형에게 걸어가 인사를 했다.

"오시는 길은 괜찮으셨어요?"

"좋았어요."

태형의 눈빛이 제게 달라붙어 있는 게 느껴졌다.

"빨간색, 잘 어울리네요."

"칭찬 감사합니다. 우선 이쪽으로."

서둘러 두 손을 내뻗으며 태형을 회의실로 안내했다.

벽에 붙어 있는 엘리베이터 열림 버튼을 누르고 그와 직원들이 함께 엘리베이터에 탈 때까지 기다렸다.

그런데 어딘가 모르게 휑한 느낌이 들었다.

가만히 생각해 보니 도현의 모습이 보이지 않았다.

어디를 가든 태형을 보필하던 사람이 아닌가. 주차하느라 올라오지 못한 건가. 아니면 다른 일이라도 있나?

"누구 기다려요?"

태형의 물음에 출입 게이트 밖을 쳐다보던 시선이 그에게로 돌아갔다.

"아뇨, 아닙니다."

여울은 곧장 엘리베이터에 올라탔다.

청해 직원들이 있는데도 태형은 아랑곳하지 않고 제게 가까이 붙었다. 가까이서 느껴지는 열감에 수첩만 꽉 붙들었다.

그게 마치 제 목숨 줄이라도 되듯이.

아……

숨이 콱 멎어 버릴 것만 같다.

제11장
비밀 연애

 태형은 아무 일도 없었던 것처럼 일에 집중했다.
 "터치펜 디자인은 기본에 충실하면 어떨까요? 기존 볼펜 디자인을 활용해서 레트로한 느낌을 살리면 좋을 것 같아서요."
 여울이 미리 준비한 레퍼런스 자료들을 테이블 위에 보기 좋게 늘어놓았다.
 "심심하지 않을까요?"
 반대 의견에도 여울은 당황하지 않았다.
 "화려한 디자인이 처음에 관심 끌기는 좋겠지만 쉽게 질릴 수도 있을 것 같아서요. 저희 타깃이 원하는 게 사실은 기본일 수도 있고요."
 "그럴 수도 있겠네요."
 태형이 입을 열자 순식간에 회의실이 조용해졌다. 최종 결정

권이 누구에게 있는지 정확히 알 수 있는 적막이었다.

"주 대리님 의견이 나쁘지 않은 것 같은데 다들 어때요? 편하게들 말해 봐요."

등받이에 등을 기댄 채로 태형은 어떤 이야기라도 들을 준비가 됐다는 듯 굴었다. 하지만 그에게서 퍼지는 위압감에 아무도 편하게 말을 꺼내지 못했다.

답은 정해져 있지 않냐는 눈빛만 오갔다.

"저도 좋은 것 같은데. 그걸로 갈까요?"

김 팀장은 이견이 없을 거라 판단했는지 상황을 단숨에 정리했다.

밖으로 터진 첫 찬성이었다.

그를 시작으로 나머지 직원들도 기다렸다는 듯 찬성을 외쳤다.

"이견 없으니 주 대리님 의견대로 가죠. 디자인 진행되는 동안이라도 대리님이 청해로 자주 와 주면 좋겠는데 가능하겠어요?"

"네?"

"나보다는 주 대리님이 미신수 제품에 대해서는 잘 알고 있을 것 같아서."

어떻게 해야 하냐고 묻듯 여울의 고개가 김 팀장에게 돌아갔다.

"그거 좋네! 그렇게 해."

시원하게 허락이 떨어졌다.

"정리 다 된 것 같으니까 오늘은 여기서 끝내죠."

생각보다 회의가 더 빨리 끝났다. 아이디어가 나올 때까지 사람을 붙잡고 늘어지는 김 팀장과는 확연히 다른 회의 스타일이었다.

자리에서 일어난 태형은 제게 시선을 주지도 않고 회의실을 나섰다.

그들을 배웅하겠다며 김 팀장과 팀원들이 일제히 그의 뒤를 따랐다.

타이밍 좋게 엘리베이터가 도착했고 태형은 주춤거리는 기색 없이 엘리베이터에 탔다.

금세 문이 닫혀 버리자 여울은 조금 아쉬웠다.

태형을 보는 시간이 이렇게 빨리 끝나다니. 자신은 질척거리고 싶어 죽겠는데 태형은 저를 보고 싶지도 않았나 보다.

"다들 고생했어."

"팀장님이 더 고생이셨죠."

서로를 격려하는 김 팀장과 차 과장의 대화는 귀에 들어오지도 않았다. 여울은 하염없이 내려가는 계기판 속 숫자에서 눈을 떼지 못했다.

로비에서 잠시 멈춘 엘리베이터가 지하로 다시 내려간다.

집으로 돌아가려는 건가.

"주 대리, 뭐 하고 있어?"

어서 오라는 차 과장의 고갯짓에 사무실로 걸음을 돌릴 수밖에 없었다.

그렇게 얼마나 지났을까.

퇴근 생각으로 어수선한 사무실 공기를 뚫고 전화벨이 울렸다.

설마 누가 부탁이라도 하는 건 아니겠지?

여기서 일이라도 맡게 되면 꼼짝없이 야근 확정이다.

여울은 목을 가다듬고는 수화기를 들었다.

"마케팅팀 주여울입니다."

-나예요.

목소리만 들어도 태형이라는 걸 알 수 있었다.

-나 주차장에 있는데, 내려올 수 있어요?

그의 한마디에 마음이 출렁거렸다. 다시 얼굴을 볼 수 있는 기회가 아닌가.

"지금이요?"

-바쁘면 어쩔 수 없고요.

"아뇨. 바로 내려가겠습니다."

눈앞의 기회를 놓칠 수 없었다.

여울은 서둘러 수화기를 내려놨다. 자연스럽게 태형을 만날 방법을 궁리했다. 아무도 신경 쓸 리 없다는 걸 알면서도 도둑이 제 발 저린 거다.

몰래 나가는 것보다는 보고하는 게 나을 것 같았다.

만약 태형과 만나는 걸 누군가 보더라도 핑계를 댈 수 있을 테니까.

책상에 있던 아무 파일이나 들고 자리에서 일어나 김 팀장에게 걸어갔다.

"저 본부장님께 자료 좀 전달해 드리고 오겠습니다."

"어어."

태형과 관련된 사항이라면 무조건 오케이였다.

여울은 당장 달려 나가고 싶은 마음을 눌렀다. 들뜬 마음을 아무에게도 들켜서는 안 됐다.

특히 가십거리라면 사족을 못 쓰는 차 과장에게는 더더욱.

차분하게 사무실을 나와 엘리베이터에 올라탔다.

주차장으로 내려가는 길이 그저 설렜다. 엘리베이터 숫자가 하나씩 떨어질 때마다 입술이 마르고 심장이 쿵쾅거렸다.

6, 5, 4······.

-지하 1층입니다. 문이 열립니다.

마침내 단조로운 안내음과 함께 엘리베이터 문이 열렸다.

조용한 주차장의 공기를 헤집고 태형이 일러 준 곳으로 걸음을 옮겼다. 어찌나 설레는지 지하에서 나는 습한 냄새조차 느껴지지 않았다.

"D3······."

자신의 존재를 알리듯 멀리서 밝은 헤드라이트 불빛이 터졌다.

차로 향하는 여울의 발걸음이 빨라졌다.

그렇게 차 앞에 멈춰 서자 빛 속에서 태형이 나타났다.

그를 보자마자 웃음이 터져 나왔다. 태연하게 굴자는 생각 같은 건 잊은 지 오래였다.

"죄송해요. 빨리 내려오려고 했는데 팀장님한테 말이라도 하고 내려와야 할 것 같아서……."

"잘 말하고 왔어요?"

"자료 가져다드려야 한다고 말씀드렸더니 알겠다고 하셨어요. 아마 일 때문에 만난다고 생각하실 거예요."

"원래 꼬리는 길면 밟히는데."

"제가 안 밟히게 할 자신 있어요."

"내가 자신 없다면요?"

빙긋이 올라가는 태형의 웃음에 장난기가 묻어났다.

뭐랄까.

비밀스러운 관계를 들키게 하려고 작정한 사람의 웃음 같았다.

"괜찮아요."

태형에게 반쯤 홀려 제멋대로 입이 움직였다. 저 미소를 지킬 수 있다면 아무래도 상관없을 것 같았다.

저를 자신의 뜻대로 조종할 수 있다는 걸 태형도 분명 알고 있을 거다.

담을 넘으려는 넝쿨처럼 그가 제 목을 휘감았다.

곧 태형이 입을 맞출 거다. 사방이 트여 있는 바로 이곳에서.

누가 보기라도 할까 걱정되면서도 기대에 가슴팍이 들썩거렸다. 입맞춤이 뭐라고. 눈꺼풀까지 바르르- 떨리는 것 같다.

"차에 타서,"

자신의 말이 끝나기도 전에 태형이 입술을 삼켰다.

조수석의 문을 열 새도 없었다. 더 이상 기다리지 못하겠다는 듯 태형이 깊게 입 안을 파고들었다.

강한 기세에 여울은 차 문까지 떠밀려 갔다.

등에서 느껴지는 딱딱한 감촉이 서서히 멀어지는 듯했다. 입술을 비집고 들어오는 혀가 입 안을 헤집기 시작했기 때문이다.

뜨거운 입김이 여린 살을 적신다.

잇새를 쓸던 혀가 어느새 자신의 혀를 건드렸다. 빙그르르- 돌아가는 혀 놀림에 꼼짝할 수가 없었다. 이성까지 망가지는 기분이다.

어쩌면 머리에서 부품 하나가 톡 **빠**졌을지도 모른다.

추릅-

눅진하게 흘러내리는 서로의 타액을 맛있게 삼켰다. 단물을 빨아먹는 것처럼 조금도 놓치고 싶지가 않았다.

회사라는 사실을 망각한 채로 태형의 허리를 잡았다.

격렬하게 젖어 드는 키스가 온몸을 열기로 적셨다. 여름의 햇볕 아래 서 있는 기분이었다.

바깥이라는 사실까지 잊어버렸다면 옷을 전부 벗어 내고 싶을 정도였다. 당장 침대로 달려가 태형에게 집어삼켜지고 싶다.

자신의 모든 것을 아낌없이 내어 줄 수 있을 것 같았다.

하나뿐인 숨까지도.

"지금 퇴근했어요. 바로 간다니까."

태형에게 깊이 잠겨 가던 때였다.

익숙한 목소리가 귀에 박혔다. 김 팀장?

화들짝 놀라 태형에게서 입을 떼고 소리가 나는 쪽을 봤다. 역시나 핸드폰을 붙들고 있는 김 팀장이 보였다.

"팀장님이요."

여울이 바닥에 그대로 쭈그려 앉았다.

부디 커다란 태형의 차가 자신을 가려 주기를 바라고 있었다.

두 눈을 꼭 감은 채 벌렁거리는 심장을 붙잡았다.

삐빅-

차를 여는 소리가 멀리서 들렸다. 슬그머니 눈을 뜨고 고개를 내미는데 김 팀장의 차가 주차장을 빠져나가는 게 보였다.

"가셨어요?"

"갔어요."

뒤늦게 안도의 숨이 쏟아졌다.

"죄송해요. 제가 너무 놀라서,"

"혼자 숨었죠."

"작정하고 그런 건 아닌데……."

한창 변명을 하는데 태형의 핸드폰이 울렸다. 중요한 전화인 듯 그가 바로 전화를 받았다.

"예."

대답을 하는 태형의 표정이 좋지 않았다.

나쁜 일이라도 생긴 건가.

"지금 바로 가겠습니다."

누군지 몰라도 그는 깍듯했다. 장난스러움과 위압감 넘치던 모습조차 흔적도 없이 사라졌다.

미간을 구긴 채로 대답을 하고 있을 뿐.

태형의 전화는 금방 끊겼다.

"일이 생겨서 먼저 가 봐야겠네. 다음에 봐요."

언제 다시 만날 수 있냐고 묻고 싶다.

그럴 수 없다는 걸 알면서도.

"자료는 나한테 주고 가요. 거짓말 들키면 곤란하다며."

"그럴게요."

차에 올라탄 태형에게 파일을 건넸다.

중요하지 않은 자료는 그대로 뒷자리로 넘어갔다. 어딘가에 떨어졌는지 보이지도 않는다.

"들어가세요."

인사를 끝으로 태형의 차가 주차장을 빠져나갔다. 차가 눈앞에서 멀찍이 사라져 가는데도 자리에서 발을 떼지 못했다.

아마도 집에 돌아가는 내내, 그의 연락만 기다리고 있을 게 뻔했다.

항상 그랬던 것처럼.

*

자선 연주회 당일.

택시가 H 콘서트홀에 멈춰 섰다. 차에서 내린 여울이 옷매무새를 가다듬었다.

울 실크 소재의 플레어 재킷과 긴 스커트가 영 어색했다. 남의 옷을 빌려 입은 게 벌써부터 티 나는 듯했다.

눈발이 세차게 흩날렸다. 지혜가 빌려준 클러치 백에 눈이라도 묻을까, 값비싼 가방을 품에 품고는 서둘러 콘서트홀로 들어섰다.

'무조건 있어 보여야 돼. 내가 몇 번 비밀 모임 같은 거 가 봤잖아. 있는 것들이 더하다니까.'

지혜의 도움이 없었더라면 뭘 입어야 할지도 몰랐을 거다.

마음의 준비도 없이 이곳에 들어섰을 테고.

자신과 다른 부류의 사람들이 모여 있는 곳이라는 건 안다. 값비싼 옷을 걸쳐 입고도 여유로운 모습만 봐도 그랬다.

그럼에도 불구하고 이곳에 온 건 순전히 태형을 보고 싶다는 일념 하나 때문이었다.

미팅 이후로 연락 한 번도 없는 남자를 보고 싶은 마음.

"초대장 있으십니까."

로비 안쪽으로 들어서려는데, 진행 요원이 저를 막아섰다.

"여기요."

다급하게 클러치 백에 고이 넣어 둔 초대장을 내밀었다.

초대권의 위력은 대단했다. 건장한 보안 요원들이 지키고 있는 입구가 단박에 열렸으니까.

화려한 궁전 파티에라도 초대받은 기분이었다.

모든 것이 새로웠고 아름다웠다. 여울은 하이힐 때문에 발뒤꿈치가 까지고 있는 줄도 모르고 이곳저곳을 구경하느라 바빴다.

영화 속에 들어온 것 같았다.

샹들리에 아래에서 서로가 모두 안다는 듯 가볍게 목 인사를 하고 웃는다. 조급한 마음 같은 건 존재하지 않는 것처럼 느껴졌다.

간간이 연예인과 모델들도 보였다.

'태형 씨는 왔나.'

대단한 사람들을 보면서도 태형 생각뿐이었다.

목을 빼고 여기저기 살펴 댔다. 간절한 마음이 닿은 건지 잘 차려입은 태형이 보였다. 사람들 사이에서도 태형의 모습은 또

©2023 일상이상(일상과이상)

마녀들의 한국사

렷하게 눈에 들어왔다.

그를 보자마자 안도가 되면서 마음이 들떴다.

주변에 있는 사람들이 사라지면 태형에게 아는 체를 하려고 했다.

이런 자리에서 만날 줄 몰랐다면서 반겨 줄까.

부디 여기까지 따라온 거냐고 불쾌해하지만 말았으면 했다.

사람들과 대화를 나누던 태형이 저를 발견한 듯했다. 허공에서 잠시 두 사람의 시선이 마주쳤다.

'반가워요.'

여울의 눈빛이 빛났다.

그런데 저를 본 태형의 표정이 차갑게 굳었다. 입가에 돌던 미소마저 삽시간에 사라졌다. 자신을 반기지 않는다는 걸 똑똑히 알 수 있었다.

여기서 사라져 줬으면 하는 눈빛.

전혀 바라지 않던 반응에 여울은 제자리에 그대로 얼어붙었다.

"주 대리님 왔구나!"

어디선가 나타난 단아가 제게 살갑게 굴었다.

"나, 대리님 기다리고 있었잖아요."

곱게 눈을 접으며 웃는 그녀는 여전히 빛났다. 아니, 다른 날보다 더욱 빛이 났다.

검은 벨벳 원피스에 진주가 박힌 허리띠가 고풍스러운 분위기를 자아냈는데 오직 단아를 위해 만들어진 옷 같았다.

남의 옷을 불편하게 빌려 입고 있는 자신과는 완전히 딴판이다.

단아와 가까이 붙어 있을수록 더 비교가 됐다.

"올 때 불편하지는 않았어요?"

"택시 타고 와서 괜찮았어요."

"눈 때문에 길 막혀서 고생했겠다. 택시비 많이 나오지 않았어요? 얼마나 나왔어요? 제가 줄게요."

"아뇨. 괜찮아요."

"이럴 줄 알았으면 차 한 대 보내 줄 걸 그랬어요."

단아의 과한 관심이 몹시도 부담스러웠다.

"여기 초대해 주신 것만으로도 감사드리는걸요."

"고맙다는 말 듣기에는 너무 따분해서. 그래도 재미있게 보고 가세요."

적당히 대화를 끝내고 단아가 사라지기를 바랐다. 하지만 자신의 바람과는 달리 그녀는 움직일 마음이 전혀 없어 보였다.

도리어 자신들의 앞에 나타난 건 태형이었다.

"재미없는 줄 알면 다른 거 준비할 수는 없어?"

"뭐, EDM 파티라도 할까?"

"차라리 그게 낫겠네."

"니가 파티 여는 건 어때? 대리님하고 같이 손잡고 갈게."

단아의 입가에 싱그러운 미소가 번졌다.

"태형이가 파티 열면 잘할 것 같지 않아요? 언팩, 그것도 끝내주게 잘했잖아요."

태형의 팔짱을 끼는 모습만 봐도 두 사람이 얼마나 친한지 느낄 수 있었다. 다만 그들이 붙어 있는 모습에 웃고 있기가 점점 힘들어졌다.

이러다가 태형에게 팔짱을 끼지 않았으면 좋겠다고 주제넘은 말이라도 할 것 같다.

"대리님?"

"아, 네네?"

"무슨 생각을 그렇게 골똘히 하세요? 벌써 지루한 건 아니죠?"

"아뇨, 아뇨."

여울이 격하게 두 손을 내저었다.

"재미있어요."

바보 같은 대답도 던졌다.

두 사람이 붙어 있는 모습에 마음이 뒤틀리고 있으면서. 이 자리에서 당장 벗어나고 싶으면서.

너 정말 재미있는 거야?

"아! 어머님이시다. 저희 먼저 실례할게요."

태형을 끌고 가는 단아를 보며 아무것도 할 수 없었다.

고작 그의 어머니를 보고 목 인사를 했을 뿐이다.

그가 사라지고 난 후에 하릴없이 로비만 돌았다. 아는 사람이 없었기 때문에 딱히 누구와 말을 할 사람도 없었다.

로비 구경도 더는 재미가 없어졌다.

여울은 널찍한 통창 앞에 멈춰 섰다. 시간이 갈수록 눈발이 굵어지고 있었다. 눈 때문에 이곳에 오는 것도 힘들었는데 돌아가는 길도 만만치 않을 것 같았다.

차라리 버스나 지하철을 타고 가는 게 낫겠다.

잠시 여울이 로비로 고개를 돌렸다.

끝없이 내리는 눈을 걱정하는 사람은 아무도 없었다.

옅은 미소를 짓고 있는 태형조차도 눈에는 아예 관심이 없는 듯했다.

*

하우스 어텐던트가 입장을 알렸다.

공연장 입구에 몰린 시선과는 달리 태형은 인파를 돌아봤다. 창가에서 눈을 바라보고 있던 여울의 모습이 보이지 않았다.

집에 돌아갔나.

차라리 그편이 나았다.

여기 모인 인간들과 어울려 봐야 좋을 게 없었다. 자신들의 기준대로 그녀를 재단하고 평가할 새끼들이니까.

더군다나 이들은 자신들과 어울리지 않는 사람은 기가 막히게 걸러 내기까지 한다.

하지만 여울이 집으로 돌아갔기를 바란 건 비단 그것 때문만은 아니었다.

자신의 어머니가 여울을 봤으니 좋을 게 없었다.

거래처 직원이라는 말도 더는 통하지 않을 게 뻔했다.

'제가 초대한 거예요, 어머님. 사람 괜찮더라고요.'

제아무리 단아가 어떻게 말을 하더라도 어머니의 귀에 들어올 리가.

"뭐 찾아?"

"아니."

"들어가자. 우리 들어가요, 어머님."

"먼저 들어가세요. 저는 단아하고 얘기 좀 하고 들어갈 테니까."

"이러다가 공연 시작해. 나중에."

단아가 대화를 거절하고는 서둘러 공연장으로 들어갔다. 인터미션이 오기를 기다릴 수밖에.

태형은 두 여자를 따라 안으로 들어섰다.

C구역 1열 정중앙석.

귀빈석에 앉아서도 태형은 고개를 돌리느라 바빴다.

여울을 찾느라 다른 사람의 말은 귀에도 들어오지 않았다.

바로 그 순간.

공연장으로 들어오는 여울이 보였다. 태형의 시선이 그녀를 따라 움직였다. 생각보다 거리가 있는 것까지는 상관없었다.

문제는 여울의 옆에 개새끼가 앉아 있다는 거였다.

글자 그대로 '개'같은 새끼였다.

술만 마시면 여자를 때렸는데 그 입을 막는 데만 수억이 들었다고 들었다. 게다가 어찌나 변태적인지 저 새끼를 만나면 도망가야 한다는 말까지 있었다.

그런 자식인 줄도 모르고 여울이 웃고 있다.

자신은 뒤에 시선을 꽂고 있는 줄도 모르고 아랫입술만 씹어 대고 있고.

"단아야 본식 드레스도 같이 보러 가 줄 거지?"

"당연하죠."

"니가 태형이보다 낫다니까."

어머니의 말이 그대로 튕겨져 나갔다.

개새끼를 보고 웃는 여울의 모습만 또렷이 보였다.

그 새끼가 여울에게 말을 거는 것만으로도 속이 뒤틀렸다. 만에 하나 저 새끼가 여울에게 손이라도 대면…….

하, 시발. 사람 돌게 하네.

단아가 깔아 놓은 판에서 반응하지 말아야 한다는 걸 알면서도 속이 들끓어 견딜 수가 없었다. 깊은 곳에서 퍼져 나오는 열기에 눈까지 홧홧거렸다.

결국 평정심을 유지하지 못하고 자리에서 일어났다.

"강태형, 왜 그래?"
"가 봐야겠다."
"갑자기 어디를 가? 곧 공연 시작이야."
"볼일이 생겨서."
"태형아!"
"먼저 가 보겠습니다."

태형은 인사를 끝내자마자 자리를 벗어났다. 여울에게 가야 한다는 생각뿐이었다.

자신의 결정이 어떤 결과를 불러일으키든 나중에 생각하자 싶었다. 일단은 여울을 데리고 나가는 게 먼저다.

커다란 보폭으로 걸어가서는 여울의 앞에 섰다.

어색한 웃음을 터뜨리고 있던 여울의 시선이 제게로 움직였다.

여울아.

아무 앞에서나 웃어 주면 안 되는 거잖아.

"일어나요."
"네?"
"여기 계속 앉아 있고 싶어요?"
"아, 뇨!"

그녀가 서둘러 자리에서 일어났다.

"지금 나가면 못 들어오시는데?"

여울을 어떻게든 붙잡고 싶은지 옆자리의 개가 짖어 댄다.

"아무리 배가 고파도 아무거나 탐내면 쓰나."

"뭐, 뭐?!"

"여기서 망신당하고 싶지 않으면 닥치고 할 일이나 해."

개새끼의 얼굴이 붉어지는 게 보였다. 잔뜩 화가 나지만 먼저 주먹을 날릴 성격은 못 됐다.

그러니까 자기보다 약한 여자들이나 때리고 다니지.

여울을 데리고 곧장 밖으로 나갔다. 다시는 들어갈 수 없다는 안내에도 아랑곳하지 않았다.

✳

연주회장에는 우레와 같은 박수가 쏟아졌다.

인터미션이 끝나자마자 단아는 자리에서 일어났다. 1부 자리를 지키는 것만으로도 인내가 필요했다.

로비로 나와 밖에서 대기 중이던 비서에게 태형의 행방을 물었다.

"주여울 씨하고 차 타고 가셨습니다. 어디로 가셨는지 더 자세히 알아볼까요?"

"됐어요."

늘 그랬던 것처럼 태연하게 굴려고 애썼다.

태형이 여자하고 나뒹구는 꼴이야 한두 번 본 것도 아니지 않나.

그럼에도 불구하고 단아는 굳이 여울을 이곳까지 불러들였다. 태형의 마음이 궁금했다. 도대체 주여울이라는 여자를 어떻게 생각하는지 알고 싶어 미칠 것 같았다.

그래서 일부러 달양 건설 막내아들을 여울의 옆에 앉혔다.

자신이 만나는 여자들이 누구를 만나든 신경도 쓰지 않는 게, 강태형이니까.

분명 그랬는데……. 강태형은 공연이 끝나기도 전에 여울을 데리고 사라졌다.

"태형이가 널 또 속상하게 한 모양이구나."

저를 다독이려고 하는 태형의 어머니 말이 짜증스러울 지경이었다.

마치 제가 버려졌구나, 하고 말하는 것 같아서.

"아니에요, 어머님."

"아니긴. 이번에는 잘못 놔두면 골치 아플 것 같던데, 내가 도와줄까?"

"제가 알아듣게 잘 말해 볼게요."

"없는 것들이 워낙 무서워야 말이지. 혹시 내 도움 필요하면 언제든지 말해. 나는 언제나 니 편이니까."

태형의 어머니가 제 손을 잡았다.

바로 그 순간 좋은 생각이 뇌리를 스치고 지나갔다.

"저 그러면 부탁 하나만 할게요, 어머님."

잘못된 것이 있다면 바로 잡으면 됐다. 그러면 태형이도 분명 제자리로 돌아올 거다.

원래 자신이 있어야 하는 자리로.

* * *

태형의 차 안은 조용했다. 흔한 라디오 소리조차 들리지 않았다. 앞 유리창에 떨어지는 눈을 치우는 와이퍼 소리만 간헐적으로 들렸다.

아무 말이 없는 태형의 모습에 클러치 백만 만지작거렸다.

자꾸 잘못한 것을 찾게 됐다.

자신이 말도 없이 나타난 게 불쾌했을까. 아니면 자선 연주회도 보지 못하고 나온 게 걸려서?

"달양 건설 막내아들하고는 무슨 얘기 했어요?"

태형이 먼저 입을 열었다.

"그 사람이 누군데요?"

"주여울 씨 옆에 앉았던 사람."

그제야 남자가 누군지 알게 됐다.

어쩐지 처음 말을 걸 때부터 집안을 자랑하고 싶어서 안달을 내고 있더라니.

재벌이었구나.

"그냥 별 얘기 안 했어요. 연주회 좋아하냐, 뭐 자주 듣냐. 그런 거요."

"다른 말은?"

"없었는데, 왜요?"

"주여울 씨 번호라도 가져갔을까 봐."

"제 번호를요?"

생각지도 못한 말에 토끼눈이 됐다.

그렇게 잘난 사람이 형편에도 받지 않는 여자를 탐냈을 리 없다.

"여자 꼬시는 게 취미인 놈이라."

"아……."

"특기는 때리기고."

"누구를 때려요?"

"꼬신 여자들."

끔찍한 말에 말문이 막혔다.

지난번에 그 막내아들이 만난 여자는 전치 3주를 받았다고 했다. 술병에 맞았다는 소리에 자신의 머리가 아플 지경이었다.

그런 사람인 줄도 모르고 대화를 나누고 있었다는 게 소름 끼쳤다.

"그런 사람인 줄 몰랐어요."

"겉으로 보이는 게 전부는 아니니까."

"그런데 아무튼 걱정하실 거 없어요. 저한테는 관심도 없었을 거예요."

"그거야 모르죠."

"제가 누구한테 관심받을 스타일은,"

"내가 넘어갔잖아."

태형이 단박에 말허리를 자르고 말했다.

동시에 빨간 정지 신호가 켜지며 차가 멈췄다. 그는 운전대를 잡은 채 저를 봤는데 눈동자에 흔들림이 없었다.

거짓말이라고는 조금도 섞여 있지 않다는 듯한 눈빛이다.

"그러니까 아무 새끼한테나 웃어 주지 마요."

"……."

"벌레 새끼들 꼬이니까."

나직하게 번지는 저음이 저를 흔든다. 물에 잉크가 번지듯 또렷한 흔적을 남기면서.

차창으로 들어오는 빛이 그들을 비추었다.

눈치 없는 심장이 쉴 새 없이 뛰었다. 태형이 꼭 질투라도 하고 있는 것 같았기 때문이다.

아무렇지 않은 것보다는 조금이라도 태형이 자신을 신경 쓰고 있는 느낌이라 기분 좋았다.

팟-

짧은 신호가 바뀌었다. 잠시 멈췄던 바퀴가 굴러가기 시작했다.

"근데 저희 어디 가는 거예요?"

"당신 옷 벗기러."

"네?!"

예고 없이 들이친 말에 여울의 눈이 커졌다. 옷을 벗는다는 말에 담긴 다른 의미를 찾을 수 없었으니까.

앙큼한 생각이 순식간에 그녀의 머리를 집어삼켰다.

*

태형의 차가 H 백화점에 들어섰다. 여성복 매장에 들어서고 나서야 그가 말한 '옷 벗기'의 의미를 깨달았다.

"편한 옷으로 골라요. 마음에 드는 것도 괜찮고."

"제 옷 별로예요?"

태형에게 가까이 다가가 조용히 속삭였다.

"예."

그건 아니라고 할 줄 알았는데 칼 같다.

"나름 신경 썼는데. 그렇게 별로예요? 친구한테 예쁜 걸로 빌린 건데."

솔직히 말하자면 노력을 알아 달라는 게 아니라 예쁘다는 말을 듣고 싶었다.

"예쁘기는 한데……."

그런데 나오는 첫마디부터가 좋지 않았다.

"나는 원래 주여울이 좋아서."

그가 스탠드 행거에서 옷 몇 벌을 골라 제게 내밀었다. 제가 평소에 즐겨 입은 스타일의 옷이었다.

 편하면서도 단정한 옷들.

 끝없이 밀려드는 옷에 옷 갈아입기가 쉴 새 없이 이어졌다. 문제는 새 옷을 입고 나올 때마다 카운터에 쇼핑백이 쌓여 가고 있다는 거였다.

"태형 씨, 그만요."

"이것만 마지막으로."

"정말 마지막이에요."

 나중에는 애원하듯 백기를 들었다.

 결국 마지막이라는 약속을 받아 내고 나서야 옷을 갈아입고 나왔다. 제아무리 편한 옷이라도 옷을 입고 벗는 것에는 꽤 체력이 소비됐다.

 그렇게 마지막으로 입은 옷은 진청색 청바지에 폴라 티였다.

"저 지금 입은 것만 살게요."

 여울은 소파에 놓여 있던 클러치 백을 열었다. 가격이 나가 보이는 매장이라 출혈이 클 것 같았지만 할부를 믿어 보기로 했다.

"계산했어요."

"네? 아니, 제가 살게요."

"부담스러워요?"

"조금 많이요."

"미리 선물받았다고 생각해요."

선물이라 생각하기에도 쇼핑백이 너무 많았다. 이게 집에 다 들어갈 수 있을지나 모르겠다.

"누구한테 심술부리고 싶기도 하고. 나 편하자고 사는 거니까 부담 가질 필요 없어요."

문득 초대권 주관사에 적혀 있던 H 백화점이 생각났다.

단아가 일하는 곳이 바로 이 백화점이었다.

태형이 굳이 여기까지 온 것도 단아 때문이었을까.

연주회도 다 보지 못하고 나온 게 미안해서? 아니면 두 사람 사이에 무슨 일이라도 생겨서 화풀이를 하려는 건가?

"쇼핑백은 차에 실어 놓겠습니다."

백화점 직원이 쇼핑백을 들었다.

분주하게 움직이는 그들을 보며 생각에 잠겼지만 태형이 무슨 생각을 하고 있는지 전혀 알 수 없었다.

*

단아의 차가 여울의 집 앞에 멈춰 섰다.

자선 연주회를 가까스로 마무리 짓고 출근하는데 자신의 이복 오빠가 저를 놀렸다.

'강태형, 여자 데리고 와서 카드 싹 긁고 갔다더라? 이번에는 뭐 다른 것 같다던데?'

재미있다는 듯 웃어 대는 꼴에 화가 끓었다.

태형은 일부러 자신의 백화점을 찾았을 게 분명했다. 그곳에서 일어나는 일은 제 귀에 가장 먼저 들어오는 법이니까.

여울의 옆에 아무도 붙일 생각을 하지 말라는 일종의 경고 같은 것일 거다.

특별한 여자.

특별하다고?

뭣도 없는 그 여자가 어디가 특별하다는 거야?

태형이 여울을 데리고 나갔을 때부터 속이 뒤틀리고 짜증이 일었다. 제가 동정했던 여자다. 나와 같은 꼴이 날 테니까. 그래서 불쌍했다.

그런데 나하고 뭐가 다른데?

여울의 집을 보는 눈빛이 차가워졌다.

"여기서 기다려요."

비서가 대답하기도 전에 차에서 내렸다. 핸드백 손잡이를 바투 잡고 여울의 집으로 올라갔다.

초인종을 누르자 그녀가 집에서 나왔다.

"단아 씨가 여기는 어떻게 오셨어요?"

연락도 없는 방문에 놀란 얼굴이었다.

"할 얘기가 있어서 왔어요."

"저희 집은 어떻게 아시고. 일단 들어오세요."

제가 무슨 말을 할 줄 알고 겁 없이 현관문을 활짝 열어 줄까.

경계라고는 조금도 보이지 않는 모습이 한심스러웠다. 실소를 삼키며 단아는 좋은 사람처럼 보이려 애썼다.

오늘의 만남이 태형의 귀에 들어가지 않으려면 그게 중요했다.

"제가 집을 못 치워서……."

여울이 어색한 웃음을 터뜨리며 앞장섰다.

소파를 가리키면서 앉으라는데 거절하고 싶은 마음이 컸다. 구질구질하기 그지없는 집은 자신의 취향이 아니었으니까.

단아는 중앙에 자리를 잡고 앉아 핸드백을 허벅지에 올려놨다.

외투는 벗지도 않은 채였다.

"차라도 드릴까요?"

"괜찮아요."

"얼마 전에 귤차 선물받았는데 맛이 좋더라고요. 그거라도 한 잔 드세요."

"귤차요?"

불길한 마음이 등줄기를 타고 올라왔다.

설마 하는 마음이었다. 자신이 선물한 귤차를 냉큼 여울에게 준 건 아니겠지.

"한 잔 부탁드릴게요."

여울이 곧장 부엌으로 들어갔다. 커피포트에 물을 올리는 소리가 들렸다.

그리고 냉장고에서 뭐가를 꺼내는 소리도 들린다.

단아는 자리에서 일어나 소리가 들리는 쪽으로 걸어갔다. 자신의 불안을 끝내고 싶은 마음이었다. 실망을 원했던 건 절대 아니다.

그런데 귤청을 보자마자 자신이 선물한 것임을 알아챘다.

"귤청 누구한테 받았어요?"

질문을 던지는 단아의 입꼬리가 떨렸다.

"태형이가 줬어요?"

아무 말 못 하는 그녀를 몰아치듯 물었다.

"제가 너무 맛있게 마시는 것 같다고 주셨어요."

그 말을 듣자마자 피가 거꾸로 솟았다.

자신이 직접 따 온 귤에 설탕을 넣어 손수 만든 청이었다. 그렇게 온갖 정성을 들인 걸 이 여자한테 바로 줬다고?

좋아하니까?

심사가 뒤틀려 제대로 서 있기도 힘들었다. 끓어오르는 화에 당장이라도 이곳을 뒤집어엎고 싶었다.

"쉬고 계세요. 금방 가져다드릴게요."

여울이 귤청이 든 머그잔에 뜨거운 물을 부었다. 뜨거운 김을 따라 번지는 귤 향이 돌아 버릴 정도로 거북했다.

달그락거리면서 머그잔 안을 돌아가는 스푼 소리도 거슬린다.

이곳에서 여울과 차 한 잔도 같이 하지 못하겠다.

얼른 저 얼굴에 있는 미소를 빼앗아 버리고 싶다. 단아는 소파에 두고 온 핸드백을 들고 나타났다.

누가 봐도 집으로 돌아갈 모양새였다.

"여울 씨."

"저 금방 차,"

"이거 받아요."

식탁 위에 봉투를 내려놨다.

"태형이 어머니께서 드리라고 하시네요."

제가 바라는 대로 봉투를 보자마자 여울의 입가에서 미소가 사라졌다.

두툼한 봉투에 돈이 들어 있다는 걸 모르지 않을 거다. 그 돈에 담겨 있는 뜻도 모를 리 없었다.

그렇게 눈치 없는 여자는 아니니까.

"받아 둬요. 주 대리님 섭섭지 않게 주셨을 거예요."

"본부장님 어머님께서 저한테 왜 이 봉투를 주신 건지······."

"알잖아요. 태형이하고 만나지 말라는 뜻인 거."

선뜻 봉투를 집지도 못한 여울의 눈동자가 흔들렸다. 입술까지 바르르 떠는 꼴을 보니 기분이 조금이나마 좋아진다.

"태형이하고 얽혀 봐야 좋을 거 없다고 했잖아요. 대리님만 상처받을 거라구."

"······."

"지금이라도 안 늦었어요. 이거 받고, 깔끔하게 정리해요. 어머님까지 나타나면 괜히 골치 아파요."

어서 돈이라도 챙기라는 듯 그녀에게 더욱 가까이 봉투를 밀었다.

그런데도 여울은 손도 대지 않는다.

자존심이야? 아니면 강태형하고 불멸의 사랑이라도 해 보려고?

"돌려드리고 싶어요."

"받아요."

"걱정하실 만큼의 사이는 아니라고,"

"무슨 사이인데요?"

"그냥 가볍게 만나고 있는 거라. 결혼 생각도 없다고 했고요."

"그런데 당신은 그런 거 하고 싶잖아."

마음을 들켜 버린 여울은 아무 말도 잇지 못했다.

"그게 문제예요. 대리님이 결혼하고 싶어서 태형이하고 실수라도 저지르면 큰일이니까."

"그런 실수는 없을 거예요."

무너질 듯 무너지지 않는 모습에 오기마저 들었다.

"자신 있어요?"

"…네."

여울이 돈 봉투에는 흥미도 없다는 듯 제 쪽으로 밀었다.

태형의 어머니 말이 맞을지도 몰랐다. 가진 것 없는 것들이 더 무서운 건지도.

"걱정하실 일 없을 테니까, 봉투는 더 이상 준비하지 않으셔도 된다고 전해 주세요."

"주여울 씨."

"차는 보온병에 담아 드릴게요."

여울이 저를 등지고 돌아섰다. 찬장을 여는 손이 떨리는 게 보였다.

그러면서도 태연한 척하려고 애쓰고 있다.

세기의 사랑이라도 하려는 걸까. 강태형이 뭘 약속하기라도 한 거야?

그러지 않고서야 눈앞에 있는 돈까지 거절할 만큼 자신이 넘칠 리가 없다. 태형과 그렇게까지 특별한 사이가 아니라는 건 거짓말이 분명했다.

"태형이 금방 여울 씨한테 물릴 거예요. 원래 그런 애니까."

너는 걔한테 아무것도 아니야.

"아무도 그 애한테 의미 있는 사람은 없어요. 그러니까 끝낼 수 있을 때 끝내요."

어서 멈추라고 여울에게 닦달을 했다. 거의 애원하고 있나고 봐도 무방했다.

"아직은 아닌 것 같아요."

하지만 보온병을 꺼내 든 여울은 완강했다.

태형과 헤어지는 일은 없다고 했다. 지금은 마음이 가는 대로 하고 싶은데 태형을 만나는 것이 자신이 내린 선택이라고.

거기에 어떤 책임이 따르든지 자신이 감내할 거라고도 덧붙였다.

"주여울 씨, 나 당신 생각해서 말하는 거예요."

"제 생각 해 주셔서 감사드려요. 근데 저희 사이 일은 제가 알아서 할게요."

상관없는 사람은 빠지라는 소리다.

"가시면서 드세요."

여울은 제게 보온병을 건네고는 거의 내쫓듯 저를 배웅했다.

"어머님께는 제가 늦게 말할 테니까 잘 생각해 봐요. 의미 없는 일에 괜히 마음 낭비하지 말구."

마지막 순간까지도 단아는 여울을 다치게 하지 않으려는 좋은 사람 역할을 해냈다. 헤어질 시간이야 충분하니 여울이 마음을 돌리기를 바랐다.

그게 서로에게 좋은 일이니까.

집을 나선 단아가 차에 올라탔다. 손에 든 보온병이 불쾌하게 느껴졌다.

"이거 비서님 마셔요."

단아가 보온병을 비서에게 건넸다.

"괜찮습니다."

"필요 없으면 버려요. 차라리 버리는 게 마음 편할 것 같으니까."

그녀의 차가운 말에 비서가 얼른 보온병을 받아 들었다.

단아가 사라지고 난 후에도 여울은 현관문만 붙들고 있었다. 갑작스럽게 들이친 상황에 정신이 없었다. 길을 가다가 소나기라도 맞은 기분이었다. 얼이 빠진 데다가 다리까지 후들거린다.

'태형이 어머니께서 드리라고 하시네요.'

태형과의 관계도 불안정한데 난데없이 돈 봉투까지 받을 줄 몰랐다.

직접 와서 설득할 마음도 없다는 듯 대리인을 통해 돈 봉투를 던지다니.

역시 다른 세계의 사람이구나 싶었다.

벌렁기리는 마음을 가다듬으며 부엌으로 걸음을 옮겼다. 차가운 냉수가 필요했다. 어떻게든 정신을 차리는 게 맞았. 두 다리에 힘을 바득 주면서 걸었다.

그렇게 찬물을 들이켜는데 단아가 건넸던 봉투가 보였다.

"……!"

기어코 돈 봉투를 식탁에 두고 간 거다.

이대로 집에 돈 봉투를 둘 수 없었다. 그러고 싶지 않았다.

바라만 봐도 찝찝하고 단아의 말이 머릿속에서 사라질 거 같지 않았다.

무조건 봉투를 돌려줘야겠다는 생각으로 달려 나갔다. 단아를 붙잡을 수 있으리라 생각했다.

엘리베이터가 아래로 내려가고 있었다. 계단을 달려 나가면 단아를 따라잡을 수 있을 거다. 목에 숨이 차오르도록 달렸다.

그렇게 비상구 문을 열고 나오는데 차에 올라타는 단아가 보였다.

"남단아 씨! 단아 씨!"

목이 터져라 그녀를 불렀다.

하지만 자신의 목소리가 들리지 않는 건지 뒤를 돌아보지도 않는다. 돈 봉투를 건네야 하는 임무를 완수했기 때문에 붙잡히고 싶지 않은 건지도 모르겠다.

차를 따라잡는 게 어려운 일임을 알면서도 무작정 뛰었다.

그러나 시간이 갈수록 차는 멀어져 갔다.

결국 여울은 제자리에 멈춰 서서 가쁜 숨을 쏟아 냈다.

"아, 하아……."

추운 거리에 멈춰 서서 돈 봉투를 봤다.

봉투의 무게 때문인지 집으로 돌아가는 발걸음이 유달리 무거웠다.

*

단아를 만나는 건 쉽지 않았다.

H 백화점 본사까지 찾아갔지만 단아가 자리에 없거나 바쁘

다는 이유로 번번이 거절당했다.

더군다나 봉투만 전해 주면 안 되냐고 물어봤지만 데스크에서는 어떤 것도 일체 받을 수 없다고 거절했다.

돈을 돌려줄 수 있는 경로를 완전히 차단당한 기분이었다.

여울은 되도록 좋게 생각하기로 했다. 갑자기 단아가 일이 많아졌거나 바쁠 수 있지 않나. 다음에 다시 찾아오면 만날 수 있을 거다.

그렇게 H 백화점 본사를 나서는데 전화가 울렸다.

[강태형 본부장님]

태형의 이름만 봐도 시무룩했던 마음이 좋아졌다.
"네, 본부장님."
-회사예요?
"아, 네."
절로 거짓말이 나왔다.

돈 봉투를 받았냐는 사실을 태형이 알아 봐야 좋을 게 없었기 때문이다. 게다가 어쨌든 이곳이 회사는 맞으니까.

단아의 회사라는 게 문제지.
"본부장님은요?"
-어머니한테 등 떠밀려 나왔어요.
"본식 드레스 보러 가신댔죠?"

-그래도 다행히 사지는 않고 빌린다고 하시니까. 다행이죠, 뭐. 다시 꺼내 입지도 않은 드레스가 세 벌이나 있는데.

수화기로 넘어오는 목소리에는 따분함이 묻어 있었다.

"드레스 봐 주시면서 계속 앉아 계시는 거예요?"

-일하다가 지루하면 또 돌아다녔다가. 이렇게 통화도 하는 중이고.

"힘드시겠다."

-나 불쌍하면 구해 줄래요?

"할 수 있으면 그렇게 해 드리고 싶은데,"

-어디예요? 그쪽으로 갈게.

태형의 말을 거절할 수밖에 없었다. 빠질 수 없는 약속이 있었기 때문이다.

차라리 다행일지도 몰랐다.

안 그래도 태형의 어머니가 저를 탐탁지 않게 여기는데 자신 때문에 그가 뒤도 돌아보지 않고 드레스 숍을 떠날 걸 알면 화를 내실 거다.

"저 오늘은 조금 어려울 것 같아요. 대학 동기가 청첩장을 돌린다고 해서요."

-여기저기 결혼이네.

"다른 날은 안 되세요? 시간 다 맞출 수 있는데."

-오늘 밤은 돼요?

"네! 돼요."

태형을 만날 수 있다면 시간은 상관없었다. 새벽에 만나자고 했어도 아마 좋다고 대답했을 거다.

-집으로 갈게요.

"네네."

그렇게 기분 좋게 전화가 끝날 줄 알았다.

-강태형, 너 여기서 뭐 하고 있어. 어머님이 찾는데.

-나 왜?

-예쁜 모습 아들한테 보여 주고 싶으신 거지. 빨리이이.

-미치겠네, 정말.

수화기 너머로 밀려든 단아의 목소리에 모든 것이 멈추는 것 같았다.

다정한 대화를 듣는 것만으로도 왠지 모를 거리감이 느껴졌다. 두 사람에게 절대 끼어서는 안 된다는 그런 느낌.

가방에 든 돈 봉투의 무게가 주체할 수 없이 무거워지는 것도 같았다.

-나중에 전화할게요.

-누구야?

-회사 사람.

다시 전화하겠다는 말을 끝으로 태형과의 통화가 끊겼다.

회사 사람이라는 말 한 번에 그림자가 된 것 같았다.

누구에게도 자신의 존재를 들키지 말아야 하는 건지도 몰랐다. 그게 왠지 모르게 서글펐다. 제가 태형에게 의미도 없고 쓸

모도 없는 존재가 된 것 같아서.

　회사 사람.

　거래처 사람.

　이제 다음에는 태형의 입에서 제가 어떤 사람이 될지 모르겠다.

　적어도 좋아하는 사람이라는 말은 그의 입에서 절대 나오지 않을 것 같았다.

　'아냐. 괜찮아, 괜찮아.'

　몇 번이고 속으로 같은 말을 중얼거렸다.

　괜찮아야만 했다. 그래야 태형과의 관계를 유지할 수 있을 테니까.

　더 욕심을 부리게 되면 물러 터진 이 관계는 분명 박살 나고 말 거다.

제12장
지독한 불안

 여울은 핸드폰 지도를 붙든 채로 몇 번이나 같은 자리를 돌았다. 이 근방에 약속 장소가 있다는데 보이지 않았다.
 벌써 같은 건물을 몇 번째나 보는지 모르겠다.
 "이쪽 끼고 돌면… 여깄다!"
 드디어 발견한 약속 장소에 화색이 돌았다.
 약속 시간에 약간 늦기는 했지만 식당을 찾은 게 어딜까.
 식당은 한옥 구조였는데 은은한 피아노 선율이 올려 퍼지고 있었다. 각각의 테이블에 놓인 노란 조명이 아늑한 분위기를 만들어 냈다.
 왠지 태형이 좋아할 것 같은 분위기였다.
 "야, 주여울! 여기!"
 지혜가 저를 부르는 소리에 태형에 대한 생각이 멈췄다.

"늦어서 미안. 여기 근처에서 식당을 못 찾아서 자꾸 돌았어."
"괜찮아. 다들 온 지 얼마 안 됐어."
 지혜가 자신의 옆자리 의자를 빼 주며 말했다. 그 덕에 여울은 자연스럽게 친구들 사이에 섞일 수 있었다.

 테이블을 채운 음식은 빠르게 사라졌다. 어느 정도 그릇이 비자, 결혼하는 친구가 수줍게 청첩장을 꺼냈다.
"대박. 완전 예쁘다."
"그림 들어간 거 왜 이렇게 귀여워."
"네가 진짜 가기는 가는구나!"
 동기들이 저마다 한마디씩을 쏟아 내고는 청첩장을 살폈다.
 결혼은 어디서 하는지 시간은 어떻게 되는지 살피는 눈길들이 바빴다.
"먼저 가는 기분이 어때?"
 모두의 시선이 결혼하는 친구에게 꽂혔다.
"피곤해. 결혼 준비하다가 늙는다는 게 무슨 말인지 알겠더라. 결정할 것투성이야. 그 청첩장 하나 고르는 것도 얼마나 힘들었는지 모르지?"
"이거, 이거 복에 겨웠네. 예랑이는 잘해 주지?"
"우리 오빠 좋지. 착하고 잘생기고."
 예비 신랑을 떠올리기만 해도 기분이 좋은지 친구의 얼굴에 미소가 떠올랐다.

"근데 결혼하겠다는 결심은 어떻게 든 거야?"

"이 사람이다 하는 마음이 들었어."

"결혼해야겠다는 느낌?"

"뭐라고 설명하기는 그런데. 갑자기 이 남자다! 하는 생각이 들더라. 나 그런 거 하나도 안 믿었는데."

저도 모르게 친구의 말을 곱씹었다.

태형을 보고 '이 남자다' 생각하지는 못했다. 행복하고도 즐거운 마음에 불안이 섞여 있기 때문일까.

소리 소문 없이 사라져 버릴까 봐?

버림받게 될까 봐?

이대로 자신이 손을 놔 버리면 끝날 관계라는 걸 아닐까?

"아, 오빠 왔대! 다들 커피 한 잔씩들 더 할 거지?"

예비 신부의 말에 모두들 오케이를 외쳤다.

청첩장을 핸드백에 고이 넣어 두고는 그들을 따라 자리에서 일어났다.

식당을 나서자마자 예비 신랑이 반갑게 저희들에게 인사했다.

두 사람이 붙어 있는 모습만 봐도 다들 부러움을 쏟아 냈다. 서로를 챙기는 그들의 모습이 부럽기는 여울도 마찬가지였다.

함께 좋아하는 모습은 저런 걸까.

조금의 불안도 존재하지 않는 것?

문득 결혼에 대한 생각에 잠겨 있는데 태형에게서 문자 메시지가 날아왔다.

[많이 늦어요?]

자신을 생각하고 있는지 알기라도 하는 걸까.

[커피 마실 것 같아서요.]
[나 여울 씨 집인데.]
[아!! 그러면 먼저 집에 들어가 계세요. 비밀번호는 021023이에요.]
[기다리고 있을게요.]

태형의 문자 메시지만으로도 순식간에 잡념이 사라졌다.
집에서 누군가 자신을 기다리고 있구나 하는 설렘만 살아날 뿐.
"뭐야? 주여울. 누구하고 톡하는데 얼굴까지 빨개져?"
"아무도 아니야."
여울이 후다닥 핸드폰을 주머니에 쑤셔 넣었다.
"수상한데."
"그냥 더워서 그래."
"오늘 한파인 거 알지?"
"안이 더웠어서. 얼른 가자. 커피 마시고 싶다."
여울이 대충 말을 돌리고는 친구들의 뒤를 따랐다.

*

집으로 돌아가는 여울의 양손이 묵직했다.

따끈한 김이 나는 만두를 샀고, 매콤한 떡볶이도 샀다. 거기에 곁들일 국물이 필요할 것 같아 어묵도 몇 개 주문했다.

거기다가 겨울의 별미, 붕어빵까지 샀다.

태형에게 뭐라도 먹이고 싶은 마음이 과하게 작동한 거다.

삑삑- 삑-

평소와 다름없이 도어 록 숫자를 누르는데 기분이 달랐다. 태형이 있다는 생각 때문이었을 거다.

현관문을 열자 태형이 저를 반겼다.

"뭘 이렇게 많이 가지고 왔어요?"

"태형 씨 출출할 것 같아서요. 이것저것 사다 보니까 좀 많아졌어요."

그가 제 손에 있던 짐을 가져갔다.

"친구들하고 잘 놀았어요?"

"재미있었어요. 맛있는 것도 먹고."

신발을 벗고 집 안으로 들어가는 길마저 좋았다.

"주여울 씨라도 좋아서 다행이네."

"드레스 투어는 별로였어요?"

"따분하고 지루하고."

"단아 씨하고 같이 갔죠? 목소리 들리는 것 같아서요. 그래도 혼자 아니라서 괜찮지 않았어요?"

최대한 아무렇지 않게 단아의 이름을 꺼내려 애썼다. 태형의 일거수일투족을 캐는 것 같은 느낌은 주고 싶지 않았기 때문이다.

"걔가 주로 어머니하고 있었죠. 둘이 한 약속에 내가 떠밀려 나간 거라."

그 대답에 바보같이 마음이 편해졌다.

여울은 조금 가벼운 마음으로 샤워를 했고 야식을 먹을 준비를 했다. 집에서 가장 예쁘고 값비싼 그릇을 꺼내 음식을 담아냈다.

혼자 있을 때야 대충 봉지만 뜯어 먹었지만 태형의 앞에서는 그러고 싶지 않았다.

이미지 관리를 하겠다는 마음은 아니었다.

그냥 그에게 예쁘고 좋은 것만 주고 싶은 욕심이지.

여울은 떡볶이를 옮겨 담느라 얼마나 집중했던지 머리 끈이 떨어진 줄도 몰랐다.

"떡볶이는 담았고."

혼잣말을 하며 양념이 잔뜩 묻은 봉지를 버렸다. 그러고 나서 손을 씻는데, 목이 갑자기 시원해졌다.

고개를 돌리자 태형이 제 머리카락을 잡아 주고 있었다.

"떨어졌길래."

태형이 머리 끈을 들고는 빙긋이 웃어 보였다.

"제가 묶을게요."

"그 손으로?"

"바로 닦고,"

"가만히 있어요."

태형의 말에 일시 정지가 됐다.

"나 잘해요."

큰 음조가 없는 목소리가 어쩐지 야하게 들렸다. 기껏해야 머리를 묶어 주겠다는 건데!

이 밤에 태형과 한집에 있다고 생각하니 이성이 고장 나기라도 했나 보다.

여울은 정신을 차리려 앞만 봤다. 태형을 보지 않으면 요동치는 마음이 금세 정상으로 돌아올 거다.

그런데 예상과는 달리 아무것도 보이지 않으니 감각만 예민해졌다.

태형의 보드라운 손이 살을 스칠 때마다 전기에 오른 듯 찌릿한 느낌이 들었다. 이대로 숨이 멎는대도 전혀 이상할 것 같지 않다.

"아프지는 않죠?"

나른한 저음이 목덜미를 타고 올라왔다.

"괜찮아요."

대답과는 다르게 여울의 몸은 얼어붙어 있었다. 머리를 묶는 것이 뭐가 야릇할 일이라고.

"됐다."

그 한마디에 여울이 서둘러 그의 손에서 벗어났다. 더 있다가는 심장이 쿵쾅거리다가 터져 버릴 것 같았기 때문이다.

"한번 봐야겠어요."

어색한 웃음을 흘리며 식탁으로 걸음을 옮겼다. 자연스럽게 태형과 거리를 두려는 심산이었다.

식탁 앞에 서자마자 숨이 조금 쉬어졌다. 이제 자신의 마음만 잘 달래면 됐다.

핸드폰을 집어 들고 액정에 비치는 자신의 얼굴을 봤다. 태형이 뭘 얼마나 잘 묶었겠냐 생각했는데 자신보다 훨씬 나은 것 같았다.

"머리 왜 이렇게 잘 묶으세요?"

"내가 재주가 많아요."

"진짜요. 금손인데요?"

여울은 좌우로 고개를 돌리며 연신 감탄을 터뜨렸다.

"사실 예전에 연습 좀 했어요."

"머리 묶는 걸요?"

"어렸을 때 친척 동생들하고 자주 놀았는데 신나게 놀아 주고 나면 엉망진창이 됐거든요. 어른들이야 다들 그거 싫어했고."

"그래서 연습했다고요?"

"사랑은 받지 않아도 미움은 받지 말아야 되니까."

태형은 마치 다른 사람 얘기를 하는 듯 굴었다.

그게 도리어 마음에 걸렸다. 이건 절대로 웃음이 나올 얘기는 아니니까.

그리고 이 사람이 지나온 시간이 얼마나 외로웠는지도 알 것 같았다. 비록 그의 아픔을 온전히 이해할 수 없을지라도.

"고생했어요."

자신의 모습이 겹쳐 보여 저도 모르게 태형을 안았다. 생각지도 못한 돌발 행동에 그의 몸이 움찔하는 게 느껴졌다.

하지만 태형을 안은 손을 놓지 않았다.

어쩌면 스스로에게 고생했다고 말하고 싶었는지도 모르겠다.

고개를 들자 태형이 저를 가만히 바라보고 있었다.

지금 이 상황이 부담스러울 수도 있고 멋대로 안아 버린 게 불쾌할지도 모르겠다.

태형을 안았던 손을 풀려는데 그가 저를 안았다. 예상외의 반응이었다.

"머리 자주 묶고 다녀요."

입심과 함께 밀려든 저음이 눅진하게 짖어 든다.

"예쁘네."

그 한마디에 귀가 터질 듯 뜨거워졌다.

곧 두 사람의 몸이 떨어졌다. 자신의 심장은 끝없이 요동치고 있는데 태형은 아무런 표정의 변화도 없었다.

도리어 자신의 변화를 살펴보는 것 같은 기분까지 든다.

얼굴이 터질 것 같이 홧홧하고 입이 말랐다.

"이거 다른 사람한테도 해 줬어요?"

그 와중에 웃기지도 않은 질문까지 터져 나왔다.

다른 사람한테 해 줬으면 어쩌려고. 질투라도 하게?

생각나는 대로 던진 질문에 여울의 마음이 조여들었다. 얼른 대답을 듣고 싶기도 하고 아무 대답을 듣고 싶지 않기도 했다.

"크고 나서는 처음."

그 대답이 자신의 마음을 들뜨게 했다. 하늘을 두둥실 떠다니는 기분마저 들었다.

특별한 선물을 받은 것처럼 여울은 자신의 머리카락을 매만졌다.

"마음에 들어요?"

"네, 좋아요."

밝은 웃음이 입가에서 사라지지 않았다.

"아! 우리 얼른 야식 먹을까요?"

너무 좋아한 것 같아 민망해져서 황급히 화제를 돌렸다.

"지금은 다른 거 먹고 싶은데."

"저는 아니죠?"

농담으로 던진 말에 태형은 침묵으로 대답했다.

그러더니 한 손으로 제 얼굴을 감쌌다. 입술 선을 훑는 손길에 온몸이 긴장됐다. 그러면서도 동시에 기대됐다.

숨을 멈춘 채로 태형을 바라봤.

굳게 다물려 있는 그의 입술이 몹시도 탐스러웠다. 당장에 삼켜 버리고 싶을 만큼.

'하고 싶은 대로 해.'

달콤한 속삭임에 본능이 꿈틀거렸다.

태형의 목에 두 팔을 두르고는 입을 맞췄다. 가볍게 붙었다가 떨어지는 입술에 갈증이 해결될 리 만무했다.

"이걸로는 해결 안 되는데."

"……"

"나 많이 흥분했거든요."

그가 말을 끝내자마자 제 허리를 잡았다. 가뿐하게 몸을 들어 올려 식탁에 앉혔다.

그러더니 순식간에 얼굴을 들이밀었다. 가볍게 내리깐 눈이 입술에 닿는 게 또렷이 느껴졌다.

작게 벌어져 있는 입술 사이로 뜨거운 숨이 오르내렸다. 이미 자제력은 산산조각이 났다. 서로를 갈망하는 마음만 살아남았을 뿐.

하아, 아…….

누가 먼저랄 것도 없이 달뜬 숨을 집어삼켰다. 불규칙한 호흡이 서로의 입 안을 물들였다.

엉겨 붙은 혀에서 흘러내리는 타액이 달아도 너무 달았다.

달콤한 타액을 마시면서 더 큰 쾌락을 바랐다.

순식간에 태형이 윗옷을 벗어 내고는 제 허벅지를 잡았다. 두

다리를 벌리고 그가 그 사이를 파고들었다.

아랫도리가 벗겨지는 느낌이 났다.

하지만 입맞춤에 빠져 다른 건 아무래도 상관없을 것 같았다.

뜨거운 키스에 정신이 혼미해졌다. 살덩이가 닿았다가 떨어지는 야한 소리가 쉼 없이 귀를 간질거린다.

그에게서 절대 떨어지지 않겠다는 듯 두 팔로 목을 감싸 안았다.

"아하아앙……."

다리를 타고 올라온 손이 속옷 위를 비비적거렸다.

탄탄한 태형의 어깨에 얼굴을 박고는 속옷이 축축하게 젖어 가는 걸 느꼈다. 찌릿한 감각이 팟- 하고 터져 나와 허리를 들썩이게 한다.

"더… 더, 하앙, 더 하고……."

하고 싶다는 말이 울컥 쏟아졌다.

좋아하니까.

이 사람의 모든 것을 담아내고 싶으니까.

블라우스를 열어젖힌 태형이 한쪽 가슴을 삼켰다. 꼿꼿하게 혀를 세워 살덩이를 핥다가 이로 깨물었다.

얇은 속옷 천을 옆으로 밀어젖히고 구멍 속으로 손가락까지 거침없이 밀어 넣는다.

저를 본능 속에 처박으려는 것이 분명했다.

하나씩, 하나씩…….

자신을 먹어 치우는 태형의 몸짓이 좋았다. 온몸이 그의 향으로 전부 채워지길 바랐다.

"넣어 줘요."

"내가 얼마나 쑤셔 댈지 알고?"

"상관없, 하읍!"

"마음껏 즐겨 봐요. 원하는 만큼 박아 줄 테니까."

다리 사이로 페니스가 밀려 들어왔다. 좁다란 살덩이가 벌어지면서 나는 고통에 뜨거운 숨이 흘러내렸다.

어서 이 고통이 열락으로 바뀌길 바랐다.

그리고 어떻게 하면 그럴 수 있는지 여울은 잘 알고 있었다. 엉덩이를 흔들기 시작한 것도 그것 때문일 거다.

사랑하고 싶다.

사랑받고 싶다.

"아읏, 태형 씨……."

애정이 담긴 얼굴로 서로를 바라보던 부부가 부러웠는지 몰랐다.

그래서 사랑을 해 달라 이렇게 투정을 부리고 있는지도.

하지만 어떻게 해야 할까.

당신의 모든 계절에 있고 싶은 이 마음을.

*

"주여울 씨."

어디선가 태형의 목소리가 들렸다. 꿈인가.

"흐으응……."

여울은 몸을 뒤척거리면서 이불을 목 끝까지 올렸다. 그러자 이번에는 멀찍이서 초인종 소리가 들렸다. 뒤이어 쿵쿵쿵 하고 문을 두드리는 소리도 들린다.

간밤에 제가 몇 시에 잠들었는지 상관도 없다는 소리였다.

어제 왜 늦게 잤더라. 태형이 밤에 왔고, 머리를 묶어 주다가 침대로 가서……. 아!

"주여울."

나직이 흘러든 저음에 번쩍 눈을 떴다. 이불을 걷어 젖히고 윗몸까지 일으키자 태형이 코앞에서 보였다.

"누가 주여울 씨 찾는 것 같은데."

"제, 제가 나가 볼게요."

부스스한 머리에, 얼굴도 꾀죄죄할 텐데…….

몰골이 걱정됐지만 일단은 초인종부터 멈춰야 했다. 여울은 급하게 머리카락을 두 손으로 쓸어내리고는 침실을 나섰다.

이 시간에 누가 찾아온 건지 감도 잡히지 않았다.

"……."

거실 벽에 걸린 비디오폰을 확인한 여울의 눈이 커졌다. 너무 놀라 말도 나오지 않았다.

화면에 보이는 얼굴은 분명 아버지였다.

아, 아버지가 왜?!

더욱이 아버지 곁에는 아무도 없었다. 혼자 딸의 집에 찾아오셨다는 소리인데 믿어지지 않았다.

제가 서울로 올라온 이후, 단 한 번도 없던 일이었으니까.

"누구예요?"

"아버지요."

"주여울 씨 아버님?"

자신은 어쩔 줄 모르겠는데 태형은 천하태평이었다.

주말 아침부터 남자와 한집에 있는 걸 보면 아버지는 어떤 표정을 지을까.

화를 내실까. 아니면 실망?

결코 좋은 반응이 나오지는 않을 거다.

차라리 아무도 없는 척할까? 적어도 태형과 같이 있는 걸 들키는 것보다는 그게 나을지도 몰랐다.

"문부터 열어 드릴까요?"

"아뇨. 아뇨, 일단 잠시만요."

수신은 기실 테이블에 있는 핸드폰을 끄고 모른 척할 생각이었다.

그러나 제 계획은 소용없을 거라는 듯 이모에게 부재중 전화가 몇 통 와 있었다.

[여울아, 많이 바쁘지? 정신없는 것 같아서 문자 남겨.]

기나긴 장문의 메시지도.

[아버지 건강 검진 받는다고 새벽에 올라가실 거야. 어디 이상한 데 앉아 있지 말고 딸내미 딸기라도 좀 갖다 주라고 과일 들려서 보냈어.]

이모는 아버지를 잘 부탁한다며 신신당부했다. 그러니 이대로 아버지를 돌려보낼 수 없었다.
"아버님한테 다른 곳에서 만나자고 하는 건 어때요? 시간 끌기에는 그게 좋을 것 같은데."
"비밀번호라도 알려 달라고 하실 거예요."
"아니면……."
"아니면?"
"내가 가짜 남자 친구 행세 정도는 해 줄 수 있을 것 같은데."
가짜.
그 단어가 차갑게 마음에 꽂혔다. 자신과 태형 사이에 있는 거리감이 순간 또렷이 느껴졌다.
우리의 사이는 진짜가 될 수 없다고 속살거리는 것 같기까지 했다.
태형의 입장에서는 당연한 일이었다. 분명 자유로운 사이라고 제게 처음부터 말하지 않았나. 그래도 좋다고 그의 손을 잡았던 건 바로 자신이었다.
그런데 왜 이렇게도 '가짜'라는 말에 마음이 울렁거리는 걸까.

희망이 너무 부풀었나. 우리가 진짜 사이가 됐으면 하는 욕심이 커지기라도 한 거야?

어느 쪽이든 그 마음을 갉아먹고 있는 것만은 확실했다.

"그냥 잠깐 침실에 계셔 주시면 될 것 같아요."

"내 도움 필요 없어요?"

"거짓말은 안 하는 게 좋을 것 같아서요."

"아무도 없다는 말도 결국 거짓말 아닌가."

"태형 씨 보면 결혼 얘기도 꺼내실 텐데……. 계속 거짓말하고 싶지는 않아서."

"그렇게 해요."

침실로 돌아가는 태형의 뒷모습에 왠지 모르게 마음이 가라앉았다.

다시는 열리지 않을 것처럼 닫힌 문이 꼭 벽 같았다.

이 관계를 붙잡고 싶어 하는 건 자신뿐이구나.

그게 또렷이 느껴진다.

차가운 현실을 애써 털어 내면서 여울은 현관으로 발길을 돌렸다.

*

여울은 계획에도 없던 건강 검진 센터에 앉아 있었다. 아버지야 혼자 가겠다고 했지만 그렇게 둘 수 없었다.

여러 검사를 받고 기다리는 내내, 아버지와 자신 사이에는 아무 말도 오가지 않았다.

사실 같이 앉아 있는 것부터가 민망스럽기는 했다.

엄마의 기일에 그 난리를 피우고 처음 만나는 게 아닌가. 아버지가 처음 자신에게 손찌검을 하기도 했고.

그러나 가족이란 건 이상해서 그 소란을 내고도 기어코 사람을 붙여 놓는다.

"48번 환자분 들어오세요."

번호가 불리자마자 아버지가 검사실로 들어갔다. 여울은 검사가 끝나기를 기다리며 가방에서 핸드폰을 꺼냈다.

[아버지 검사 잘 받고 있어요.]

이모에게 상황을 보고했고, 집으로 돌아간다는 태형의 메시지를 확인했다.

되도록 아버지와 일찍 집을 나오긴 했지만 침실에서 숨을 죽이고 있느라 고생을 좀 했을 거다. 소리도 내지 않고 있는 게 쉬운 일은 아니니까.

[피곤할 텐데 푹 쉬세요. 이제 위내시경 하나 남아서 금방 끝날 것 같아요.]

여울은 태형에게 상황을 설명하려다가 말았다.

어차피 궁금하지도 않을 거다. 도리어 뭘 이렇게 미주알고주알 얘기하는 건지 귀찮아할지도 몰랐다.

[피곤할 텐데 푹 쉬세요.]

딱 거기까지 보내는 게 맞았다. 공손하게 인사를 날리는 이모티콘까지 덧붙였다.

태형은 바로 문자 메시지를 읽었는데 답장은 없었다.

고생한다는 말 한마디만 해 줬어도 좋았을 텐데……. 괜한 기대라는 걸 모르지 않았다.

'가짜 남자 친구 행세 정도는…….'

'가짜 남자 친구 행세…….'

'가짜 남자 친구.'

가짜 관계.

거기서 한 발짝도 나아갈 수 없었으니까.

핸드폰을 가방에 구겨 넣고 멍하니 앉아 아버지를 기다렸다. 처음에는 아무 생각이 없었는데 시간이 지날수록 슬슬 걱정이 됐다. 위내시경을 하는 것치고는 시간이 길어지고 있었기 때문이다.

뭔가 잘못된 건 아닐까. 문제라도 있는 거 아니겠지?

나쁜 생각들이 차오르자 가만히 자리에 앉아 있을 수가 없었다. 검사실 주변을 서성거리면서 초조하게 아버지를 기다렸다.

이 순간만큼은 혼자라는 게 슬펐다.

걱정을 나눌 수 있는 사람이 있었다면 지금보다는 덜 두렵지 않았을까.

그때 드디어 검사실에서 아버지가 나왔다.

"위에 용종이 있어서 제거했습니다. 자세한 내용은 선생님께서 설명해 주실 거예요."

간호사는 저를 진료실로 안내했다.

거기까지 가는 발걸음이 너무도 무거웠다. 할 수만 있다면 누군가의 손이라도 잡고 싶었다.

아버지에게 무슨 일이 있을까. 덜컥 겁이 나 견디기가 힘들었다. 도저히 큰일에 의연해지지 않는다.

엄마를 떠나보냈던 그 어린아이의 상태에서 조금도 크지 못한 건지도 몰랐다.

자신은 입이 바짝 타들어 가는데 아버지는 오히려 담담했다. 겉만 봐서는 방금 용종을 뗀 사람이라고 보이지도 않았다.

진료실에 들어가 앉아 의사의 말을 기다렸다.

"3미리 정도 되는 용종을 한 개 제거했고요. 조직 검사 이후에 봐야 알겠지만, 크게 걱정하시지는 않아도 될 것 같습니다."

의사는 주의 사항을 꼼꼼하게 일러 주었다. 주의해야 할 음식이 생각보다 꽤 많았다.

그렇게 진료실을 나올 때까지도 아버지는 별말이 없었다.

"저희 집에서 쉬다 가세요."

"됐다. 바로 내려가도 돼."

"한두 시간만요."

"쉬더라도 내 집이 편해."

"딸 집은 싫으세요? 저 보는 거 불편하셔서요?"

사실은 걱정돼 죽겠으면서 왜 그렇게 뾰족한 말이 튀어나오는 건지.

속상한 건 불편하냐는 질문에 아버지가 아무 대답도 하지 않았다는 거였다. 그렇게 물어보는 것조차 불편하다는 듯이.

"터미널까지 모셔다 드릴게요."

더 이상 아무것도 묻지 않기로 했다. 상처를 덜 받기 위한 소리 없는 발악이었다.

*

아버지가 집으로 가신 다음 날.

여울은 두 팔을 걷어붙이고 대청소에 나섰다. 가만히 앉아 있어 봐야 잡념만 쌓일 거였다.

몸이라도 움직이는 게 백번 나았다. 그러다 보면 어느새 머릿속이 말끔히 비워질 테니까.

"아."

분주하게 움직이던 손이 움찔했다.

아직도 봉투를 돌려주지 못한 걸 잊고 있었다. 이러다가 돈만 받고 태형은 계속 만나는 파렴치한이 되는 건 아닌지.

드라마나 영화를 보면 다들 멋있게 돈을 돌려주던데. 자신은 며칠째 볼썽사납게 봉투만 만지작거리고 있었다.

아무래도 단아를 만나는 것 말고 다른 방법을 찾아야 할 것 같았다.

[곽도현 비서님]

다른 도움을 받기로 했다.

어쩌면 고민을 덜어 내기 위한 가장 빠른 방법일지도 몰랐다. 통화 버튼을 누르자 긴 신호음이 갔다.

-안녕하세요, 대리님.

신호음이 몇 번 울리지 않았는데 도현이 곧장 전화를 받았다.

"통화 가능하세요?"

-네네. 괜찮아요. 무슨 일로 전화하셨어요?

"뭐 부탁드리고 싶은 게 있어서요."

목소리가 절로 조심스러워졌다. 매번 부탁만 하는 것 같아 미안하기만 했다.

-편하게 말씀하세요.

"오늘 잠깐 시간 되세요?"

-제가 시간이 많아서요. 편한 시간 말씀 주시면 나갈게요. 안 그래도 나가고 싶었는데 잘됐네요.

배려 넘치는 도현 덕에 쉽게 약속을 잡았다.

두 시간 뒤에 만나기로 하고 전화를 끊자 벌써 마음이 홀가분해졌다. 이번 일이 풀리고 나면 걱정이 반으로 줄어들 거다.

부디 그러기를 바랐다.

태형에게서 버려질 수 있다는 두려움에 관계를 망치고 싶지 않았으니까.

*

도현은 돈 봉투를 받게 된 걸 설명하는 동안 아무 말도 꺼내지 않았다. 그저 간간이 고개를 끄덕여 주거나 추임새를 넣어 준 게 전부였다.

이야기를 얼마나 잘 들어 주던지 하마터면 태형과 사실은 결혼도 하고 싶다는 진심까지 내보일 뻔했다.

가짜 관계가 언젠가 진짜로 바뀔 수 있다는 희망을 품고 있다는 것도.

거기까지 이야기가 진전되지 않은 게 다행일 지경이었다.

"사모님까지 얽힌 일이면 곤란하긴 하네요."

"돈을 돌려드리고 싶은데 뜻대로 되지 않아서요."

"그래서 제가 뭘 도와드리면 될까요?"

"남단아 씨를 불러 주실 수 있을까요?"

세 사람이 친구였다는 이야기는 진즉에 들었다. 그러니 도현이 부르면 그녀가 나올 수 있을지 몰랐다.

"저는 피해도 비서님이 부르면 나와 주실 것 같아서요."

도현의 입장에서는 곤란한 부탁일 거다. 결국에는 당신들의 우정을 이용하겠다는 소리니까.

"혹시 어려우시면 거절하셔도 돼요. 괜찮아요."

"전화해 볼게요."

잠시 고민하던 도현이 제 부탁을 받아 주었다.

"도와주셔서 감사해요!"

고마운 마음에 그의 두 손을 덥석 붙잡았다. 그러다 이내 머쓱해져서 슬그머니 손을 뗐지만.

괜찮다는 듯 빙긋이 웃던 도현이 자리에서 일어났다.

"전화 좀 하고 올게요."

도현이 멀찍이 떨어져서는 단아에게 전화를 걸었다. 그의 입이 움직이고 있는 걸 봐서는 다행히 그녀가 전화를 받은 모양이었다.

대화를 하고 있는 도현을 가만히 바라봤다.

마침내 전화가 끊기고 그가 제자리로 돌아왔다.

그런데 어딘가 모르게 도현의 표정이 밝아 보이지 않았다. 역시 제가 부탁한 걸 들켰나. 눈치 빠른 사람이니 진즉 알아챘을지도 몰랐다.

"이쪽으로 온다네요."

걱정이 무색하게 긍정적인 대답이 돌아왔다.

"한두 시간 걸릴 것 같다고, 그때까지만 주 대리님하고 있어 달라네요."

"네?"

"제가 전화하자마자 안 것 같아요."

"그래도 어쨌든 저 만나 주시겠다는 거죠?"

"그러겠다네요."

그게 다행이면서도 어딘가 모르게 찝찝했다.

자신을 피하다가 갑자기 만나 주겠다는 거 아닌가. 이렇게 쉽게?

머리를 굴려 보지만 단아의 마음이 바뀐 이유를 알 수 없었다.

직접 만나 보는 수밖에.

"같이 있어 드릴까요?"

"아뇨, 괜찮아요. 단아 씨한테 전화해 주신 걸로도 충분히 감사해요."

여울은 빙긋이 웃으며 커피로 목을 축였다.

생각보다 빠른 만남에 머릿속이 온통 뒤죽박죽이었다. 무슨 말을 해야 할지 정리도 되지 않았다.

처음 돈 봉투를 받았을 때처럼 마음이 쉬이 진정되지 않았다. 그녀가 태형의 어머니 대리인이나 마찬가지라는 생각 때문이었다.

  그렇게 마음을 가다듬고 있을 때였다.
  약속 시간에 맞춰 단아가 나타났다.
  여울이 자리에서 일어나 깍듯하게 인사를 했다. 반면 그녀는 옅은 미소를 지어 보이며 제 앞에 자리를 잡고 앉았다.
  "여자들끼리 오붓하게 얘기하고 싶은데."
  이만 가 달라는 투였다.
  도현이 고개를 돌려 저를 봤다. 일어나고 말고는 단아가 결정할 일이 아니라는 것처럼.
  제가 고개를 끄덕이자 그가 자리에서 일어났다.
  카페를 나서는 그를 배웅할 새도 없었다.
  "도현이하고도 많이 친한가 봐요?"
  "그건 아니고,"
  "근데 상대를 잘못 고르셨어요. 도현이, 쟤는 주말에 저 만나자고 부를 애가 아니거든요. 태형이라면 모를까."
  태형과 얼마나 가까운 사이인지 확인시켜 주려는 심산일 거다.
  "돈, 그렇게 돌려드리고 싶어요?"
  "…네."
  "그러면 줘요."

단아가 가볍게 테이블을 탁탁 두드렸다.

"내가 어머님께 돌려드릴게요."

단아의 말에 여울의 눈동자가 흔들렸다. 그도 그럴 것이 자신을 설득할 거라 여겼을 거다.

물론 단아도 처음에는 그녀를 겁주면서 혼자 지쳐 떨어져 나가는 걸 지켜볼 생각이었다.

그런데 자신이 만든 귤청이 남의 집에 있는 걸 보자 눈이 뒤집혔다. 이대로 그녀가 태형의 곁에서 사라지지 않을 수도 있겠구나 하는 불안이 단아를 미치게 했다.

그래서 이렇게 고고한 척 굴 수 있는 걸까.

돈보다는 사랑이라는 웃기지도 않은 말을 쏟아 내면서?

단아는 있는 힘껏 여울의 마음을 짓밟고 싶었다.

너도 태형을 스쳐 간 다른 여자들과 다를 바가 없다고. 친구로라도 곁에 남아 있는 자신보다 훨씬 별 볼 일 없고 불쌍한 존재라고.

그렇게 알려 주고 싶었다.

"이 돈으로 축의금 드리면 되겠네요."

"축의금요?"

"태형이가 아직 말 안 했어요? 다다음 주 토요일에 어머님 결혼식인데."

여울은 결혼 날짜는 처음 듣는다는 표정이다.

하기야 강태형이 말했을 리가 없지.

"몰랐어요?"

"몰랐습니다."

여울의 목소리에는 힘이 없었다.

"걔가 원래 그래요. 그간 만났던 여자들도 가족 행사에는 절대 안 데려왔거든요."

계속 무너져.

다시 일어설 수 없을 때까지.

"그래도 태형이한테 은근슬쩍 물어봐요. 깜빡하고 말 못 한 걸 수도 있잖아. 내가 말해 줄까요?"

"아…뇨. 괜찮아요."

"정말 괜찮은 거 맞아요?"

바로 대답이 돌아오지 않았다. 봉투를 잡고 있는 손만 꼼지락거릴 뿐.

"이것만 잘 부탁드릴게요."

괜찮다는 말 대신 여울은 돈 봉투를 내밀었다. 이런 거라면 얼마든지 도와주겠다는 듯 봉투를 가져갔다.

어차피 이 돈은 태형의 어머니에게 돌아가지 않을 거다. 두 사람의 관계를 흔들려는 계획이었을 뿐이니까.

이 세계에서는 여울이 환영받지 못할 존재라는 걸 알려 줬으니, 됐다.

이제는 다른 방법으로 여울을 무너뜨릴 작정이었다. 요동치는 마음이 땅속 깊숙이 처박히도록.

"만약에 힘든 일 있거나 고민 털어놓을 거 생기면 나한테 연락해요."

단아가 핸드백에서 만년필을 꺼냈다.

'저희 회사 만년필 드렸어요.'

여울이 태형에게 선물했다는 만년필이었다. 배럴에 새겨진 'TH' 이니셜이 보이지 않았더라도 그녀는 자신의 선물이라는 걸 단박에 알아챘을 거다.

귤청을 보자마자 자신이 선물한 것이라는 걸 알아본 것처럼.

여울의 시선이 만년필에서 떨어지지 않았다. 단아가 생각했던 그대로의 반응이었다.

그녀의 마음이 무너지고 있다는 걸 알면서도 아는 척하지 않았다. 묵묵히 영수증 뒤쪽에 자신의 핸드폰 번호만 적어 내려갔다.

"받아요."

여울에게 종이를 내미는데 받지 못했다.

"그… 만년필요."

"이거요?"

단아가 만년필을 들어 보이며 되물었다.

"어디서 나셨어요?"

태형의 어머니 결혼식 준비를 핑계로 그의 집에 찾아가 몰래 가져왔다고는 말할 수 없었다.

아니, 말할 생각도 없다.

"아, 이거 태형이한테 잠깐 빌렸는데?"

"빌려요?"

"메모할 일이 있었는데 펜이 없었거든요. 그랬더니 태형이가 가지라고 주던데. 왜요? 만년필에 문제라도 있는 거예요? 불량이어서 줬나?"

"그게······."

무슨 말을 하려고?

단아는 여울의 대답만을 기다렸다. 최대한 아무렇지 않다는 표정을 지어 보이려 애쓰면서.

부디 그녀가 아무 말을 하지 않기를 바랐다. 혼자 상처받은 채로 끙끙 앓아 버리기를.

"저, 저희 회사 거라서요."

차마 태형에게 선물한 거라는 말은 못 하겠나 보다.

"그래서 좋았구나. 나도 나중에 괜찮은 걸로 추천해 줄래요?"

"그럴게요."

"하나 사야겠어요."

서글퍼 보이는 여울의 표정이 몹시도 마음에 들었다.

이제야 자신의 자리를 제대로 알았겠지.

"할 말 끝났으면 먼저 일어나 볼게요."

단아가 핸드백을 어깨에 둘러메고는 자리에서 일어났다. 여울도 덩달아 저를 따라 일어섰다.

"어렵게 생각 말고 언제든 연락해요."

"……."

"여울 씨 마음 이해하거든."

"네?"

"나도 태형이한테 똑같은 기대를 했던 적이 있어서."

이 정도면 여울도 우리가 일반적인 친구 사이가 아니었다는 걸 알아들었을 터다. 단박에 여울의 얼굴이 굳어지는 것만 봐도 그랬다.

눈치가 아예 없는 사람이 아니라는 게 다행이었다.

태형과 하룻밤을 보냈다느니 하는 말들을 굳이 입에 올릴 필요가 없으니까.

게다가 다행히도 여울이 질척거리지도 않았다. 이제 자신이 던져 둔 씨앗이 그녀의 마음속에서 쉼 없이 자라날 거다.

좋은 상상은 아니겠지만.

카페를 나서는 단아의 발걸음이 가벼웠다.

그래, 넌 그렇게 불쌍하게 있으면 돼.

남들과 구별도 되지 않는 시시한 사람으로 얼른 사라져 버려.

*

단아가 카페를 나간 뒤에도 여울은 자리를 뜨지 못했다.

돈 봉투를 해결하면 끝날 줄 알았는데, 세상에 그렇게 쉬운 일은 없다고 누군가가 저를 비웃는 것 같았다.

'태형이가 가지라고 주던데.'

단아의 손에 들린 만년필을 보자마자 단박에 뺏어 버리고 싶었다. 현실은 단아에게 만년필을 추천해 주겠다는 약속이나 했지만.
'네가 강태형한테 무슨 존재인데?'
단아가 그렇게 물을까 두려웠다.
그 말에 아무 말도 할 수가 없어서. 가끔 만나서 즐기기나 하는 파트너 사이라는 것만 확인받을 것 같아서.
여울은 테이블에 놓여 있는 그녀의 종이를 가만히 바라봤다.

'나도 태형이한테 똑같은 기대를 했던 적이 있어서.'

단아도 한 때는 태형에게 지금 자신과 같은 존재였을까.
두 사람도 잤을까?
격렬하게 키스를 하는 두 사람의 모습을 떠올리자 속이 울렁거렸다. 몸이 바르르 떨리고 숨을 제대로 쉴 수 없었다.
화가 났다기보다는 서러웠다. 태형에게 있어 자신이 아무런 존재가 아니라는 게 또렷이 느껴져서.

그게 서글프다.

"하."

자꾸 치솟아 오르는 심술을 참아 낼 길이 없었다.

고작 영수증을 잔뜩 구겨 쟁반과 함께 반납대에 넘긴 게 전부였다.

카페 알바생의 인사를 받고 나오는데 발걸음이 무거웠다. 돈 봉투를 가지고 있을 때보다 더 힘들다.

여울이 하늘을 올려다보며 눈을 감았다. 긴 숨이 자꾸만 흘러나왔다.

"해결 안 됐어요?"

눈을 뜨고 고개를 돌리자 도현이 빙긋이 웃고 있었다.

"아까 가신 거 아니었어요?"

"근처에 볼일 있어서 남아 있었거든요. 얘기는 잘 끝났어요?"

"네, 뭐······."

망한 것 같아요.

인정하고 싶지 않지만 인정할 수밖에 없었다.

"대리님 혹시 오늘 약속 있어요?"

"아뇨."

"혹시 저하고 공방 가지 않을래요?"

"무슨 공방요?"

"아는 친구가 향수 공방 하나를 새로 오픈했는데, 클래스 열기 전에 연습 좀 해 보고 싶다고 해서요."

"제가 도움이 될까요?"

"당연하죠. 그 친구도 대리님 오면 좋아할 거예요."

도현은 클래스에 집중하다 보면 이런저런 잡생각도 사라질 거라 했다.

지금 자신에게 필요한 일이었다.

"갈게요."

쉬는 날에 제 전화를 받고 나와 준 보답이라 생각하기로 했다. 오히려 제가 더 많은 이득을 취하는 보답이기는 했지만.

도현의 뒤를 따라 공방으로 향했다.

*

공방 분위기는 감성적이었다. 푸릇한 식물부터 테이블에 놓여 있는 소품 하나까지 신경 쓴 티가 났다.

"도현이가 이렇게 아리따운 분을 모시고 올지 몰랐네요."

도현의 친구도 사교성이 엄청났다. 초면에 자연스럽게 대화를 끌어내는 솜씨부터가 남달랐다.

"얘가 여자분을 데려올 친구가 아닌데. 아하하!!"

신나게 터지는 웃음에 상대마저 미소 짓게 한다. 여울은 아무렇지도 않았는데 도현만 민망해서 어쩔 줄 몰라 했다.

"도현이하고는 어떻게 아는 사이세요?"

"같이 일하는 분이셔."

"이 빛나는 주말에, 회사분이면… 썸?"

"왜 이래. 죄송해요, 대리님."

도현이 저를 보고는 미안하다는 눈짓을 보냈다.

"썸은 아닐 거 아냐."

어떻게든 친구의 주접을 막겠다는 듯 도현이 그의 등을 떠밀었다.

그들을 따라 대기실에서 벗어나 클래스 존으로 들어섰다. 곳곳에서 좋은 향기가 나는 것 같았다.

"여러 향을 맡아 보시고, 나만의 향수를 만들어 보실 거예요. 전혀 어렵지 않으니까, 저하고 코만 믿고 따라오시면 돼요."

조향 클래스가 시작되자, 도현의 친구 목소리가 확 달라졌다.

"저희는 세네 시간 정도 지속되는 오 드 뚜왈렛을 만들어 볼 거고요. 병부터 자유롭게 골라 주세요."

따뜻한 빛이 커튼 사이로 스며들었다.

둥글고 각진 여러 향수병을 보면서 귀에 박힌 단아의 목소리를 하나씩 털어 냈다.

태형에게서 전화가 걸려 온 줄도 모른 채.

외투 안에 둔 여울의 핸드폰이 몇 번이나 징징거리면서 울어 댔다.

*

홀로 집에 앉아 있던 태형이 전화를 끊었다.

벌써 세 번째 전화.

집이냐는 문자 메시지까지 남겨 봤지만, 여울에게서는 아무 대답도 돌아오지 않았다.

제가 연락하면 언제든 신나게 받는 게 여울이었는데.

핸드폰 화면을 보던 태형의 눈이 가늘어졌다. 또다시 문자를 남겨야 하나. 아니면 전화를 하는 게 낫나.

별게 다 고민이 됐다.

미친 새끼처럼 핸드폰만 붙들고 있는 게 기가 막혔다. 주여울이 전화를 받지 않는 게 뭐 심각한 일이라고.

'우리 나가요, 아버지.'
'너는 집에 있어.'
'건강 검진도 복잡해요. 같이 가는 게 나아요.'
'혼자가 낫다.'

여울의 아버지가 그녀를 찾은 게 마음에 걸렸다. 본가에 간 여울이 왈칵 우는 꼴을 보지 않았나. 건강 검진 센터에서 무슨 일이 있었을지도 몰랐다.

눈이 부을 때까지 울어 대는 여울의 모습을 떠올리자, 기분이 더러웠다.

거지 같은 감정이 훅 뻗쳐 올라와 태형의 미간을 일그러뜨렸다.

그러게. 가짜 애인이라도 해 준다고 했을 때 잡았어야지.

'거짓말은 안 하는 게 좋을 것 같아서요.'

자신의 제안을 거절하던 여울의 목소리가 귓가를 돌았다. 다시 생각해도 마음에 들지 않는 대답이었다.

어찌나 핸드폰을 노려보고 있던지 화면에 구멍이 뚫릴 것 같았다.

태형은 핸드폰을 멀찍이 밀어 뒀다. 여울을 신경 쓰지 않겠다는 다짐이었다.

그녀의 사생활에 관심을 가질 일이 없었다. 특히나 뭣도 아닌 지금 관계에서는 더욱더.

심기 불편한 얼굴로 여울이 만들어 준 핫 팩을 만지작거렸다. 손에 착 감기는 맛에 중독이라도 된 것 같다.

그때 핫 팩 천에 살짝 나와 있는 실밥이 눈에 들어왔다.

순간 좋은 생각이 뇌리를 스치고 지나갔다.

"AS 받아야겠네."

여울을 만날 수 있는 핑곗거리를 찾았는데 굳이 직접 가위로 실밥을 잘라 낼 필요가 없었다.

그녀에게 전화를 걸었으나 이번에도 받지 않았다.

[핫 팩에 문제가 생겼는데.]

[주여울 씨 집으로 갈게요.]

세상 빠르게 여울에게 문자 메시지를 날렸다.

답장을 받기도 전에 집을 나갈 채비를 하는 태형의 움직임이 분주했다. 자신이 얼마나 바쁘게 움직이고 있는지 알지도 못한 채였다.

제13장
나는 당신을 사랑하지 않는다

도현이 만든 향은 여름의 숲을 머금은 것처럼 청량하면서도 산뜻했다. 그러면서도 끝 향은 놀라울 만큼 따뜻했다.

"저 도현 씨 향수 냄새 다시 맡아 봐도 돼요?"

"나눠 드릴까요?"

"그래 주실 수 있어요?"

"샘플 병에 조금 나눠 담아서 드릴게요."

"그러면 제 것도 담아 드릴게요!"

도현과 자연스럽게 서로가 만든 향을 나눴다.

각자의 취향이 담겨 있는 향기가 투명한 용기에 담겼다.

"향이 섞일 수 있는 시간이 필요해서요. 2주 정도 기다리시고 마음껏 사용하시면 됩니다."

"2주나요?"

"조금 길긴 하죠. 그래서 이건 제 선물."

도현의 친구가 작은 향수 두 개를 내밀었다.

"저의 첫 클래스 수강생이 돼 주셔서 감사드린다는 의미로."

도현 먼저 향수를 가져가라는 듯 눈짓을 보냈다. 제가 먼저 선물을 받기 민망했기 때문이다.

그가 향수를 가지고 나서야 여울도 나머지 향수를 가져갔다.

"감사합니다."

"제가 감사드리죠. 나중에 또 놀러 오세요."

"다음에는 손님 많이 데리고 올게요."

"아, 저 벌써 설레는데요."

화기애애하게 인사를 끝내고는 공방을 나왔다.

배웅하겠다면서 나온 도현의 친구가 그와 남은 얘기를 하는 사이, 여울은 선물로 받은 향수를 손목에 뿌려 봤다.

투명한 액체에 도대체 무슨 향이 녹아 있을까.

겉으로 봤을 때는 다 똑같이 생겼는데, 뿌리고 나면 각기 다른 향이 나는 게 그저 신기했다.

은은한 머스크 향이 손목에 젖어 들었다.

맥박이 뛰면서 뒤늦게 차오르는 들꽃 향기가 좋았다. 여울은 팔목에 거의 코를 박고는 가만히 향기를 들이마셨다.

향이 강하지 않아서 더 좋았다.

태형도 이 향기를 좋아할까.

이 와중에도 그를 생각하고 앉아 있다니. 머리에서 나사가 하나 빠져 버린 건지도 모르겠다. 아니면 태형에게 정말 홀딱 취해 버렸든가.

"배고프지 않아요?"

인사를 끝내고 온 도현이 제게 물었다.

"아, 네. 배고파요."

"근처에 맛있는 곳 찾아볼까요?"

"저도 찾아볼게요."

도현을 따라 핸드폰을 꺼냈다.

향수를 만들겠다고 핸드폰에는 한참 손도 대지 않았다는 걸 그제야 깨달았다.

"어……."

그렇게 마주한 부재중 전화.

전부 태형에게서 걸려 온 전화였다.

[집에서 기다리고 있을게요.]

거기다가 문자 메시지까지 날아와 있다.

"도현 씨, 저 죄송한데요. 먼저 가 봐야 할 것 같아요."

"무슨 일 있어요?"

"집에 손님이 와서요."

"집까지 바래다 드릴게요."

"아니에요. 날도 밝고 괜찮아요. 택시 타면 금방 가기도 하고요."

얼른 집에 가야겠다는 생각뿐이었다.

여울의 시선은 도로에 꽂혔다. 택시가 눈에 들어오지 않아 초조했다.

태형이 저를 기다리지 못하고 가 버리면 어쩌나. 어머니의 결혼식에 같이 가자는 말이라도 하려고 왔을지도 모르는데.

만약 그러면 무조건 좋다고 대답할 거다.

그들의 세계가 차갑고 냉정해도 상관없었다. 태형이 있다면 무엇이든 할 수 있었다.

"제가 잡아 드릴게요."

택시를 잡고 싶어 안달 난 모습이 안타까워 보이기라도 했나 보다.

도현 덕에 드디어 택시가 잡혔다.

밥을 먹자는 약속을 단박에 취소했는데도 도현은 끝까지 친절하게 저를 배웅해 주었다.

지금 제게는 태형이 가장 중요하니까.

"다음에 제가 꼭 맛있는 거 사 드릴게요."

여울이 차창 밖으로 고개를 내밀고는 다음을 기약했다.

"기억하고 있을게요."

도현의 대답이 끝나기 무섭게 택시가 출발했다.

그녀를 태운 차가 천천히 도로 위를 달렸다. 한꺼번에 밀려드는 찬바람에 차창을 닫았다.

도현은 제자리에 서서 멀어지는 택시를 바라봤다.

후미등에서 간간이 붉은 빛이 터져 나왔다. 차가 잠깐씩 멈출 때마다 도현의 몸이 움찔거렸다.

솔직한 마음으로는 택시를 붙잡고 싶었다.

여울의 집에 갑작스럽게 찾아왔다는 손님이 누군지 알 것 같았기 때문이다.

강태형이 분명했다.

'비서실로 내려가는 건 어때?'

그건 제안이 아니었다.

'왜, 갑자기?'
'실무보단 관리직이 나으니까.'
'다른 이유가 있는 건 아니고?'
'네가 내 뒤처리에 염증 생긴 것 같길래.'

누가 봐도 자신이 거슬린다는 소리였다.

의외의 선택이기는 했다. 태형은 도움이 되는 사람이라면 버리는 법이 없기 때문이었다. 설령 그게 적이라고 하더라도.

그런데 이번 결정에는 이성이 조금도 작동하지 않은 듯했다.

'오늘 콜라보 회의 가는 것만 처리하고,'
'나 혼자 갈 테니까, 자리 정리해.'

물론 도현의 입장에서는 나쁠 것이 없었다.
아무 때나 수시로 보스가 자신을 부를 일도 없을 거고 지긋지긋했던 태형의 집안 행사에서도 손을 뗄 수 있었다.
오히려 불편해지는 건 강태형이었다.
그런데도 악수를 둔 건 역시나 여울 때문이었을까.
자신의 손안에 든 것을 뺏기기라도 할까 두려워하는 게 꼭 어린애 같다. 그렇게 소중한 거면 다치지 않게 하든가.
여울이 사라진 자리를 보던 도현의 입술 사이로 기나긴 한숨이 흘러내렸다.

∗

택시에서 내린 여울의 낯빛이 환해졌다. 집에 불이 켜져 있었다. 태형이 집에 돌아가지 않았다는 소리였다.
집으로 올라가는 여울의 걸음이 빨라졌다.
그가 집에 온 게 반가우면서도 미웠다. 선물한 만년필을 아무렇지 않게 다른 사람에게 줘 버렸지 않나.
태형을 보면 서운함을 꼭 표현하리라 마음먹었다.
"저 왔,"

현관에 들어서자마자 태형이 저를 안았다. 신발을 벗지도 못한 채였다.
"어디 있었어요? 연락은 왜 안 됐고?"
"저, 공방에 있어서 핸드폰을 못 봤어요. 죄송해요."
"공방에는 왜?"
"기분 전환 좀 하고 싶어서요."
작은 쇼핑백을 들어 보이며 대답했다.
"많이 걱정하셨어요?"
"경찰에 신고하기 직전이었어요, 나."
미안한 말이지만 태형이 저를 걱정해 주는 게 너무 좋았다. 공방에서 향수를 만들었을 때 느꼈던 평화와는 완전히 다른 행복이었다.
하나만 골라야 한다면 태형을 선택할 거다.
이보다 더 행복한 순간은 없으니까.
"죄송해요. 다음에는 핸드폰 손에 잘 들고 있을게요."
"공방은 혼자 갔다 왔어요?"
"아뇨."
"그러면?"
"친구요."
절로 거짓말이 튀어나왔다.
어쩔 도리가 없었다. 도현을 만났다고 하면 돈 봉투 이야기까지 시작해야 할 것 같았으니까.

"친구."

태형이 제 말을 곱씹었다.

"제가 향수 몇 개 만들었는데, 한번 보실래요?"

거짓말을 들키기라도 할까. 황급히 화제를 돌렸다.

신발을 벗어 던지고 태형을 끌고 집 안으로 들어가기까지 했는데 다행히 그는 군말 없이 움직여 주었다.

거실로 들어선 여울이 소파 테이블 앞에 앉았다.

소파에 등을 기댄 채로 쇼핑백에 있던 향수병을 하나씩 늘어놓았다.

"바로 뿌릴 수는 없고 2주 정도 기다려야 된대요. 다다음주에 드릴 테니까 향 맡아 보고 마음에 드는 거 있으면 말해 주세요."

"다 마음에 든다고 하면 어쩌려고?"

"다 드릴게요."

고민도 없는 대답에 태형이 픽- 웃는다. 위로 말려 올라가는 입꼬리가 참 예뻤다.

"너무 밑지는 장사 아닌가."

"왜요?"

"기껏 시간 들여서 만들고 기다렸는데, 손에 남는 게 하나도 없으니까."

"남는 거 많아요."

"뭐?"

"좋아하는 사람이 기분 좋아지면 그것보다 좋은 게 없거든요. 혼자 좋은 것보다는 둘이 좋은 게 훨씬 이득이니까."

태형이 어떻게 생각할지 몰라도 자신은 아낌없이 주는 나무는 아니었다.

그저 태형이 웃는 걸 보면서 얻는 힘이 더 클 뿐.

그러니 언제든 자신이 가진 걸 내어 줄 수 있었다. 설령 아주 진귀한 것이라 하더라도.

태형은 아무 말 없이 저를 바라봤다.

"왜요?"

"그냥 신기해서."

"뭐가요?"

"나한테는 없는 논리라."

가는 만큼 돌려주는 것.

그게 태형이 살던 세상이라고 했다. 여울의 입장에서는 도리어 그것이 신기했는데 각자가 살아온 시간이 다르니 이해할 수 있었다.

"언젠가 태형 씨도 그런 마음이 들 때가 있지 않을까요?"

"글쎄."

만약 누군가를 정말로 좋아하게 된다면 태형도 자신과 같은 마음을 가지게 되지 않을까.

그 상대가 자신이었으면 기쁠 것 같았다.

"아, 맞다. 이건 뿌려도 돼요."

도현의 친구에게 받은 선물을 들었다.

"저도 오다가 뿌려 봤는데 향이 너무 좋더라고요."

"어디다 뿌렸어요?"

"저 손목에요. 태형 씨도 한번 뿌려 보실래요?"

"괜찮아요."

"향 되게 좋은,"

어떤 향인지 신나게 떠들기도 전에 말문이 막혔다.

설명보다 직접 경험하는 게 낫다는 듯 태형이 제 손목을 잡아 얼굴 가까이에 댔다.

뜨거운 콧김이 살결을 적셨다. 숨을 들이마시고 내쉴 때마다 열감이 차오르는 것 같았다. 그에게 반응하듯 손가락까지 옴지락거렸다.

금방이라도 손목에 입술이 닿을 듯했다.

닿을 듯 말 듯⋯⋯. 그게 여울의 마음을 더욱 애달게 했다.

자신의 마음이 일렁이는 걸 아는지 모르는지 태형은 향을 맡는 데만 집중하고 있었다.

향에 취하기라도 한 걸까.

"향, 좋죠?"

어색한 분위기를 깨려고 한마디를 던지며 손목을 빼내려고 했다.

하지만 태형은 손목을 놓아줄 마음이 없어 보였다.

"내 취향은 아니네요."

"그럼 무슨 향기 좋아하세요? 다음에 참고해서 만들어 볼게요."

"주여울 씨 살 냄새."

"네?!"

"그게 딱, 내 취향인데. 가능하겠어요?"

태형의 입술이 손목에 닿았다. 말캉한 살덩이가 느껴지자 확- 온몸이 긴장됐다.

부드럽게 손목을 타고 입술이 미끄러져 내려간다. 쉴 새 없이 옴지락거리던 손가락까지.

가만히 저를 올려다보다가 검지를 가볍게 깨물었다. 전기가 오르듯 찌릿- 거리는 느낌이 온몸에 터졌다.

야릇한 감각에 정신을 차리지 못하고 있다는 걸 태형은 분명 느꼈을 거다.

그러니 매력적인 웃음을 흘리면서 저를 바라보고 있는 거겠지.

'우드 향 나는 거 좋은 것 같아요.'

어쩌면 제가 찾고 있었던 건 태형의 향이었을지도 몰랐다.

'약간 청량한 느낌도 있는데…….'

태형이 없는 사이에도 그를 기억하고 싶어서.

여전히 손목을 잡고 있는 태형을 바라보다가 저도 모르게 입을 맞췄다.

아찔하게 피어나던 감촉에 이성을 잃은 것도 같다. 자신이 찾던 향기를 삼키고 싶었는지도 모른다.

벌어진 입술 사이로 퍼지는 향에 정신이 흐무러졌다.

"아……."

이거다.

젖은 나무에서 나는 것처럼 묵직하면서도, 뒤끝은 청량하고도 달콤한 향기.

제가 간절히 원했던 향기다.

목을 타고 넘어가는 타액이 미치도록 달았다. 꽃잎 사이에 고개를 처박은 벌처럼 태형에게서 헤어 나오지 못했다.

그의 어머니 결혼식에 초대받지 못해도 상관없었다. 단아와 평범한 친구 사이가 아니래도 괜찮을 것 같았다.

이 순간 당신이 내 앞에 있어 주기만 한다면.

질퍽하게 엉키는 숨소리가 맞붙은 두 사람의 입술 사이로 끝없이 피어올랐다.

＊

정신없이 흘러가는 시간 속에서 여울은 돈 봉투를 말끔히 잊었다.

　약속대로 단아가 잘 처리해 주었기를 바라는 수밖에 할 수 있는 게 없었다. 대학 동기 결혼식장에서 축의금을 넣고 있는 자신과 마찬가지로.

　로비에도 사람이 많더니, 축의대 앞도 정신없었다.

　여기저기 사람이 넘치는 게 이 부부가 얼마나 마당발인지 알 수 있었다.

　축의금을 낸 여울이 친구들을 찾았다.

　"신부 대기실부터 가자."

　지혜를 따라 대기실로 향했다.

　대기실조차 사람들로 바글거렸다. 길게 줄을 서서 신부를 만날 때를 기다렸다. 곧 저희 차례가 왔고 부케를 든 친구의 모습이 보였다.

　위에서 쏟아지는 조명에 신부의 얼굴이 눈부시게 빛났다.

　웨딩드레스에 박혀 있는 비즈가 찬란한 빛을 내뿜으며 그녀를 화사하게 밝혔다.

　탄성을 쏟아 낼 수밖에 없는 자태였다.

　"야, 왜 이렇게 예뻐."

　"공주 같아."

　"식장도 장난 아니더라. 축하해!!"

　친구들이 저마다 한마디씩을 던졌다. 그러고는 으레 그러듯 신부를 둘러싸고 사진 한 컷을 찍었다.

입꼬리가 바들바들 떨릴 지경이라는 신부에게 파이팅을 외치며 대기실을 나왔다.

결혼식은 웃다가 울기의 반복이었다.

잔망스러운 신랑의 이벤트에 웃고, 신부 아버지의 편지에 눈물을 쏟았다.

그 모든 순간이 그저 부러웠다. 결혼이라는 게 자신에게는 손에 쥘 수 없는 것처럼 느껴졌기 때문이다.

기찬은 결혼을 피했고, 태형은 결혼이라는 말 자체를 거부했다.

축포를 받으면서 버진 로드를 지나가는 신랑 신부를 보고 있는데 핸드폰이 울렸다.

[결혼식은 재미있어요?]

거의 일주일간 연락이 없던 태형의 문자 메시지였다.

[잘 보고 있어요. 태형 씨는 뭐하고 있어요?]
[일하러 회사 나왔는데 거의 끝났어요.]

그리고?
간절하게 다음 메시지를 기다렸다.
그런데 아무 말이 없자 마음이 조급해졌다. 이대로 문자 메시지를 끝내기 싫었다.

제가 만나자고 하면 좋다고 할까. 커피라도 같이 마시면 좋은데……. 아무리 고민하고 있어 봐야 소용없었다.

[저 친구 식장이 태형 씨 집 가는 길에 있어서요! 제가 그쪽으로 가도 돼요? 커피 마시고 싶어서요.]

두 눈을 꽉 감고 전송 버튼을 누르는 수밖에.

물론 웨딩 홀과 태형의 집은 정반대였다. 하지만 번거로운 건 얼마든지 감당할 수 있었다.

"신랑 신부 친구분들 사진 찍을게요."

답장을 받지도 못했는데 사진사가 친구들을 불러 댔다.

"주여울, 뭐 하고 있어?"

"어?"

"지금 사진 찍는대."

지혜에게 붙잡혀 핸드폰을 자리에 둔 채 앞으로 나갔다.

주례대 앞에 선 사람들은 사진사의 말에 따라 분주히 움직였다. 어서 사진을 찍고 내려가 밥을 먹어야겠다 생각하고 있을 거다.

다들 옷매무새를 가다듬느라 바쁜 와중에도 여울의 시선은 핸드폰에 꽂혀 있었다.

태형이 그러자고 할까. 같이 커피를 마시면 그다음에는 어디로 갈까.

 높은 전망대에 올라가서 야경을 보는 것도 좋을 것 같았다. 사진 한 장 남기는 건 괜찮다고 하겠지?

 기분 좋은 생각에 여울의 입가에는 미소가 떠올랐다.

 "자자, 다들 이쪽 봐 주시고요. 찍습니다."

 하나, 둘, 셋.

 가볍게 터져 나온 제 웃음이 그대로 박제됐다.

 신부의 친구가 나와 부케를 받았고 다 함께 박수 치는 사진을 찍고 난 후에야 모두가 흩어졌다.

 여울은 단상에서 내려오자마자 핸드폰을 집어 들었다.

[선약이 있어서.]

 답장은 그게 전부였다.

 다음에 다시 만나자거나 누구를 만난다거나 하는 말은 없었다. 마치 그런 걸 설명할 이유가 제게는 없다는 듯.

[누구 만나요?]

 여울은 거기까지 썼다가 멈칫했다.

 "여울아, 배고프다. 얼른 밥 먹자."

 "어?"

어깨를 붙잡은 지혜의 손길에 놀라 전송 버튼을 누르고 말았다.
"아!"
태형이 바로 읽어 버리는 바람에 전송 취소도 하지 못했다.

[모임이 하나 있거든요. 원하면 누구 오는지 전부 말해 줄 수 있고.]

답장 하나에 굳었던 표정이 단박에 풀렸다.
시무룩하다가 웃다가 롤러코스터가 따로 없었다. 그래도 좋은걸. 답장이 올 줄 몰랐으니까.

[아니에요! 재미있게 놀다 오세요.]

그 답장을 보낼 때까지도 여울은 알지 못했다. 웃음이 절망으로 바뀔 거라는 걸.

*

여울은 친구들과 남아 술 한 잔씩을 했다. 달달한 양념이 발린 꼬치에 맥주를 마시면서 서로의 고민을 털어놓고 있었다.
쉴 새 없이 여기저기로 튀던 대화의 화제는 어느새 여울에게로 돌아갔다.

"나 괜찮은 사람 아는데 만나 볼래?"

"만나 봐."

"솔직히 마기찬한테는 네가 아까웠어. 관상은 과학이라더니. 바람날 상이었다니까."

태형의 존재를 모르는 친구들이 한마디씩을 얹었다.

여울은 웃음으로 대답을 대신했다.

"야아, 뭐 쓰레기 얘기는 그만하자. 술맛 떨어진다. 건배나 해."

지혜가 저를 도와주려 모두를 채근했다.

그 말에 모두가 술잔을 들었고 건배를 외쳤다. 자신에게 쏟아지던 질문도 순식간에 사라졌다.

"그나저나 다음에는 누가 갈 것 같아?"

친구들의 얘기를 가만히 듣고 있던 여울의 핸드폰이 울렸다. 처음 보는 전화번호라 받지 않으려 했다.

[나 남단아예요.]

문자 메시지를 보지 않았더라면 그랬을 거다.

여울은 조용히 밖으로 나갔다. 그러고는 부재중으로 남겨진 번호로 전화를 걸었다.

신호음이 몇 번 가지 않았는데 단아가 바로 전화를 받았다.

-주 대리님 바빠요?

"네?"

-혹시 이쪽으로 와 줄 수 있어요? 태형이가 취해서 주 대리님을 찾네. 나 혼자는 감당 못 할 것 같은데 도와줄 수 있죠?

"곽 비서님은요?"

-둘이 주 대리님 때문에 싸운 것 같던데.

나 때문에? 왜?

"어디로 가면 될까요?"

자세한 건 나중에 묻기로 했다. 지금은 잔뜩 취한 태형을 데리고 오는 게 급선무였다.

단아가 자신에게까지 전화할 정도면 심각한 상태일지도 몰랐다. 마음 한구석에서는 그녀가 태형의 곁에 있는 게 싫기도 했다.

-주소 보내 놓을게요. 오면 연락 줘요.

통화가 끝나자마자 주소가 날아왔다.

여기서 거리가 조금 됐다. 택시를 탄다고 하더라도 족히 한 시간은 넘게 걸릴 것 같았다.

그래도 가야만 했다.

자리로 돌아간 여울이 다급히 핸드백을 챙겨 들었다.

"나 먼저 갈게."

"어디 가?"

난데없는 끝인사에 지혜가 저를 붙잡았다.

"갑자기 일이 생겨서. 다들 다음에 또 봐. 미안해."

급하게 사과를 하고는 식당을 나섰다.

순식간에 도로로 나가 택시를 잡았다. 그저 마음이 조급했다.

"여기로 가 주세요."

택시를 타자마자 단아가 보내 준 주소를 기사에게 보여 주었다. 기사는 내비게이션에 주소를 입력하고는 빠르게 도로를 내달렸다.

＊

태형은 소파에 기대앉아 유리잔을 돌렸다.

눈앞에 보이는 모든 것들이 마음에 들지 않았다. 서로 자기 자랑을 하면서 머리를 굴리는 게 눈에 훤히 보였다. 곳곳에서 터지는 가짜 웃음마저도 거슬린다.

어머니가 만든 이 프라이빗 모임은 매년 서너 번씩 열렸는데, 가입 조건부터가 까다로웠다.

어느 학교를 나왔는지, 자산은 얼마 정도 되는지부터 살폈다. 설령 그걸 충족한다고 하더라도 모임 사람들 과반수가 찬성하지 않으면 이곳에 들어오지 못했다.

자신들의 견고한 세계에 쉽게 발을 들이지 못하게 하려는 더러운 심보였다.

'제가 그쪽으로 가도 돼요?'

이깟 모임이 아니었더라면 여울을 만날 수 있었을 텐데.

"형!"

역시 취하지 않으면 견디기 힘든 곳이었다. 남이나 다름없는 형제들이 어디서 어떻게 나타날지 모를 일이니까.

"가라."

"왜."

"남들 봐야 좋을 거 없으니까."

"나 쪽팔려?"

"어."

저희가 같이 있는 꼴만 봐도 쑥덕거릴 인간들이다.

"근데 도현이 형은 안 왔어?"

"어."

"왜? 설마, 데이트?!"

그 말에 하필이면 여울의 얼굴이 떠올랐다.

"데이트는 무슨."

"왜, 그때 분위기 죽였다니까."

뭐라고 지랄하는 거야?

순간 훅 올라온 짜증에 잔에 있던 독한 술을 모두 입에 털어 넣었다. 목을 태우는 알코올에도 뒤틀린 마음은 괜찮아지지 않는다.

"둘이 서로 보면서,"

"그 여자 나하고 붙어먹었는데."

더 이상 입을 나불거리지 말라는 듯 단칼에 석윤의 말허리를 잘랐다.

뒷목이 이상하리만치 뻐근했다.

"형하고 사귀는 거였어?"

석윤의 목소리가 얼마나 크던지 주변 사람들의 시선이 일제히 저희에게 꽂혔다.

씨발, 귀찮게 됐네.

"뭐야, 강태형 여자 생겼어?"

"저번에 호텔에서 누구랑 같이 있었다더니. 사실이었냐."

"누구야? 뭐 하는 여자야?"

주변을 배회하던 승냥이 새끼들이 득달같이 달려들었다. 재미있는 소식에 두 눈이 반짝거렸다.

그들에게 둘러싸여 있느라 태형은 자신을 바라보던 단아가 조용히 입구 쪽으로 나갔다는 걸 인지하지도 못했다.

"예쁘냐."

질문 하나하나가 역겹다. 자신의 앞에 있는 면상들을 치우고 싶어 죽을 것 같았다.

속이 뒤틀리는 걸 막아 보려 서버를 불러 쉴 새 없이 위스키를 들이켰다. 마음을 누르려는 발버둥이었다.

어머니가 주최한 모임에서 소란이라도 일으키면 좋을 게 없었으니까.

"사귀는 거 아니니까, 적당히 하고 가라."

"이 새끼 부끄러워서 그런 거 아냐?"

"아니니까."

"너희 어머니 결혼식 때 봐야겠다. 그때는 오겠지."

불필요한 관심이 끝을 모르고 번져 나갔다.

이대로 가다가는 여울에 관한 이야기가 어머니의 귀에까지 들릴지 몰랐다. 만약 어머니가 여울을 건드린다면?

할머니의 유언이 무색하게 어머니와 한바탕 싸움을 벌이게 될지도 몰랐다.

다른 건 몰라도 자신의 것을 건드리는 건 두고 볼 수 없으니까.

"너는 니가 가지고 노는 장난감도 가족 행사에 들고 가냐?"

"아, 뭐야. 여친 아니었어?"

"여친은 무슨."

"하, 씨! 난 또. 강태형이 누구한테 정착했다고."

"정착하려면 수준은 맞춰야지."

비릿한 웃음이 흘렀다. 수준이라는 한마디로 모든 걸 납득하는 새끼들이 우스웠다.

그렇게 모두의 관심이 흩어지는 줄 알았다.

가까운 곳에서 유리잔이 와장창 깨지는 소리가 나지 않았더라면 계속 술이나 들이켰을 거다.

잔이 깨지는 소리가 얼마나 컸는지 연주자들마저 연주를 멈췄다. 어머니의 별장 안은 일순간 침묵이 돌았다.

그리고 침묵의 끝에 주여울이 있었다.

대체 왜 니가 여기 있는 거야?

"제, 제가 치울게요. 죄송해요."

이 세계와 조금도 어울리지 않는 여자였다.

괜찮다는 서버의 말에도 꾸역꾸역 쭈그려 앉아 깨진 잔들 치우겠다고 나서는 것부터가 그랬다.

손이라도 다치면 어쩌려고.

"여기는 어떻게 들어오셨습니까."

요란한 소란에 가드가 나타나 여울을 붙잡았다.

잔을 쥔 태형의 손에 바득 힘이 들어갔다. 가까스로 어금니를 물고, 욕이 나오려는 걸 참고 있었다.

"일단 나가 주시죠."

"저는……."

여울이 고개를 돌려 저를 봤다. 금방이라도 눈물을 터뜨릴 것 같은 얼굴이다.

도와 달라는 소리 없는 목소리가 자신의 쪽으로 떠밀려 왔다. 하지만 태형은 일어날 수 없었다. 여기서 여울에게 다가갔다가는 소문이 일파만파 퍼져 나갈 거다.

가만히 앉아 있자니 속이 뒤틀렸다. 여울의 팔을 잡고 끌어내려는 모습에 눈이 뒤집힌다.

참을성이 한계에 다다른 순간.

"제가 아는 사람이에요. 데리고 나갈게요."

단아가 여울을 데리고 밖으로 발길을 돌렸다.

자신을 바라보는 여울의 눈동자에는 아무런 감정도 들어 있지 않은 듯했다. 뭔가 잘못된 것 같은 느낌이 등줄기를 타고 올라왔다.

출입구 쪽으로 나가는 여울의 모습이 순식간에 시야에서 사라졌다.

아무래도 거지 같은 이유를 대서라도 여기서 나가야 할 것 같았다. 어디 다치지 않았나, 제 눈으로 확인해야 마음이 놓일 것 같았다.

"남단아, 쟤는 무슨 저런 년을 데려왔어? 존나 흥 깨지게."

"그래도 얼굴은 나쁘지 않던데."

"하긴 저런 애들이 또 까져서 쉽게 넘어와요. 나 도전······!"

자리에서 일어나던 태형의 이성이 완전히 끊겼다. 꾸역꾸역 참고 있던 화가 한꺼번에 폭발해 버렸다.

태형은 키득거리는 사람의 멱살을 붙들고 주먹을 날렸다.

"야야! 강태형!!"

"저쪽 팔 잡아 봐."

주변에서 말려 보려 했지만 소용없었다.

아래에 깔린 남자는 거의 피투성이가 되어 가고 있었다. 그럼에도 태형의 주먹질은 멈추지 않았다.

감히 누구를 건드리겠다고.

태형의 숨이 거칠어졌다. 남자에게서 자신을 떼어 놓는 힘에 그의 주먹질이 멈췄다.

자리에서 일어난 채로 피투성이가 된 남자를 내려다봤다. 그는 일어나지도 못하고 앓는 소리만 내고 있었다.

겁에 질려 몸을 움츠리고 있는 꼴을 보는데도 속이 풀리지 않았다.

손이 까진 채로 고개를 돌리자, 놀란 어머니의 얼굴이 보였다. 아무래도 착한 아들 행세는 이쯤에서 끝내는 게 나을지도 모르겠다.

*

여울이 별장 밖으로 나왔다. 단아에게 반쯤 끌려 나왔다는 게 더 맞겠다.

그녀가 아니었더라면 가드에게 붙잡혀 쫓겨났을 거다.

자신을 차갑게 바라보던 시선은 얼마든지 잊을 수 있었다. 하지만 저를 가만히 쳐다보기만 하던 태형의 모습은 머리에서 사라지지 않았다.

'정착하려면 수준은 맞춰야지.'

태형에게 있어 자신은 아무 존재가 아니라는 것이 확실해지는 순간이었다.

여울은 목적지도 없이 앞만 보고 걸었다. 자신이 어디 있는지조차 알지 못했다. 머릿속이 새하얗게 변해서 아무런 생각도 들지 않았다.

오직 태형의 목소리만 끝없이 귓가를 맴돌 뿐.

"주여울 대리님."

단아가 황급히 저를 붙잡았다.

"걸어서 가려면 한참 가야 해요."

그제야 자신의 앞에 어둠만 존재한다는 걸 깨달았다. 암흑 속에서 쏟아지는 공기가 너무도 차다.

"차 불러 줄게요. 타고 가요."

단아는 비서에게 전화를 하고는 조금만 기다리라고 했다.

"추우면 내 옷이라도 입을래요?"

"저 왜 부르셨어요?"

"그게 무슨 말이에요?"

"태형 씨가 저 찾는다고."

"태형이 취한 거 맞아요. 주 대리님 찾은 것도 맞구. 그런데 태형이 본모습이 마음에 안 든다고 지금 나한테 화풀이하는 건가요?"

방금 전까지만 해도 다정하던 단아의 모습이 사라졌다.

"오히려 나한테 고마워해야 하는 거 아니에요? 나 없었으면 태형이는 주 대리님 끌려 나갈 때까지 신경도 안 썼을 테니까."

잊고 싶은 상황을 상기시켜 주기까지 한다.

슬픈 건 단아의 말에 반박할 수가 없다는 거였다. 자신이 어떻게 됐어도 태형은 신경 쓰지 않았을 테니까.

제가 나타난 게 부끄러웠을지도 몰랐다.

수준도 맞지 않은 여자가 나타나 소란까지 벌였지 않나.

"태형이는 원래,"

"알아요. 원래 그런 사람이라는 거."

"주 대리님."

"걱정해 주셔서 감사합니다. 근데 저한테 더 마음 쓰지 않으셔도 될 것 같아요. 덕분에 잘 이해하고 알아들었습니다."

생각해 보면 태형은 단 한 번도 저를 좋아하지 않았을지도 모른다.

흥미나 관심.

그건 물건에도 충분히 느낄 수 있는 감정이었다.

태형이 자신에게 관심을 보였다고 좋아한다고 볼 수는 없었다. 그걸 잘 알고 있었으나 외면하고 싶었던 것 같다.

제가 좋아하니까.

언젠가 태형도 자신을 좋아해 주지 않을까. 기대하게 될 만큼 자꾸 좋아졌으니까.

하지만 불행히도 태형을 만날수록 외로워졌다.

그리고 무서웠다.

태형이 제가 재미없어졌다면서 자신의 손을 놓으라고 채근할까 봐.

그게 왜 그렇게 두렵고 서글펐는지 지금 생각해 보면 알 수 없었다. 그깟 손을 놓는다고 세상이 끝나는 것도 아닌데.

"잘 알았다니까 다행이네요."

"…네."

한숨을 머금은 입김이 사방에 흩어졌다.

여울은 고개를 들어 오르막길 위쪽에 있는 별장을 바라봤다.

모든 걸 포기한 지금 이 순간에도 태형이 나타나지는 않을까, 조금도 기대하지 않았다면 거짓말이었다.

그러나 일말의 희망마저 꺾어 버리듯 태형은 나타나지 않았다.

단아가 부른 차만 자신의 앞에 멈춰 섰을 뿐.

"타요."

딘이가 뒷자리 문을 열어 주며 말했다. 그게 꼭 미련 없이 이곳을 떠나라 말하는 것처럼 느껴졌다.

멍하니 별장을 바라보던 시선을 거두었다.

아쉬워할 것도 없었다.

원래 제 세상으로 돌아가서 다른 행복을 찾으면 됐다. 더 이상 스스로를 해치거나 괴롭히지 않을 일들로.

"먼저 가 보겠습니다."

단아에게 단정히 인사를 하고는 차에 올라탔다.

이가 딱딱 부딪힐 만큼 차가웠던 공기가 빠르게 사라져 갔다.

*

샤워를 마치고 나온 여울의 핸드폰에는 부재중 통화가 남겨져 있었다.
전부 태형의 전화였다.

[전화 받아요.]

그리고 남겨져 있는 문자 메시지.
여울은 가만히 그 메시지를 바라봤다.
아무런 대꾸도 하기 싫다. 싸울 기력도 없었고, 괜찮다고 말하기도 싫었다.
그러면서도 이렇게 답장을 하지 않으면 콜라보에 문제라도 생기는 건 아닌지 걱정도 됐다.
태형이 어떻게 나올지 조금도 짐작이 되지 않는다.

[혼자 쉬고 싶어요.]

우선은 그렇게 수습하기로 했다.
다음에 만날 때 모든 걸 끝내자고 말할 생각이었다. 지금은 그저 쉬고 싶었으니까.

[그래요, 그럼.]

태형에게서 날아온 문자 메시지를 보고는 그대로 핸드폰을 엎어 놨다.

텔레비전으로 고개를 돌리자, 유명 배우가 나왔다.

지난번 자선 연주회에서 본 적이 있었는데. 그때도 화면처럼 예뻤던 기억이 났다.

-나를 사랑하는 게 무엇보다 중요한 것 같아요. 내가 날 아껴야 남도 나를 아껴 줄 테니까.

토크 예능에 나온 그녀의 차분한 목소리가 울려 퍼졌다.

가만히 텔레비전만 보고 있어서 그런가. 제게 아무 일도 없었던 것처럼 느껴졌다.

그래서 이상했다. 눈물 콧물을 쏙 빼면서 힘들어야 정상인데 모든 것이 밀찡하다.

태형과의 관계가 진작 이렇게 끝날 거란 걸 알고 있었기 때문일까.

마음의 준비를 자신도 모르게 항상 하고 있던 건가.

'너는 니가 가지고 노는 장난감도 가족 행사에 들고 가냐?'

서로의 쾌락만 채우는 사이.

자신은 절대 그 선을 넘지 못하는 게 당연했다. 상대는 그 이

상도 이하도 전혀 바라고 있지 않았으니까.

 헛된 욕심은 버리는 게 맞았다.

 여울은 자리에서 일어나 부엌으로 걸어갔다. 맥주를 들고 거실로 돌아오다가 그대로 캔을 떨어뜨리고 말았다.

 강한 힘에 맥주 캔 바닥이 찌그러졌다.

 대충 캔을 집어 들고 맥주를 땄는데 거품이 쉼 없이 쏟아졌다. 거품과 액체가 솟구쳐 올라 순식간에 온몸을 적셨다.

 개수대로 달려갈 생각도 하지 못했다.

 시간이 지나자 맥주 캔이 잠잠해졌다. 여울은 캔을 든 채로 젖어 버린 옷을 내려다봤다.

 "정말 되는 일 하나도 없네."

 좋게 생각하자는 마음이 와르르 무너졌다. 볼품없는 제 모습에 웃음이 터져 나왔다.

 "하."

처음에는 한숨이, 그리고 그다음에는 코끝이 싸해졌다. 뒤이어 불가에 가까이 다가선 듯 눈까지 뜨거웠다.

 거기서 멈췄으면 좋겠는데, 몸이 말을 듣지 않았다.

 옷 위로 액체가 툭- 떨어졌다.

 한 방울, 그리고 또 한 방울. 후드득 떨어지는 물기에 여울은 그제야 자신이 울고 있다는 걸 깨달았다.

 축축하게 젖은 두 뺨을 손으로 훔쳐 봐도 눈물은 멈추지 않았다.

"흡, 흑······."

결국 여울은 순식간에 무너졌다. 마음이 찢길 듯 아파 죽을 것 같았다.

'정착하려면 수준은 맞춰야지.'
'정착하려면 수준은······.'
'수준은······.'

태형의 비릿한 목소리가 끝없이 귓가를 맴돌며 자신을 괴롭혔다.

자신을 찢어발기는 목소리에 숨조차 쉬기 힘들었다. 목에 굵직한 핏대가 설 만큼 여울은 괴로움에 몸부림쳤다.

"흐윽, 끄읍, 하······."

이를 꽉 물어 봐도 아픔은 사라지지 않았다. 마음을 저미는 고통에 이대로 죽는다 해도 전혀 이상하지 않을 것 같았다.

완벽히 혼자가 됐다는 짙은 외로움이 저를 천천히 죽이는 듯했다.

여울은 피투성이가 된 마음을 끄집어내려 애썼다. 태형의 마음을 없애지 않으면 제가 죽을 것 같았기 때문이었다.

그게 얼마나 아팠던지 아프다는 말조차 입 밖으로 나오지 않았다.

묵직한 괴로움이 자신을 한없이 무너지게 만들었다.

아프다, 너무 아파.

아프다고 소리라도 치듯 여울은 두 다리에 얼굴을 묻고, 펑펑 울었다. 아무 소리도 들리지 않는 빈집에는 자신의 울음소리만이 가득했다.

칠흑 같은 어둠이 집을 물들인 그 밤, 여울은 다짐했다.

더 이상 당신을 사랑하지 않겠노라고.

제14장
불완전한 마침표

주말이 지나도록 여울에게는 아무런 연락도 없었다.

그날 제가 한 말을 듣고 화라도 난 걸까. 어디 아픈 곳이라도 있나.

수만 가지 생각이 늘기는 했지만 쉽게 움직일 수 없었다.

혼자 쉬고 싶다고 하지 않나. 혼자만의 시간이 필요한 건지도 몰랐다.

이틀간 여울에게 전화하지 않은 것도 그 때문이었다. 전화하고 싶은 걸 이를 악물고 참았다. 그러나 사흘을 가만히 기다리고 있자니 미칠 지경이었다.

이만큼 참은 것도 용했다.

결국 태형은 다른 수를 쓰기로 했다. 수화기를 들고 디자인팀에 전화를 걸었다.

"터치펜 디자인 오늘 안에 받아 봤으면 하는데."

-오늘요?

"불가능합니까."

-아, 아뇨! 됩니다. 퇴근 전까지 올리겠습니다.

"예."

디자인팀을 쪼는 꼴이 되어 버렸지만 어쩔 수 없었다. 여울에게 최대한 자연스럽게 연락할 방법이 그것밖에 떠오르지 않았다.

수화기를 내려놓고는 곧바로 여울에게 전화를 걸었다.

기나긴 신호음이 지루하게 이어진다.

여울의 목소리를 들을 기대감에 차 있던 태형의 얼굴이 서서히 일그러졌다.

원래 기대가 크면 실망이 더 큰 법이다.

-고객님이 전화를 받지 않아······.

회의라도 들어간 건가.

핸드폰을 가만히 바라보는데 속이 갑갑했다.

다시 한번 전화를 걸어 봐도 똑같은 소리만 돌아왔다.

문자 메시지를 보내 볼까. 잠깐 고민에 빠졌다가 관두었다.

목소리를 듣고 싶다. 괜찮다는 목소리.

태형은 잠시 다른 일을 처리하다가 여울에게 다시 전화를 걸었다. 한껏 기대감에 부풀었으나 결과는 같았다.

-삐 소리 후 음성 사서함으로······.

결국에는 전화 달라는 문자 메시지까지 보냈는데 답장이 오지 않았다.

자신의 전화를 피하고 있는 건 아닐까. 충분히 가능한 일이었다.

여울에 대한 생각이 꼬리에 꼬리를 물고 이어지는 바람에 회의에 집중할 수도 없었다.

"미안합니다. 제가 다른 생각을 하느라……. 다시 한번 설명 부탁합니다."

다른 사람의 눈에 띨 정도로 얼이 빠져 있었다.

남들의 앞에서 단 한 번도 보인 적 없는 모습이었다. 며칠이나 잠을 자지 못했어도 넋이 나가 있는 걸 보인 적이 없었다.

그런데 지금은 제정신이 아니다.

회의를 끝내고 집무실로 돌아온 태형이 의자에 등을 기댔다.

미신수 콜라보 디자인 시안 전달의 건

오전에 재촉했던 일이 완성된 모양이다.

여울에게 전화할 핑곗거리를 찾은 것만으로도 마음이 조급했다. 태형은 서둘러 수화기를 들어 여울의 사무실 번호로 전화를 걸었다.

핸드폰은 받지 않을 거라는 불안 때문이었다.

그렇게 또 몇 번의 신호음이 가고 끊겼다.

-미신수 마케팅팀 주여울입니다.

여울이 전화를 받은 거다.

그게 안도되면서도 당황스러웠다.

정말로 자신의 전화를 피하고 있었다는 걸 증명받은 셈이니까.

"나예요, 강태형."

-아… 네, 본부장님.

수화기 너머로 들리는 소리가 밝지 않았다. 평소와는 확연히 다른 반응이었다.

"내 전화 피해요?"

-핸드폰 확인을 못 했어요. 죄송합니다.

"확인 못 했다면서 나한테 전화 온 건 봤나 보네."

삐뚤어진 말이 절로 새어 나왔다. 이렇게 말하려고 했던 건 아닌데.

수화기 너머로 아무 말도 들리지 않았다. 지독한 침묵이 자신을 조급하게 만들었다. 아랫입술을 질겅거리며 대답이 돌아오기를 기다렸다.

제가 먼저 무슨 말이라도 꺼내야 할 것 같은데 어디서부터 얘기를 시작해야 할지 모르겠다.

그날 밤 모임에서 혹시 다친 곳은 없었는지, 제가 한 말은 진심이 아니었다든지, 제가 잘못했다든지……. 거기서부터 말해야 하나.

-무슨 일로 전화하셨어요?

그날의 일을 말하려는데 여울의 목소리가 들렸다.

"터치펜 디자인이 나왔는데, 이쪽으로 와 줄 수 있어요?"

-제가 오늘은 스케줄이 어렵겠는데요.

"내가 그쪽으로 가도."

-메일로 보내 주시면 제가 의견 덧붙여서 보내겠습니다. 그쪽이 서로한테 편할 것 같아서요. 여러 의견도 깔끔하게 정리될 거고요.

여울의 목소리에는 아무런 감정도 들어 있지 않았다. 일만 하자는 목소리가 들리는 것 같기도 했다.

쉼 없이 쏟아지는 말의 뜻을 태형이 이해 못 할 리 없었다. 여울은 분명 저를 만나고 싶지 않다고 말하고 있었다.

수화기를 잡고 있는 손에 힘이 들어갔다.

마음이 조급한데 이떻게 해야 할지 하나도 모르겠다.

눈앞에 놓여 있는 거대한 벽에 생각조차 멈춰 버린 것 같다.

이 정도면 자신도 포기하는 게 맞았다. 어차피 진지하게 생각한 관계는 아니지 않나. 그런데도 몸이 뜻대로 움직이지 않았다.

여울이 거부해도 뒤로 물러설 수가 없다.

"내일 이쪽으로 직접 와요."

-죄송합니다.

"시간 내요. 바쁘다면 내가 그쪽으로 갈 수도 있고."

태형은 검질기게 그녀를 잡고 늘어졌다.

-아뇨. 제가 가겠습니다.

여울이 마침내 백기를 들었다고 생각했다.

여울의 얼굴을 보고 나면 모든 것이 풀릴 거라 여겼다. 항상 그랬으니까. 자신이 어떤 행동을 하든지 다 괜찮다고 말해 주는 사람이었으니까.

그렇게 태형은 거대한 착각 속에 안도했다.

＊

여울을 만나기로 한 날.

태형은 약속 시간이 되기도 전에 로비로 내려갔다. 카페에 앉아 출입구 쪽만 쳐다보고 있었다.

로비를 지나가는 직원들이 자신과 눈을 마주치고 흠칫 놀랐지만 관심도 없었다. 여울이 언제 오는지 확인하는 것 말고는 관심 밖이었으니까.

"여기서 뭐 하세요?"

그때 하필이면 카페를 지나던 도현과 마주쳤다.

뒤에 다른 직원들이 있는 걸 보니 팀원들과 커피라도 마시러 내려왔나 보다.

적응력 하나는 알아줘야 한다니까.

그래서 어디에 두어도 마음이 편한 녀석이었다. 비록 그를 본부장실에서 내쫓는 바람에 자신만 귀찮게 됐지만.

"회의 있어서. 곽 비서는?"

"커피 마시려고요."

"내가 사 줘?"

"됐습니다. 제 팀원은 제가 챙겨야죠."

"너도 내 직원이야."

기껏 본부장실에서 내보내고 한다는 소리가 자신이 생각해도 웃겼다.

하지만 다시 그 상황이 돌아온대도 같은 결정을 했을 거다. 여울의 곁에 가까이 붙어 있는 꼴을 보기만 해도 속이 뒤틀리니 어쩔 수 없다.

"김 비서하고는 잘 맞으세요?"

"어, 뭐."

손발이 맞지 않아 죽겠다고 말할 뻔했다.

"다행이네요. 저희는 커피 좀 시키러."

"어."

도현이 앞을 지나가는데 묘하게 거슬리는 향이 났다.

어디서 맡았던 향이었더라.

낯설지 않은 향이 기억을 더듬거렸다. 테이블에 턱을 괴고는 도현의 뒷모습을 바라봤다.

"저희 가 보겠습니다."

도현이 팀원들과 함께 올라가 보겠다며 사라졌다. 그렇게 익숙한 향에서 멀어진다고 생각했는데… 다시 또 그 향이 났다.

고개를 돌리자 웃기지 않게도 여울이 서 있었다.

그제야 태형은 들꽃 향을 어디서 맡았는지 알 것 같았다. 여울의 가느다란 손목. 저기서 맡았던 향이었다.

"전화 드리려고 했는데 내려와 있으셨네요."

여울의 옆에는 웬 여자가 하나 더 붙어 있었다.

"미신수 서민아입니다!!"

불청객의 등장에 태형의 얼굴이 굳었다.

불쾌한 마음이 그대로 드러났을 텐데도 여울은 눈치를 보지 않았다. 디자인 회의는 어디서 할 거냐고 물었을 뿐이다.

그게 꼭 자신은 일을 하러 왔을 뿐이라 못을 박는 듯했다.

자신에게는 관심도 없다는 그 모습에 마음이 들끓었다.

너를 얼마나 기다리고 있었는데.

그런데… 왜 나한테는 관심 없다는 듯 구는 거야?

"우선은 본부장실로 올라가죠."

자리에서 일어나 본부장실로 올라가는 내내, 태형은 지독한 갈증에 몸부림쳤다.

여울과 단둘이 대화를 나누고 싶었다.

당장이라도 자신의 이름을 불러 대던 저 입술을 삼키고 싶었다. 다디단 숨을 삼켜야 정신이 돌아올 것 같다.

자신의 품에서 어쩔 줄 몰라 하던 여울이 그리웠다.

이 관계에 목을 맨 사람은 주여울, 너니까.

*

잘못 꿰인 단추는 제자리로 돌아갈 줄 몰랐다.

디자인 회의를 끝내자마자 여울은 곧장 회사로 돌아가겠다고 했다. 자신에게 쓸 시간 따위는 존재하지 않는다는 듯 굴었다.

"나 좀 잠깐 보고 가요."

"급한 일이 아니면 여기서 얘기하시죠."

"나야 여기서 얘기해도 괜찮은데. 동료분이 같이 들어도 괜찮겠어요?"

의미심장한 말에 여울이 잠시 대답을 하지 않았다. 어떤 결정을 내리는 게 좋을지 고민하는 듯했다.

"민아 씨, 아래에서 기다려 줄래?"

"네네!"

결국 여울은 부하 직원을 물렸다. 다행히 눈치 빠른 직원은 서둘러 본부장실을 나갔다.

직원이 사라지고 난 후에 태형은 비서를 내보냈다.

드디어 마주한 여울과의 시간이었다.

"앉아요."

태형이 소파를 가리켰다.

"차 줄까요? 아니면 커피?"

"괜찮습니다."

"내가 따로 불러서 화났어요?"

"아뇨. 차라리 잘됐다고 생각하고 있어요."

"뭐가?"

"저도 본부장님께 할 말이 있었거든요."

여울은 제 눈을 피하지 않았다. 수줍거나 우물거리는 모습도 없었다. 제가 알고 있던 사람과 전혀 다른 사람을 마주하고 있는 기분이었다.

그래서 여울의 대답을 채근하듯 무슨 말을 하려고 했냐는 질문이 나오지 않았다.

왠지 좋은 말이 아닐 것 같았다.

"오늘부로 본부장님과 따로 만나는 일은 없을 겁니다."

"지금 뭐라고……."

"파트너든 뭐든, 여기서 그만할게요."

결정을 끝냈다는 듯 여울의 목소리에는 작은 떨림도 느껴지지 않았다.

단호한 목소리로 반듯하게 접힌 마음을 던졌을 뿐이다.

여울의 마음이 너무 확고하고도 단호해서 말문이 막혔다. 자신을 사랑한다고 말하던 여울은 애초에 존재하지 않았던 것처럼 느껴졌다.

고요한 공기가 태형을 짓눌렀다.

깊이 생각할 필요가 없는 일이었다. 여울의 마음이 끝났으니 우리의 관계도 끝난 거다.

질척거릴 것도 마음 쓸 것도 없었다. 어차피 처음부터 의미가 있는 사이는 아니었으니까.

항상 그랬던 것처럼 다시 새로운 사람을 찾으면 됐다.

그래야 되는 건데······.

"지난번 일 때문에 그래요?"

구질구질한 말이 쏟아졌다.

"저 본 거 맞으셨네요."

"그날은,"

"저한테 설명하실 필요 없어요."

아무 말도 듣고 싶지 않다는 듯 여울이 말허리를 잘랐다.

"그냥 끝내고 싶어졌어요."

"내가 끝내기 싫다면요?"

머리가 어떻게 돼 버린 것 같았다.

이상하게도 여울을 놓아주고 싶지 않았다. 흥미가 꺼지지 않고 계속 자라기라도 한 걸까. 아니면 도현과 여울에게서 똑같은 향이 나서 심술이라도 난 거야?

정말 당신이 이 관계를 끝낼 수 있을 것 같아?

"끝내게 되실 거예요."

여울을 붙잡는대도 그녀는 표정에 아무런 변화도 없었다. 눈동자도 흔들리지 않고 당황한 기색조차 스치지 않았다.

굳게 입을 다문 채로 자신의 말은 다 끝났다는 듯 굴었다.

그게 사람을 더욱 초조하게 했다.

애가 타고 마음이 무너져 내릴 것 같았다.

첫 재혼을 앞둔 어머니가 저를 데리고 아버지의 집으로 갔던 날 이후, 처음 느껴 보는 감정이었다.

'갑자기 짐 싸 들고 와서 뭐 하는 짓이야?'
'앞으로 태형이 당신이 맡아.'
'내가 왜?'
'당신이 태형이 아빠잖아. 그동안 내가 맡았으니까 이제부터는 당신이 키워! 나도 내 신혼 좀 즐겨야겠어.'
'내가 그럴 정신이 어디 있다고. 우리 집사람도 남의 애는 못 키워.'
'왜 남의 애야? 당신 피가 반이나 섞였는데?'

어금니가 딱딱- 부딪힐 만큼 추운 날.

어린 자신은 아버지의 집에 들어가지도 못하고, 앞마당에서 짐만 붙들고 서 있었다.

아무도 자신을 원하지 않는다고 고래고래 소리를 지르는 부모님을 바라보면서.

그때 몸에 깊게 박혔던 한기가 조금씩 새어 나오는 것만 같았다.

여울을 안아 보면 추위가 사그라들지도 몰랐다.

딱 한 번만.

"내가 끝낼 수 있을 거라고 어떻게 자신해요?"

"이 관계에 미련 없으시잖아요."

들꽃 향이 저를 구렁텅이로 빠뜨린다.

"다른 사람이라도 생긴 거예요?"

최악이라는 말이 절로 터져 나오게끔.

"제가 누구하고 만나든 본부장님한테 보고해야 하는 거였나요?"

"그 사람이 내 비서라면."

"지금 곽 비서님 얘기하시는 거예요?"

"나한테 자랑했던 그 향수. 정말 친구하고 만든 거예요?"

"아뇨."

듣기 싫은 말이 터져 나왔다.

"곽 비서님하고 만들었어요. 이 대답 듣고 싶으셨던 거 맞죠?"

"걔하고 왜,"

"제가 누구하고 뭘 하든 본부장님하고는 상관없지 않나요? 자유롭게 만나기로 서로 동의했었으니까."

도현에게 환한 미소를 짓고 있는 여울을 떠올리는 것만으로도 화가 치밀었다.

속이 뒤틀리고 피가 거꾸로 솟는 기분이었다.

당장 비서실로 달려가 도현의 멱살이라도 잡고 싶은 걸 간신히 참고 있는 중이었다.

이성을 붙잡으면 별것 아닌 일이었다. 고작 공방에 갔을 뿐이라지 않나. 여울의 말대로 그녀의 사생활에 간섭할 권리 따위는 자신에게 존재하지도 않았다.

그런데 어쩐지 지금 이 순간에는 아무렇지 않게 놓은 덫에 스스로가 걸린 느낌이 들었다.

"그간 색다른 경험 하게 해 주셔서 감사합니다. 덕분에 이런 관계는 저하고 맞지 않다는 거, 확실히 깨달았어요."

"나하고 지내는 게 재미없었어요?"

"외로웠어요."

"외로워?"

"태형 씨는 제 몸이 필요했겠지만, 저는 당신 마음이 필요했으니까."

외로움이라는 말이 귀에 날카롭게 박혔다.

"다음에는 저 이렇게 따로 부르시는 일 없었으면 해요."

"……"

"먼저 가 보겠습니다."

여울이 깍듯하게 인사를 마치고는 본부장실을 나갔다.

이제는 영영 '태형'이라는 이름을 그녀에게서 들을 수 없을 것 같았다.

거기까지 생각이 미치자 속에 있던 뭔가가 훅- 하고 빠져나가는 기분이 들었다. 도대체 뭐였을까. 뭐길래 이렇게 마음이 휑하게 느껴지는 걸까.

태형의 시선은 한참이나 문에서 떨어지지 않았다.

*

엘리베이터 올라탄 여울이 가쁜 숨을 내쉬었다.

"하아아……."

본부장실을 나서고 나서야 비로소 숨이 쉬어졌다. 불안정한 호흡이 좁다란 공간을 가득 채웠다.

모든 마음을 접겠다고 선언하기 전까지 얼마나 마음이 뛰었는지 몰랐다. 드디어 끝을 낸다는 후련함은 아니었다.

긴장과 두려움이었다.

정말로 자신이 끝을 고할 수 있을지 걱정이었던 거다.

하지만 결국 그 말을 쏟아 냈다. 흔들리는 태형의 눈동자에 마음이 후련했다. 마치 자신이 아팠던 만큼 상처를 남긴 것 같아서.

태형이 조금이라도 후회에 빠지기를 바랐다.

그것마저 자신의 헛된 희망일 거라는 걸 알면서도.

그는 무너질 사람이 아니다. 자신을 대체할 수 있는 다른 여자를 찾겠지. 어려울 것도 없을 거다. 태형만큼이나 매력적인 사람이라면 파트너 상대가 줄을 설 테니까.

끝없이 내려가던 엘리베이터가 중간층에서 잠시 멈췄다. 문이 열렸는데 반대편에서 익숙한 얼굴이 보였다.

"어? 주 대리님."

도현도 놀라기는 마찬가지였나 보다.

"여기는 무슨 일이세요?"

"저 터치펜 디자인 보러 잠깐 왔어요. 비서님은요?"

"잠깐 내려가는 길이었어요."

"근데,"

"근데?"

"혹시 친구분이 선물한 그 향수 뿌리셨어요?"

여울은 기가 막히게 향기를 구분해 냈다.

"어떻게 아셨어요?"

"저도 그거 뿌리고 나왔거든요."

"통했네요."

그제야 태형이 왜 공방 얘기를 꺼냈는지 알 것 같았다. 자신에게서 도현과 같은 향을 맡은 것이 분명했다.

의도한 건 아니지만 태형의 심기를 건드렸다면 그걸로 됐다.

다만 자신 때문에 괜히 두 사람 사이가 껄끄러워지는 건 아닌지 걱정됐다.

엘리베이터에 올라타는 도현을 보며 목덜미를 긁적거렸다.

"저… 비서님."

"네?"

"제가 본부장님한테 공방에서 저희 만난 걸 얘기해서요. 혹시 곤란한 일이 있으면 제가 억지로 끌고 갔다고 말씀하세요."

"그게 더 곤란할 것 같은데요."

"역시 그럴까요."

매번 도움만 받은 사람에게 피해를 끼친 것 같아 미안했다. 그렇다고 이미 흘려 버린 말을 다시 주워 담을 수도 없고.

"본부장님과의 사이는 너무 걱정 마세요. 뒤끝이 조금 있어도 아주 나쁜 사람은 아니거든요."

여울은 미소로 대답을 대신했다.

사실 태형을 두둔하고 싶지 않은 마음도 어느 정도 있었다.

"그리고 저번에 제가 한 얘기는 생각해 보셨어요?"

"무슨 말이요?"

"친구 하자는 말."

"어……."

"가볍게 생각해 주세요. 친구는 많을수록 좋은 거니까. 물론 복잡한 인간관계 반갑지 않으면 거절하셔도 돼요."

거절 같은 건 아무렴 상관없다는 듯 굴었다. 그것조차 아마 서를 배려하는 거였을 기다.

태형과 가까운 사람이라는 게 마음에 걸리기는 하지만 좋은 인연을 놓치고 싶지는 않았다. 더군다나 도현이 입이 가벼운 사람도 아니지 않나.

여울은 마음이 가는 대로 결정하기로 했다.

"할게요."

그렇게 생각하자 바로 대답이 나왔다.

"저희 드디어 친구 됐네요."

환하게 웃는 도현의 미소에 덩달아 저도 웃음이 지어졌다.

그렇게 친구가 되자마자 엘리베이터 문이 열렸다.

각자 갈 길로 발길을 돌리려는데 도현이 저를 붙잡았다.

"커피 한잔 드시고 가세요."

"괜찮아요."

"친구 된 기념으로 사 드리고 싶어서."

여울이 재차 거절을 하려는데 민아가 잽싸게 달려와서는 누구냐는 눈빛을 보냈다.

"여기 커피 맛있거든요. 민아 씨도 골라 보세요. 맞죠, 민아 씨?"

"어? 어떻게 아셨어요?"

"지난번에 회사 갔을 때 뵀는데. 본부장님 비서였던 곽도현입니다."

"아아! 알아요!"

"제가 커피하고 케이크 사 드릴 테니까 드시고 가세요."

"좋아요."

어느새 민아는 그를 쫓아 카페로 향했다.

두 사람은 화기애애하게 쇼케이스를 바라보면서 케이크 고르기에 열을 올렸다. 놀라운 친화력에 감탄이 나올 지경이었다.

그들을 바라보던 여울은 사적으로 태형을 볼 일이 없을 거라 여겼다.

이 관계가 끝나는 데 태형도 동의했다고 착각한 거다.

*

태형의 어머니 결혼식 날.

웨딩 홀 앞에는 기자들이 잔뜩 모여 있었다. 네 번째 결혼까지 취재를 하겠다고 찾아오다니. 그 정성이 대단하다 싶었다.

태형은 가드의 경호를 받으며 안쪽으로 이동했다.

앞으로 걸을 때마다 여기저기서 플래시가 터졌다. 번쩍거리는 빛만 보면 돌풍이라도 몰아치는 줄 알겠다.

벌써부터 짙은 피로가 밀려왔다.

결혼식이 시작하기도 전인데 어서 끝나기를 바라고 있었다.

"태형아!!"

그렇게 엘리베이터 앞에 서 있는데 단아가 저를 불렀다.

얼마나 소리가 큰지 주변에 있는 사람들이 다 저희 쪽을 본대도 이상하지 않았다.

단아는 자신의 쪽으로 오라고 손짓을 하고 있었는데 신경 쓰지 않았다. 이리저리 끌려다니는 건 취향이 아니다.

게다가 태형은 식장에는 최대한 늦게 들어가고 싶었다.

단아의 손에 붙들려 신부 대기실에 가는 것도 싫다.

친하지도 않은 형제들로 드글거리는 대기실이라니. 생각만으로도 끔찍하다.

"후우······."

태형은 갑갑한 넥타이를 끌어 내리고 싶은 걸 간신히 참고 있었다.

 보는 눈이 많다.

 무엇이든 참고 견뎌야 하는 게 맞았다.

 하지만 어머니의 재혼 횟수가 많아질수록 자신의 인내심은 점점 줄어드는 듯했다.

 여울이 있었으면 조금 더 견딜 만했을까.

 문득 떠오른 생각에 지금보다는 훨씬 나았을 거라는 결론이 바로 튀어나왔다.

 "너 왜 여기 있어. 앞으로 오라니까."

 어느새 인파를 뚫고 제게 다가온 단아가 한 소리 했다.

 "너는 왜 왔냐. 귀찮게."

 "너하고 같이 올라가려고 왔지. 나 너무 의리 있지 않아?"

 "의리 두 번 찾다가 엘리베이터 놓치겠네."

 태형은 자신에게 팔짱을 끼려는 단아의 손을 뿌리쳤다.

 모든 게 귀찮다. 아무도 자신에게 손을 대지 않았으면 좋겠다 싶을 만큼.

 타이밍 좋게 엘리베이터가 도착했다. 부디 단아가 따라 타지 않기를 바랐지만 원하는 대로 되지 않았다.

 끝까지 저를 따라올 기세였다.

 그나마 다행스러운 건 엘리베이터 안이 조용하다는 거였다. 덕분에 단아도 아무 소리를 하지 않았다.

 어떤 말을 하든지 안에 있는 사람이 전부 들을 테니까 어쩔 수 없었을 거다.

엘리베이터에서 내렸는데도 단아는 검질기게 곁에 붙었다.

"어머님 보러 갈 거지?"

"너 먼저 가."

"태형이 너는?"

"내가 알아서 시간 내서 뵐게."

"같이 가지."

단아의 말에도 태형은 신부 대기실에서 가장 먼 곳으로 발길을 돌렸다.

거기가 어디든 상관없었다. 이왕이면 아무도 없는 곳이면 좋겠다.

결혼을 축하할 사람이야 차고 넘칠 거다. 형제들이 나서서 어머니의 곁을 지킬 테니 굳이 자신까지 거들 필요도 없었다.

형제가 많은 것의 유일한 장점이었다.

단아는 아쉬운 얼굴로 제 뒤를 졸졸 쫓다가 이내 사라졌다. 저를 따라다니는 것보다 어머니를 보는 게 더 중요할 테니까.

"깅대형, 거기 말고 여기."

되도록 사람 없는 곳을 찾아 헤매는데 도현의 목소리가 들렸다.

소리가 들리는 쪽으로 고개를 돌리자 그가 어딘가를 가리키고 있었다.

"거기 사람 많아."

그러든가 말든가.

태형은 턱을 바득 물고는 원래 가려던 길로 걸음을 옮겼다.

하지만 도현의 말대로 사람이 많아 곧바로 그곳을 나왔다.

다시 제자리로 돌아온 저를 보면서 도현이 빙긋거렸다.

아주 아는 거 많은 새끼라니까.

"거봐. 거기 사람 많다니까."

"다 알아서 좋겠다, 새끼야."

"얼른 와."

도현의 고갯짓에 걸음이 움직였다.

저를 데리고 간 곳은 좁은 자투리 공간이었는데 아무도 존재하지 않은 것처럼 조용했다.

뭐……. 나름 아늑한 것도 같네.

사람이 없으니 비로소 숨이 쉬어진다. 태형은 창턱에 걸어앉고는 넥타이를 살짝 끌어 내렸다. 영원히 이곳에 박혀 있을 수는 없겠지만, 여기에 있을 때만이라도 편하게 있자 싶었다.

"여기는 왜 왔어?"

삐뚠 말이 날아간다.

"너 이러고 있을까 봐."

"걱정도 팔자다. 누가 너 반긴다고."

"그러게 말이다. 사모님도 나 싫어하는데."

"그거야 우리 어머니 잘못이고."

"네가 나 쫓아낸 건?"

"그거 따지려고 불렀냐."

뭐가 재미있는 말이라고 도현이 픽- 웃었다.

"그래. 그거 따지려고 왔다."

"피곤하게."

"그날 내가 아무것도 안 물어보고 꺼졌더니 미치게 궁금하더라."

"뭐가."

"너 정말로 주 대리님 좋아하는 건지."

좋아한다는 말에 헛웃음이 터졌다. 남의 결혼식에 와서 이딴 걸 왜 물어보는 거야?

더욱이 누구보다 자신을 더 잘 알고 있는 사람이 아닌가.

그런데 내가 누굴 좋아한다고?

그게 가당키나 한 일이야?

연거푸 실소를 터뜨리면서도 어딘가 모르게 마음 한구석이 불편했다. 그건 어머니의 결혼식에 마네킹처럼 앉아 있는 것보다 더 짜증나는 마음이었다.

"내가 좋아한다면 어찌려고?"

"말 돌리지 말고."

"네가 좋아하니까 나는 빠져 달라 이거야?"

뾰족한 말이 거침없이 터져 나왔다.

그러다 문득 도현이 제게 꺼져 달라고 하면 어쩔지 고민이 됐다. 생각만으로도 속에서 화가 치솟는 것 같았다.

여울이 떠났던 날도 이렇게 속이 갑갑했다.

모든 걸 끝내자는 말에 대답조차 제대로 나오지 않았다.

더욱이 요 며칠 미친 새끼처럼 내내 주여울만 떠올리고 있지 않나.

그 여자가 있었다면 적어도 숨은 쉬었겠구나. 여기서 버틸 힘은 났을 수도 있겠구나.

이러다가 떠나간 마음을 붙잡겠다고 지랄이라도 할지 몰랐다.

"좋아하는구나?"

"무슨 소리 하는 거야?"

"나한테 질투한 거였어?"

"내가 너를, 왜?"

말도 되지 않아 실소마저 흐르지 않았다.

"좋아하는 사람 옆에 누가 얼쩡거리면 짜증 나니까."

좋아한다는 낯선 말이 태형의 귓가를 맴돌았다.

누가 누구를 좋아한다는 건지. 자신이 여울을 찾게 되는 건, 그건……

다음 말이 생각나지 않았다.

예식이 시작될 거라서 그런 거라 생각했다. 보통 스트레스가 극에 달했을 때는 아무 생각도 나지 않을 때가 있지 않나.

자신이 누구를 좋아할 리가 없었다.

"간다. 네 개소리 더 듣다가는 정신병 걸리겠다."

태형이 자리에서 일어났다.

말도 안 되는 소리를 듣고 있는 것보다 결혼식을 보는 편이 낫겠다.

네 번이나 운명적인 사랑 타령을 하는 어머니를 보면서 사랑이라는 건 웃기지도 않는 감정이라는 걸 분명하게 느낄 수 있을 테니까.

*

어머니의 결혼식은 화려했다.

겨울이라는 사실이 무색할 만큼 곳곳에 꽃이 풍성하게 들어차 있었다. 테이블에는 여러 종류의 꽃이 화병에 가득 꽂혀 있다.

금박의 접시 위에 올려진 종이에 적힌 대로 음식이 하나씩 올라왔다.

하지만 태형은 식기에는 손도 대지 않았다.

미지근한 물만 들이켜면서 핸드폰만 만지작거렸을 뿐.

[나하고 얘기 좀 합시다.]

여울에게 문자 메시지를 보냈다.

어떻게든 얼굴을 보고 싶은 마음이었다. 이야기하다 보면 여울의 마음도 바뀔지 모른다 생각했다.

"신부 입장이 있겠습니다. 하객 여러분들께서는 박수로 맞이해 주시기 바랍니다."

사위에서 박수가 터졌다.

"예쁘다!!"

요란한 석윤의 목소리에 웃음이 터진 것도 듣지 못했다. 태형의 시선은 오직 핸드폰에만 꽂혀 있었다.

시간이 꽤 지난 것 같은데도 여울은 제 메시지를 읽지 않고 있었다. 초저녁부터 자고 있을 리는 없을 테고……. 다른 일을 하느라 핸드폰을 못 보고 있는 건가.

[많이 바빠요?]

잠시 고민하다가 문자 메시지 한 통을 더 보냈다.

문자가 제대로 날아가지 않을 수도 있지 않을까 하는 생각 때문이었다. 하지만 1부 예식이 끝나고, 어머니가 새 드레스를 갈아입고 나올 때까지도 답장은 오지 않았다.

목을 축이는 태형의 속이 바짝 타들어 갔다.

마음에 들지 않지만 여울의 소식을 물어볼 사람이라고는 한 명밖에 없었다.

바로 가장 뒤에 서서 예식을 보고 있는 곽도현뿐.

[주여울 씨한테 무슨 일 있어?]

자존심은 진즉에 포기했다.
여울에게 아무 일도 없는지 확인하는 게 무엇보다 중요했다.

[집에서 쉴 거라고 했는데.]
[언제?]
[30분 전에.]

안도가 되면서도 섭섭한 감정이 동시에 일었다.
왜냐고 묻는 도현의 문자 메시지조차 순간 짜증스럽게 느껴졌다.
일부러 보고 있지 않는다는 거구나. 그렇게 잊고 싶은 걸까. 완전히 모르는 사람처럼?
여울의 기억 속에서 완벽하게 사라진다고 생각하니 미쳐 버릴 것 같았다. 이대로 돌아 버릴 수도 있겠다.
태형은 당장 일어나고 싶은 마음을 눌렀다. 최소한 사진 촬영 때까지만 자리를 지키자 다짐했다.
그런데 점점 인내심에 한계가 오고 있었다.
아무것도 눈에 들어오지 않는 지경에 이르렀다.

'파트너든 뭐든, 여기서 그만할게요.'

귓가에 박힌 여울의 말이 머리에 울렸다. 그 때문에 머리가 지끈거려 견딜 수가 없었다.

몸이 들이쑤시고, 갈증이 극에 달했다.

물이나 와인을 들이부어 봐도 해결할 수 없는 목마름이었다.

주여울이 필요했다.

지금 바로 그 여자가 필요하다.

그러지 않으면 이대로 자신이 말라 죽어 버릴지도 몰랐다.

귀에서 삐- 하고 이명이 울렸다.

단상에서 벌어지고 있는 춤판은 눈에도 들어오지 않았다. 욕지기가 일어 견딜 수 없었다.

결국 태형은 자리에서 일어났다.

"형, 어디 가?"

"뭐야?"

"냅둬. 잠깐 밖에 나가는 거겠지."

자신을 붙잡는 목소리에도 아랑곳하지 않고 예식장을 벗어났다.

주여울 생각밖에 나지 않았다.

아무래도 완전히 잠식당해 버린 것 같았다.

＊

설거지를 마치고 자리에 앉아 있는데 태형에게서 전화가 왔다. 벌써 몇 번째 전화인지 몰랐다.

하지만 여울은 그의 연락을 받지 않았다. 문자 메시지에 답장을 보낼 마음도 없었다.

끝날 사람이라면 뒤도 돌아보지 않고 돌아서는 게 맞았다.

[집 앞에 왔는데, 나올 수 있어요?]

태형에게서 문자 메시지가 날아왔다. 생각지 못한 말에 마음이 복잡했다.

처음에는 무시하기로 했다.

핸드폰을 뒤집어 두고 다른 일을 시작했다. 정리하지 않아도 되는 것을 굳이 꺼내 정리해 댔다. 바삐 몸을 움직이면 바깥에는 관심도 두지 않을 거라 생각한 거다.

하지만 어느새 저도 모르게 창문을 열었다. 태형이 모습은 보이지 않았다.

집으로 돌아갔을 거다.

답장도 없는데 자신을 기다리고 있을 사람이 아니다.

"기다리든 말든 무슨 상관이야."

솔직히 말하자면 기다린대도 자신과는 아무 상관이 없는 일이었다.

여울은 소파에 앉아 열심히 텔레비전 채널을 돌렸다.

눈앞에 수많은 영상이 지나가고 있는데도 머릿속에서는 태형 얼굴이 가득했다.

태형을 걱정할 필요는 없었다. 자신이 저지른 짓을 그대로 돌려받는 것뿐이니까.

자신도 그를 하염없이 기다려 본 적이 있지 않나.

이참에 태형도 깨닫는 게 있다면 나쁘지 않을 거다.

당한 만큼 돌려주는 것뿐이니 마음이 시원해야 맞았다. 그런데 이상하게도 어딘가 모르게 마음이 꺼림칙했다.

그와 같이 나쁜 사람이 되고 싶지 않은 마음일까.

태형을 걱정하기 때문이라고는 생각하고 싶지 않았다.

[기다릴게요.]

진즉에 가 버렸다고 생각했는데 아니었나 보다.

왜 자신에게 이러는 걸까. 아직 대체할 사람을 찾지 못해서? 아니면 상대에게 차인 걸 인정할 수 없으니까?

반길 만한 생각이 떠오르지 않았다.

모조리 나쁜 생각뿐이다.

[저는 안 내려가니까 그렇게 알고 돌아가세요.]
[내려오고 싶어질 때까지 기다릴게요.]

끈질긴 태형의 태도가 저를 흔들려 했다.

이대로 넘어갈 수 없었다. 태형에게 신경 쓰지 않겠다는 듯 핸드폰을 꺼 버렸다.

자신은 분명 내려가지 않는다고 말했다. 그 정도면 할 수 있는 호의는 다 베풀었다. 마음에 걸릴 것도 없는 거다.

"오늘 청해 홀딩스 박선영 부회장의 결혼식이 있었는데요. 청해가(家)가 전부 참석한 가운데 성대한 결혼식이 진행됐습니다."

재벌가의 재혼을 알리는 뉴스가 나왔다.

두 집안이 합쳐지면서 주가가 어떻게 될 건지부터 태형의 어머니가 무슨 드레스를 입었는지에 관한 것까지 쉴 새 없이 이야기가 나왔다.

텔레비전을 보고 있으니 태형이 자신의 집 아래 있다는 게 비현실처럼 느껴졌다.

지나가는 영상 속에 태형의 모습이 보였다. 그는 여전히 빛났다. 다른 별에 살고 있다는 걸 느낄 수 있을 만큼.

"각자 자리가 있기는 하네."

중얼거림이 곧 적막 속으로 사라졌다.

여울은 텔레비전을 끄고 자리에서 일어났다. 자신과 상관도 없는 뉴스를 보는 것보다는 잠이나 자는 게 나았다.

집에 불이 전부 꺼진 걸 보면 태형도 고집을 꺾고 집으로 돌아갈 거다.

침실로 돌아가 침대에 몸을 던졌다. 이불을 목 끝까지 끌어 올리고는 눈을 감았다.

'기다릴게요.'

어디선가 태형의 목소리가 작게 들려오는 것 같았다.

      ＊

느지막이 잠에서 깨어난 여울이 나갈 채비를 했다. 간단하게 아점을 해 먹을 식빵이라도 사 올 생각이었다.
가벼운 차림으로 집을 나섰다.
양말에 슬리퍼가 웃기기는 해도 편하고 따뜻한 걸로는 그게 제일이었다.
가벼운 걸음으로 계단을 내려온 여울의 눈에 반갑지 않은 차가 보였다.
잘못 봤겠지 싶었지만 이 동네에 이렇게 값비싼 차를 끌고 올 사람이 없었다.
'집에 간 거 아니었어?!'
말도 안 되는 일이었다.
잘못 본 거라 생각하면서 태형의 차 옆을 지나가려 했다.
하지만 애석하게도 차창이 스르르- 내려갔다.
"내려왔네요."
창틀에 손을 대고는 태형이 인사를 건넸다.
"본부장님 만나러 온 건 아니라서요."

"어쨌든 내려왔다는 게 중요하죠."

"저는 볼일 있어서 먼저 갈게요."

"그 차림으로?"

"네."

이럴 때는 당당함으로 밀어붙이는 게 최고였다.

"같이 가요. 태워 줄게."

"됐어요. 걸어갈 거리예요."

"그러면 같이 걸어가면 되겠네."

농담을 던진 거라고 생각했는데 태형은 정말로 차에서 내렸다.

"차 저기다 두면 견인될 텐데요."

"김 비서가 처리할 거예요."

차가 어떻게 될지는 관심도 없다는 투다.

여울은 새 비서를 들였냐고 물으려다가 말았다. 태형에게 질문을 던졌다가는 말이나 길어질 거다.

제가 아무 말이 없었는데도 태형은 부지런히 뒤를 따랐다.

꼭 이미 새라도 쫓는 새끼 같다.

"밥은 먹었어요?"

침묵.

"발 시리지 않아요?"

자신이 입을 열 때까지 질문을 던지기로 마음먹었나 보다.

그러나 고집을 부리기는 여울도 마찬가지였다. 그 어떤 질문에도 침묵으로 응수하고 있었다. 누가 더 고집이 센지 대결이라도 펼치는 듯했다.

곧 빵집에 들어서서는 식빵을 골랐다. 빨리 계산을 하고 집으로 돌아갈 작정이었다.

"더 필요한 건 없어요? 이것도 맛있어 보이는데."

태형이 하나둘 빵을 골라 댔다. 순식간에 품에 빵이 쌓여 간다.

저러다가 가게에 있는 빵을 모두 털어 가겠다고 하는 건 아닌지 모르겠다. 다른 사람이라면 몰라도 태형이라면 그러고도 남을 사람이다.

"많이 드세요. 저는 식빵 하나면 돼서요."

아무것도 사지 말라고 주의를 주고는 빵집을 나섰다.

그런데 어쩐지 태형은 자신의 집까지 따라올 기세였다. 자신의 영역에까지 발을 들이는 것은 어떻게든 막아야 했다.

여울은 공동 현관에 들어서기 전에 걸음을 멈췄다.

고개를 돌려 태형을 봤는데 낯빛이 좋지 않았다.

속지 말자.

이 사람한테 도움이 필요한 건 없어. 자기 수준에 맞는 사람들이 알아서 다 케어해 주겠지.

"저한테 왜 이러시는 거예요?"

"뭐가요?"

"사람 싫다는데 왜 쫓아다니시는 거냐구요. 내려오지도 않을 거라는데 사람은 왜 기다려요?"

"얼굴 보고 싶어서."

기가 막힌 대답이었다.

"저희 이제 아무 사이도 아닌 걸로 아는데요."

"내가 주여울 씨 좋아한다면?"

지금 태형은 자기가 무슨 소리를 하는지 알기나 할까.

"좋아한다고 하면 다시 예전처럼 돌아갈 수 있는 거예요?"

당장 같이 침대를 뒹굴 사람이 필요해서 달콤한 말을 속삭이고 있는 게 분명했다.

여기서 넘어가는 순간 또다시 상처받게 될 거다. 태형에게 희망을 품는 건 절벽으로 가는 길이라는 걸 경험했지 않나.

같은 잘못을 두 번이나 반복할 수는 없었다.

"아뇨. 돌아갈 일 없어요."

"왜요?"

"제가 본부장님을 좋아하지 않으니까요."

"나 다시 좋아해 줄 수는 없어요?"

"네."

여울은 다른 말은 덧붙이지 않았다.

왜 마음이 접혔는지 설명할 필요는 없다고 생각했다.

좋아하지 않는다는데. 벌써 마음을 접어 버렸다는데, 무슨 이유가 필요할까.

시간과 노력을 들여 해명하는 것도 마음이 있을 때나 하는 일이었다. 다시 보지도 않을 사이에 그런 수고를 감당할 필요가 없었다.

"저 갈게요. 본부장님도 들어가세요."

뒤도 돌아보지 않고 공동 현관으로 들어갔다.

나름의 선을 지키는 건지 태형은 자신의 뒤를 따라오지 않았다. 어쩌면 정말 안 되는 걸 알고 포기했는지도 모른다.

계단을 한 발자국 올라선 여울이 뒤를 돌아봤다.

태형의 얼굴은 핏기 없이 창백했다.

"무슨 상관이야."

신경 쓸 것도 없다는 듯 여울이 고개를 저었다.

＊

태형은 공동 현관을 빤히 바라보고만 있었다. 더 가까이 다가가면 여울이 싫어할 것 같아 차마 안으로 발을 들이지 못했다.

바람이 부는 밖.

여기까지가 자신에게 허락된 공간이었다.

그래도 여울의 얼굴을 봐서 다행이라 생각했다. 차에서 밤을 새면서 쌓였던 피로가 단숨에 사라지는 기분이었다.

비록 여울이 사라지자마자 피로가 다시 몰려왔지만.

차가운 바람이 뼛속을 파고드는 기분이었다. 머리가 지끈거리고 속이 울렁거렸다.

감기에라도 걸린 듯했다.

일단은 집에 돌아가 약을 먹고 조금 쉴 생각이었다. 차에 올라타는데 단아에게서 전화가 걸려왔다.

어제의 이야기를 하려는 것이 분명했다.

그 일을 피할 수 없으리라는 건 안다. 어차피 맞게 될 매라면 미리 맞는 게 나을 수도.

"어, 왜."

-너 왜 이제 전화를 받아? 어제 얼마나 난리난 줄 알아?

"왜."

-몰라서 물어?

"아는데 묻는 거야. 그게 이 난리를 칠 일인가 해서."

아무렇지도 않다는 반응에 기가 차다는 듯 실소가 돌아왔다.

-어! 이럴 일 맞아. 가족사진에 네가 없는 게 말이 돼?

"말 돼."

-강태형!!

"남의 집 일에 네가 설치고 있는 게 말이 안 되는 일이고."

-너 지금 뭐라고 했어?

"내 일은 내가 알아서 할 테니까, 사람 그만 감시하고 돌아가. 나도 돌아가서 쉴 생각이니까. 이만 끊자. 머리 아프다."

단아가 뭐라 대답을 하기도 전에 전화를 끊었다.

누구의 목소리도 듣고 싶지 않았다.

여울이 아니라면 관심 없다.

태형은 주치의에게 전화를 걸고는 집으로 향했다.

끝없이 치솟는 열이 얼굴을 뒤덮었다. 피로감과 열감이 엮여 뜨거운 숨이 쉬지 않고 쏟아진다. 타는 열기에 태형의 입술이 바삭하게 말라 갔다.

무슨 정신으로 집까지 갔는지 모르겠다.

집에 들어서자마자 그대로 현관에 누워 버렸다. 천장이 최면이라도 걸 듯 빙글빙글 돌아간다. 골이 울리네…….

이마에 팔을 얹고 길게 숨을 내뱉었다.

지금 이 순간에도 주여울이 생각났다. 그 여자가 있었으면 조금이나마 덜 외로웠을 것 같다.

*

"태형 씨가 좋아하면 저도 기분 좋아지거든요."

저를 바라보고 있는 여울의 눈이 빛났다.

밤하늘에 있는 별만큼이나 눈동자가 반짝거린다. 해사한 웃음을 짓고 있는 그 모습이 얼마나 예쁜지 계속 보고 싶어진다.

자신마저 웃음 짓게 만드는 미소였다.

태형은 소파에 기대어 가만히 여울의 얼굴을 봤다.

문득 제가 언제 즐거웠던가. 기억을 더듬거리게 됐다. 일이 잘 풀렸을 때? 본부장 자리에 앉았을 때? 원하던 프로젝트가 성공했을 때?

사람들을 만날 때는 결코 아니었다.

가장 마음이 편하고, 행복할 때가…….

"태형 씨도 그런 적 있었어요?"

여울의 말에 미소가 지어졌다. 자신도 왜 웃고 있는지 알 수가 없다.

그냥 기분이 좋다.

세상을 다 가지기라도 한 것처럼.

"나 보면 기분 좋아지는 거."

"지금 그래."

"정말?"

"당신이 웃으면 나도 기분이 좋은 것 같거든."

원하던 대답을 듣기라도 했는지 여울은 어린아이처럼 까르르- 웃는다.

그 웃음소리가 제 마음을 간질거리는 것 같았다. 그러니 같이 웃음이 나오는 거겠지.

보기만 해도 예쁜 여울을 가만히 놔두기가 어려웠다. 소파에 기대어 앉아 있는 그녀를 단숨에 안아 올렸다.

아주 나쁜 꿈을 꿨다고 말하고 싶었다.

당신이 떠나는 꿈을 꿨다고. 그런데 그게 악몽이라 너무 다행이라고.

"태형 씨."

듣기 좋은 목소리가 귓가를 스쳤다.

"이제 저는 당신을 좋아하지 않아요."

그리고 다정하던 목소리는 단숨에 서늘하게 변했다.

고개를 내리자, 어느새 여울이 제 품에서 사라졌다. 처음부터 존재하지 않았던 것처럼.

허공에 흩뿌려지는 연기라도 잡아 보려고 발버둥을 쳤다. 하지만 아무것도 손에 남아 있지 않았다.

애초에 붙잡을 수 있는 것이 아니었는지도 몰랐다.

태형은 아무것도 남아 있지 않은 암흑 속에 서 있었다.

지독한 외로움이 온몸을 파고든다.

"주여울 씨."

아무런 대답도 들려오지 않았다.

"주여울."

그 속에서 태형은 몇 번이고 여울의 이름을 불렀다.

"여울아."

그러면 그녀가 돌아와 줄 것만 같아서. 저를 좋아하지 않는다는 말을 거짓말이었다고 말해 줄 것만 같아서.

하지만 간절한 바람과는 달리 여울은 끝끝내 자신의 앞에 나타나지 않았다.

*

"주여울!"

외마디 비명 같은 말과 함께 태형이 악몽에서 깨어났다. 온몸이 땀범벅이었다. 태형의 숨소리가 가빴다.

"일어났어?"

얼굴을 쓸어내리는데 도현의 얼굴이 보였다. 태형은 여기는 어떻게 왔냐는 얼굴로 그를 봤다.

집에 들어온 이후로는 기억이 끊겼다.

주치의를 부른 것 같기는 한데 그 후로는 어땠는지 기억이 나지 않았다.

"주치의 선생님이 연락하셨어. 너 혼자라 걱정된다고."

"쓸데없는 짓 하셨네."

"쓸데없기는. 너 열 내린 거 팔 할이 내 정성 덕이다?"

침대 옆 협탁에는 물수건이 놓여 있었다.

"어제 갑자기 나가더니 어디 간 거야?"

"주여울 집에."

"거기는 왜?"

"보고 싶어서."

다른 말을 할 마음이 들지 않았다.

보고 싶었다.

그렇게 보고 나니 더 보고 싶어졌다.

자신을 기다리던 여울의 마음도 이랬을까. 자신을 바라봐 주지 않는 상대의 눈빛에 실망하면서도 다시 보고 싶어지는 마음.

"이제 어떻게 할 거냐고 안 물어보냐."

"내가 왜 물어봐?"

"더 이상 내 비서 아니라 이거야?"

"어."

빠른 대답에 헛웃음이 터졌다.

"식장 뛰쳐나간 수습은 알아서 하시고. 옷이나 갈아입어."

도현이 옷장에서 잘 마른 티셔츠를 꺼내 제게 던졌다.

"옷 입혀 줄 마음은 없다?"

"나도 바라지 않아."

"약이나 가져올게."

침실을 나서는 도현을 보면서 젖은 셔츠를 벗었다.

협탁에 놓여 있던 시계를 보자 11시를 가리키고 있었다. 거의 반쯤 기절한 듯 잠을 잤나 보다.

말끔한 티셔츠로 갈아입고는 두 손으로 얼굴을 쓸어내렸다.

자신의 몸 상태보다 여울이 밥을 먹었는지가 더 궁금했다. 대충 빵으로 해결하고 있는 건 아닌지 모르겠다.

잘 먹어야 할 텐데.

문득 지난번에 여울이 아팠을 때, 자신이 준비한 음식을 맛있게 먹었던 기억이 났다. 비슷한 걸로 준비해서 보내는 게 좋겠다.

그러면 마음이라도 놓일 것 같으니까.

"죽도 좀 먹고, 약 먹어."

방으로 돌아온 도현이 쟁반을 내려놓았다.

"죽 쑤는 재주도 있는 줄 몰랐네."

"사 온 거야."

"믿고 먹어도 되겠어."

"본부장님 재미없는 농담하는 거 보니까 살아나셨나 보네."

웃음으로 대답을 대신하며 숟가락을 들었다. 부드러운 죽이 까끌까끌한 목을 타고 넘어갔다. 목이 부어선지 맛이 느껴지지 않았다.

"곽도현, 부탁 하나만 하자."

얼마쯤 그릇을 비운 태형에게서 쳇소리가 났다.

"내일 일하는 아주머니한테 말씀드려서 음식 좀 준비할 테니까, 주여울 가져다줘."

"직접 안 주고?"

"내가 줬다고 하면 받지도 않을 거야."

"왜?"

"몰라?"

"뭘 알아야 되는데?"

수없이 서로에게 질문이 쏟아졌.

여울이 도현에게 자신들의 사정을 전부 말한 줄 알았는데 그것도 아니었나 보다.

"됐다."

무슨 일이냐고 묻는 도현의 질문에도 태형은 말을 아꼈다. 굳이 자신들이 끝났다는 걸 말하고 싶지 않았던 거다.

제15장
한겨울의 복숭아

 다행히 그날 이후로 태형에게서는 아무런 연락도 없었다.
 자신에게 관심이 꺼진 듯했다. 다행이라 여겼다. 태형이 갑자기 회사에라도 찾아오면 곤란하니까. 차 과장의 레이더에 걸리면 곤란해질 것이 분명했다. 도현과 아무 사이가 아닌데도 그 오지랖을 부린 사람이 아닌가.
 "주 대리 너투브 협찬 결재 끝났다. 진행해."
 "네!"
 여울은 일에 집중하기로 했다. 바쁘게 몸을 굴리다 보면 태형을 생각하는 일도 아예 사라질 거다.
 너투버들에게 메일을 날렸다. 기본적으로 숙지하면 좋을 장점들을 설명하고 나머지는 너투버들에게 맡기기로 했다.
 너무 협찬의 느낌이 나지 않게. 그게 이번 일의 포인트였다.

한창 메일을 날리는데 전화벨이 울렸다.

"마케팅팀 주여울입니다."

-곽도현이에요.

반가운 목소리가 수화기를 넘어왔다.

-제가 갑자기 전화해서 놀라셨죠?

"아뇨. 무슨 일 있으세요?"

-다른 건 아니고, 퇴근하고 만날 수 있을까 해서요.

"퇴근하고요? 따로 일정 없어서 괜찮은데 왜요?"

-드릴 게 있어서요.

뭐냐는 질문에도 도현은 받아 보면 알 거라고 했다. 궁금한 마음에 어떻게든 캐묻고 싶었으나 저를 쳐다보는 차 과장의 과한 관심에 관두었다.

-대리님 회사 앞으로 갈 테니까, 이따 봬요.

다만 전화를 끊고 나서도 호기심이 가시지 않았다.

쉴 새 없이 굴러가는 시간 속에 궁금증도 옅어졌다.

여울은 일찍 자리를 정리하고 퇴근했다. 로비에 내려가자마자 자신을 기다리고 있는 도현이 눈에 들어왔다.

저도 모르게 고개를 돌려 차 과장이 있는지 확인하게 된다.

다행히도 차 과장은 보이지 않았다.

비밀 접선이라도 하듯 도현에게 다가가서는 밖으로 나가자 말했다.

"차로 갈까요? 차 가지고 왔거든요."

"좋아요."

도현을 따라 지상 주차장으로 향했다. 차에는 여전히 훈훈한 기운이 남아 있었다.

"배고프죠?"

"조금요."

"이거 보면 좋아하시겠네요."

도현이 뒷자리에 있던 종이 쇼핑백을 내밀었다.

"이게 뭐예요?"

"반찬요."

갑자기 무슨 반찬인가 싶었다.

"누가 심부름 좀 시켰어요."

"본부장님은 아니죠?"

맞다는 걸 알면서도 굳이 묻게 됐다. 태형이 준 것이 아니기를 바랐기 때문이다.

"다시 돌려드리는 게 좋겠어요."

여울은 종이 쇼핑백을 돌려주려 했다. 그런데 도현은 받지 않았다.

받을 생각도 없어 보였다.

어떻게든 받을 수밖에 없다는 듯 쇼핑백이 제게로 다시 돌아왔다.

"저 정말 못 받아요."

"저도 다시 못 가져갈 것 같아서요."

"왜요?"

"본부장님하고 약속 못 지켜서. 본인이 준 거라고 말하지 말라고 했거든요. 분명 거절할 거라고."

"……."

"저 봐서라도 한 번만 가져가 주세요."

난감한 상황에 여울은 어쩔 줄 몰랐다. 도현을 생각하면 가져가야 싶다가도 이건 아니다 싶었다.

"걔가 아프면서도 그 반찬 준비해 달라고 부탁했다면 받아 줄 수 있을까요?"

"어디 아프대요?"

"감기 몸살 걸려서 고생 좀 했어요."

자신의 집에 왔을 때 안색이 좋지 않아 보이던 이유를 알겠다. 아프면 그냥 돌아가지. 사람 마음 불편해지게.

상대의 마음을 약하게 만들려는 속셈이 있다면 성공이었다.

"지금은 어때요?"

어느새 태형의 안부를 묻고 있었으니까.

"열 떨어지고 많이 좋아졌어요."

"약은요?"

"잘 먹고 있어요. 워낙 건강한 애라 낫는 속도도 빠르고. 아무래도 어머니 결혼식 끝나고 긴장이 풀려서 그런가 봐요."

도현은 제 잘못이 아니라 말하는 듯했다.

"반찬은 가져가 줄 거죠?"

"…네."

잠시 고민하던 여울은 결국 백기를 들었다.

태형에 대한 걱정 때문은 아니라 여겼다. 이곳까지 온 도현을 생각해서 받는 것뿐이다.

"같이 먹고 가실래요? 양도 많은데."

여울이 쇼핑백을 들어 보이며 말했다. 어떻게든 반찬의 무게를 덜고 싶은 몸부림이었다.

"본부장님이 싫어하실 텐데."

"제가 본부장님이 싫어하는 짓을 많이 하고 싶어서요."

도현은 아무런 대답도 없었다. 아무래도 태형이 마음에 걸리는 듯했다.

"다 못 먹어서 버리면 아깝잖아요."

냉장고를 열 때마다 태형 생각을 하는 것보다는 얼른 반찬을 먹어 버리는 게 나았다.

"정말 괜찮아요?"

"그럼요. 반찬도 다 있고 번거로울 것도 없고요."

"갈게요."

그 대답을 끝으로 도현의 차가 움직였다.

차분한 공기가 흐르는 차 안에서 반찬 냄새가 솔솔 올라오는 것 같았다.

불현듯 자신이 아팠던 날이 떠올랐다. 태형이 있다는 것만으로도 얼마나 행복했는지 몰랐다.

그랬을 때가 있었는데…….

'이리 와 봐요.'

자신을 부르던 태형의 목소리가 귓가에서 사라지지 않았다.
그 소리에 이끌리듯 이마에 손을 얹었다. 태형의 손길이 서서히 희미하게 변하다가 사라져 갔다.

*

여울의 입에서 감탄이 끊이지 않았다.
태형의 집에서 일하는 분의 음식 솜씨는 다시 먹어 봐도 최고였다. 손에서 이렇게 깊은 맛이 나올 수 있다는 게 마냥 신기했다.
매일 이 정도 퀄리티의 요리를 먹을 수 있다면 배달 음식은 거들떠보지도 않을 것 같다.
그 바람에 여울은 그만 배가 터질 정도로 밥을 먹고 말았다.
"본부장님 밥은 먹었대요?"
"물어볼까요?"
"아, 아뇨. 굳이 물어보실 필요 없어요."
쓸데없이 태형의 안부를 왜 물어서.
남의 반찬을 얻어먹더니 잠시 이성을 잃었나 보다.

태형은 걱정할 것도 없었다. 이런 솜씨 좋은 분들이 옆에서 밥을 챙겨 줄 텐데 걱정은 무슨.

"앉아 계세요. 제가 치울게요."

"저도 몸 좀 움직이고 싶어서요. 설거지도 자신 있고요."

"소파에 앉아서 편하게 쉬세요. 금방 차라도 가져다드릴게요."

"원래 제가 가만히 못 있는 성격이라서요. 같이 해요. 그러면 빨리 끝나잖아요."

도현의 고집을 꺾지 못하고 결국 나란히 개수대 앞에 섰다.

손이 하나 더해지니 정리가 순식간에 끝났다.

도현이 손을 씻고 있는 동안 여울은 빈 용기 하나를 행주로 열심히 닦았다. 그러고는 베란다에서 귤을 가지고 와 용기에 담았다.

쪽지도 한 장 적어 넣었다.

처음과 비교할 수는 없겠지만 쇼핑백이 제법 묵직해졌다.

"이거 가실 때 가져가시면 될 것 같아요."

이 정도의 성의면 충분하리라 여겼다.

"그럴게요."

고맙게도 도현은 번거로운 배달을 단박에 수락했다.

*

불타는 금요일이었다. 회식까지 잡혔으니 불이 타고도 남을 거다.

이번 회식 장소는 김 팀장이 특별히 고른 곳이라고 했다. 추운 겨울에 사기 진작을 위해서는 반드시 회를 먹어 줘야 한다는 궤변까지 늘어놓았다.

결국에는 회를 먹고 싶었구나 싶었다.

"마케팅하는 사람이면 모름지기 겨울 방어 정도는 먹어 줘야지."

"옳으신 말씀입니다!"

역시 차 과장이었다. 어떤 말에도 과한 리액션으로 보답하니까.

"자자! 우리 방어 쌈 하나씩 들고, 건배부터 하자고."

어느새 커다란 쌈 하나를 든 김 팀장이 팀원들을 재촉했다. 그 목소리에 떠밀려 여울도 급히 깻잎에 방어 한 점을 올렸다.

소주잔까지 들어 올리고 건배를 준비하는데 차 과장이 '어?' 하고 소리쳤다.

"저기 강태형 본부장 아닙니까."

확신에 찬 말투였다.

그의 시선을 따라 여울의 시선도 움직였다. 정확히 말하자면 테이블에 있던 저희 팀 모두의 눈빛이 태형에게 꽂혔다.

태형은 처음 보는 여자하고 나란히 마주 앉아 있었다.

벌써 다른 사람이 생겼다는 게 놀라웠다.

저렇게 바쁘게 작업하는 와중에도 반찬을 챙겨 준 걸 감사하게 생각해야 하나.

"여친인가 본데?"

"모른 척할까요, 팀장님?"

"당연히 그래야지. 아는 척하면 얼마나 민망하겠어."

"그러면 저희 짠은 조용하게."

차 과장이 한껏 소리를 낮췄다. 그는 들릴 듯 말 듯 개미만 한 소리로 건배를 외쳤다.

건배를 마치자마자 단박에 잔을 비웠다. 목을 타고 넘어가는 술이 너무 쓰다.

"주 대리가 오늘 술이 받나 보네."

신난 차 과장의 목소리가 점점 커졌다. 금방이라도 태형이 저희 테이블의 존재를 알 것 같았다.

어쩌면 다른 여자를 보고 있느라 주변에는 관심도 없을지 모른다.

"대리님, 국물 떠 드릴게요. 같이 드세요."

민아가 얼른 매운탕 국물을 떠서 제 앞에 놓아주었다.

"고마워."

초반부터 혼자 신나게 달린 바람에 벌써 알딸딸했다.

가급적 태형의 쪽은 보지 않으려 애썼다. 두 사람에게 신경 쓰고 있다는 느낌을 주기 싫었기 때문이다.

여자가 어떤 결말을 맞이하든지 자신과 상관도 없는 일이기도 하고.

"저 잠깐만 화장실 다녀올게요."

"도망가는 거 아니지?"

"가방도 두고 어디 가겠어요."

"꼭 와야 돼."

질척거리는 차 과장을 떼어 놓고는 일식당을 나왔다.

문을 열고 나오자 차가운 바람이 불었다. 뺨을 스치는 바람에 몽롱하던 정신이 깨어나는 듯했다.

취기를 덜어 내려 깊이 숨을 들이마셨다. 무거운 머리를 가뿐하게 비워 낼 작정이었다.

"후-우-우."

길게 내뱉는 숨에 머리가 서서히 맑아지는 기분이다. 얼굴을 벌겋게 달군 열감도 떨어지는 것 같다.

그렇게 숨을 돌리고 자리로 돌아가려는데 사람과 탁- 부딪혔다.

"죄송합니다."

사과를 하고는 고개를 돈 자신의 앞에 태형이 있었다.

"저는 들어가 볼게요."

"잠깐만 나하고 같이 있어요."

태형이 제자리로 돌아가려는 제 팔을 잡았다. 꼭 제게 할 말이라도 있다는 얼굴이다. 우리 사이에 남은 말이 뭐가 있다고.

"왜요?"

"그러고 싶어."

"이야기는 본부장님 테이블에 있는 분하고 하시죠."

"그 사람은,"

"저한테 설명하지 않으셔도 돼요. 본부장님이 누구를 만나시든 저하고는 상관없는 일이니까."

여울이 딱 잘라 선을 그었다. 아무것도 듣고 싶지 않았다. 그럴 필요도 없었고.

자신의 팔목을 잡은 손을 떼어 내리는데 원하는 대로 되지 않았다. 대화를 끝내기 전까지는 보내 주지 않을 기세다.

"그만 들어갈게요."

"차 과장 나오는데 괜찮겠어요?"

태형의 말대로 차 과장이 비틀거리며 식당 밖으로 나왔다. 담배를 필 생각인지 연신 주머니를 뒤적거린다.

태형과 같이 있는 건 들키지 않아야 했다.

"저쪽으로 가요."

그는 마치 이 상황에서 자신을 꺼내 주겠다는 듯 굴었다. 단호하게 아니라고 거절하고 싶었지만 차 과장과 마주칠 수 있는 상황에서 그럴 수 없었다.

괜히 오지랖에 시끄러워지는 것보다는 잠깐 피해 있는 게 나을 듯했다.

"갈 테니까 손은 놔주세요."

그제야 태형의 손에서 힘이 빠졌다. 손목을 매만지며 태형의 뒤를 따랐다.

일식당 옆쪽 골목에 섰다. 가로등 불빛이 내려와 태형과 저를 적셨다. 차가운 바람과 함께 적막이 날아왔다.

"이거 입어요."

태형이 외투를 벗어 제게 건넸다. 따뜻한 온기가 번져 나는 듯했다.

"괜찮아요."

단박에 호의를 거절했다.

"하실 말씀이 뭐예요? 저한테 뭘 바라시고요?"

거두절미하고 본론을 던졌다.

"바라는 거 없어요."

"거짓말."

"……."

"이유도 없이 뭘 주는 사람 아니잖아요."

"그랬죠."

"그런데 저한테 왜 그러세요? 이제 본부장님한테 줄 거 하나도 없는데. 아니, 하나도 주기 싫어졌는데."

그는 꼭 상처라도 받은 얼굴이다. 고작 이런 걸로?

"내가 주고 싶어서."

저음이 찬바람을 타고 흐른다.

"저 좋아하세요?"

"네."

태형은 고민할 필요도 없다는 듯 바로 대답했다. 이 질문이 나오기만을 기다린 사람 같았다.

"저는 싫어요. 나만 기대하고 실망하는 거, 이제 하기 싫어졌거든요."

"내가 전부 잘못했어요."

애원하는 목소리였다.

이 사람이 사과를 할 수 있다는 사실이 놀라웠다. 항상 상처를 주고도 아무렇지 않게 넘기던 사람이 아닌가.

"잘못한 건 알아요?"

"예."

"그럼 애초에 잘못하지 말았어야죠. 상처 주지 말았어야지. 내가 준 선물도 다른 사람한테 줘 버리고, 넘어져도 모른 척하고……."

이제 와서 이런 말을 해 봐야 무슨 소용일까. 어차피 끝난 사이인데.

여울은 됐다며 더 이상의 말을 아꼈다.

"내가 누구한테 뭘 줘요?"

"모른 척하는 거예요?"

"뭘?"

"남단아 씨한테 만년필 준 거 봤어요. 제가 얼마나 고르고 고른 건지는 알아요? 이니셜도 박고……. 근데 당신한테는 아무것도 아니었던 거죠?"

"준 적 없어요."

"분명히 줬다고 했어요."

절대 제가 착각했을 리 없었다. 한정판 만년필이라 찾기도 힘들거니와 태형의 이니셜이 박힌 위치까지 똑같았으니까.

"어떻게 된 건지 알아볼게요."

여울은 자신의 손을 잡으려는 태형의 손을 쳐 냈다.

"화 풀어 주면 안 돼요?"

다정한 목소리에도 마음은 녹을 줄 몰랐다. 쉽게 돌아갈 마음이었다면 끝을 내지도 않았을 거다.

"좋아해 달라고 안 할게요. 마음 주지 않아도 돼."

"……"

"그건 내가 할게요."

아무 대답도 하지 않았다.

"하라는 거 전부 다 할 테니까 나, 가라고만 하시 마요."

"뭐든 하겠다고요?"

"뭐든지."

"맛있는 복숭아 정도 가져오면 생각해 볼게요."

일부러 어려운 말을 던졌다. 한겨울에 복숭아를 가져올 수 있을 리가.

이 정도에서 적당히 대화를 끝내야겠다는 마음도 있었다. 얼마간 태형을 고생시키고 싶은 짓궂은 마음도 있었고.

"근데 자리로 안 가 봐도 돼요? 여자분이 기다리잖아요."

"내 비서예요."

"저번에는 다른 분이셨는데?"

"시행착오 중이라."

완벽한 추리 실패였다.

"질투라도 했어요?"

"질투는 뭐 하러요. 저희가 무슨 사이라고."

"나 계속 봤다고 하던데."

"여기서 만난 게 신기해서 본 거였어요."

"신기할 거 없어요. 내가 주여울 씨 따라온 거니까."

"제가 여기 있는지 어떻게 알고요?"

여울의 눈이 저절로 커졌다. 도현에게 말한 적도 없는데… 어떻게 알았을까.

누군가 저를 지켜보는 건 아닌가 싶어 좌우로 고개를 돌렸다. 그러나 아무도 보이지 않는다.

"내 정보통은 여기 없는데."

"그러면 어디 있는데요?"

"가게에."

태형의 의미심장한 말에 일식당 쪽으로 고개를 돌렸다.

저희 팀원 중에 정보통이 있다는 소리인데. 도통 누군지 알 수가 없었다.

도대체 누구라는 거야?

*

태형이 H 백화점 본사로 들어섰다.

"남 본부장 좀 봤으면 하는데."

태형을 익히 아는 데스크 직원이 본부장실에 곧장 전화를 걸었다. 얼마 가지 않아 출입 게이트가 열렸다.

직접 본부장실까지 모시고 가겠다는 직원의 호의를 거절하고 엘리베이터에 올라탔다.

이내 엘리베이터가 꼭대기 층에 도착했다.

"이쪽으로 모시겠습니다."

엘리베이터에서 내리자 조 비서가 저를 안내했다. 또각거리는 구두 소리만 복도에 울려 퍼진다.

조 비서를 따라 본부장실로 들어섰다. 집무실 문이 열리자 단아가 반가운 얼굴로 저를 반겼다.

"전화도 없이 여기는 어쩐 일이야?"

"돌려받을 게 있어서."

"나한테?"

"어."

무엇을 가져가겠다는 건지 영문도 모르겠다는 얼굴이다.

"무슨 말이야?"

"네가 훔쳐 간 거."

"누가 뭘 훔쳐 갔다는 거야? 내가? 왜?"

단아는 믿을 수 없다는 듯 쉴 새 없이 말했다.

하지만 눈동자가 흔들리는 걸 봐서는 자신이 뭘 말하는지 분명히 알고 있었다.

초조한 기색이 그녀의 얼굴에서 떠나지 않았다. 머리를 굴리고 있는 게 눈에 보였다. 첫마디로 많은 것이 달라질 수 있을 테니 그럴 만도 했다.

"주 대리가 그래? 내가 훔쳤다고?"

단아의 목소리가 커졌다.

"널리고 널린 게 만년필인데."

"가져간 거 맞나 보네."

"나는 분명히 빌린 거라고 했어!"

차라리 모르쇠로 일관하는 편이 나았을지도 몰랐다. 그래 봐야 그녀가 원하는 대로 상황이 굴러가지는 않았겠지만.

"헛소리 어디까지 들어 줄까."

"태형아."

"훔치기 전에 그럴듯한 이유라도 생각해 뒀어야지."

"나는,"

"그런 성의도 없어?"

느릿한 걸음으로 단아에게 다가섰다. 그에게서는 고압적이고도 싸늘한 기운만이 흘러나왔다. 옅은 미소조차 입가에서 찾아볼 수 없었다.

"난 너 생각해서 그런 거야. 주 대리 생각도 한 거고."

단아의 말이 빨라졌다. 어떻게든 저를 설득하고 말겠다는 듯이.

"어머님이 아셔 봐. 가만히 두실 것 같아?"

"네가 뒤에서 이런 짓 하면 나는 가만히 있을 것 같았고?"

"강태형!"

"주여울, 건드리지 마."

태형이 날카로운 발톱을 세우고 으르렁거렸다.

"네 오빠한테 밀려서 주저앉고 싶지 않으면 닥치고 있어."

어떤 방법을 써서라도 아무도 여울에게 다가서지 못하도록 막을 거다. 만에 하나 누구라도 여울을 건드리면 돌아 버릴지 모르니까.

"뭐 하고 있어?"

태형이 손을 내밀었다.

"훔친 거 가져와야지."

차가운 눈빛에 뒤채여 단아의 걸음이 책상으로 움직였.

그녀는 제일 위쪽 서랍에 둔 만년필을 꺼냈다. 제 손에 만년필을 내려놓는 순간까지도 단아의 얼굴에는 불만이 가득 묻어났다.

그러나 태형은 그녀에게 눈길도 주지 않고 집무실을 나섰다.

단아가 이를 바득 갈든지 말든지 관심도 없었다.

*

태형은 여느 날처럼 회의를 마치고 자리로 돌아왔다. 그런데 차분해야 할 본부장실 분위기가 어수선했다.

제자리를 지키고 있어야 할 최 비서의 모습도 보이지 않는다.

그때 최 비서의 자리에 있던 전화가 울렸다. 그 소리에 그녀가 집무실 문을 열고 나왔다.

"왜 거기서 나와요?"

"부회장님이 오셔서요."

"우리 어머니?"

"네."

반가울 리 없는 손님이었다.

어머니가 무슨 이야기를 할지 대충 알 것도 같았다. 결혼식부터 단아와 관련된 일까지. 이야깃거리야 차고 넘쳤다.

문제는 거기에 대해 아무 대답도 준비하지 못했다는 거였다.

분명 불청객이 나타나면 미리 알리라고 했을 텐데…….

최 비서를 보는 눈빛이 차가워졌다. 애석하게도 도현의 존재가 그리워지는 순간이었다.

하지만 이미 엎질러진 물을 어찌할까.

"일 봐요."

최 비서가 고개를 숙여 인사를 하고는 제자리로 돌아갔다.

태형은 반갑지 않은 표정을 지우고는 집무실로 들어섰다. 다리를 꼰 채 소파에 앉아 있던 어머니가 고개를 들어 저를 반겼다.

"도현이는 어디 가고, 새 사람이야?"

도현을 좋아하지도 않았던 분이 그의 안부를 물었다.

어머니는 어릴 때부터 제가 도현과 어울리는 걸 좋아하지 않았다. 입주 가정부의 아들이라는 게 마음에 들지 않았던 것 같다.

제가 도현이 묵고 있는 별채에 갈 때마다 얼마나 화를 냈는지 몰랐다.

어머니가 연애를 시작하면서 그 관심도 완전히 꺼져 버렸지만.

"그렇게 됐습니다. 여기는 무슨 일로 오셨어요?"

"내 아들 보고 싶어서 왔지."

"다른 용건이 있으신 것 같은데."

"그때 그 여자애, 아직도 만나니?"

여울을 말하는 것이 분명하다.

"그건 갑자기 왜 물으세요?"

"여러 여자 두루 만나는 건 말리지 않아. 근데 이번에는 너무 푹 빠지는 것 같아서 걱정되더라."

나긋한 말투에 담긴 뜻을 모를 리 없었다.

여울이 마음에 차지 않는다는 소리다.

"남단아가 그래요? 저한테 새 여자 생겼다고?"

"나도 보는 눈이 있어."

전시회나 자선 연주회 때의 일을 말하는 걸 거다.

하지만 단아가 아예 관련 없다고 할 수는 없었다. 만년필 사건 이후로 득달같이 어머니가 달려온 것만 봐도 그랬다.

"그 여자하고 진지하게 만나 보려고요."

"뭐?"

생각지 못한 대답에 어머니의 목소리가 커졌다.

굳이 어머니에게 반기를 들기 위해 던진 말은 아니었다. 그렇게 말하고 싶었을 뿐이다.

어쩌면 직원이니 뭐니 던졌던 말이 여울에게 상처를 남겼다는 걸 몸소 깨달았기 때문이었는지도 모르겠다.

"태형아."

저를 말리려는 투다.

"제가 좋아합니다."

"지금 뭐라고 했니? 뭘 해?"

"그 여자 좋아한다고요."

"착각하는 걸 거야. 그냥 다른 사람하고 다르니까."

"그래서 괴롭히기라도 하시려고요?"

어느새 커피잔까지 테이블에 내려놓은 어머니가 작게 실소를 터뜨렸다.

"그래 볼까?"

"그러지 마세요."

"내가 왜 그래야 하는데?"

"그 사람 건드리면 저도 어머니 손 놓을 수밖에 없어요."

강한 으름장에 어머니의 눈빛이 움찔했다. 자신이 이렇게 나올지 전혀 예상하지 못한 것 같았다.

어머니가 무슨 일을 하든지 아무 말 하지 않던 자신이었으니 놀라기는 했을 거다. 입이 타는지 어머니는 차로 목을 적셨다.

"기억하세요? 아버지 집 앞에서 제 손 두고 가시던 날."

"……."

"그 집에 들어가지도 못하고 집 앞에 서 있었죠. 아무도 오지 않는 집 앞에 서서 누구든 오기를 얼마나 기다렸는지 아세요? 그 어린애가 감기에 걸리든지 말든지 관심도 없는 분들을 얼마나 기다렸는지 아마 모르시겠죠."

아버지의 집 앞에서 기다리다가 지독한 감기에 걸렸다.

밤새 열이 오르고 땀이 흘렀다. 옷을 다 적실 만큼의 오한에 시달리면서 홀로 밤을 지새웠다.

그날 밤에 태형은 완벽히 알게 됐다. 아무도 자신을 사랑하지 않는다고.

그리고 자신도 아무도 사랑하지 않겠노라고.

"미운 사람한테도 아프면 관심 주던데."

여울이 준 빈 용기에 담겨 있던 쪽지가 떠올랐다.

> 하나씩 챙겨 먹어요.
> 감기에 좋으니까 꼭 먹어요.

상처만 주고 제멋대로 굴던 새끼가 뭐가 예쁘다고. 미운 놈이 아프면 잘됐다고나 생각하지 않나.

"내가 그 애, 건드리지 않겠다고 하면 아들 노릇은 계속할 거고?"

"예."

어머니가 커피잔을 들었다. 입을 축이고 나서도 아무 말 없이 테이블만 보고 있었다. 뭐가 더 나은지 저울질하는 게 분명했다.

짙은 적막이 흐르는 공간 속에서 바람 빠지듯 웃는 어머니의 웃음소리가 번졌다.

이 상황이 우스운 듯했다. 여기까지 찾아와서 아들에게 협박을 받을 줄 몰랐을 테니까.

"그래. 네가 원하는 대로 하자."

마침내 결정을 끝낸 어머니가 핸드백을 들고 자리에서 일어났다.

"나한테는 아들이 필요하니까."

어머니의 얼굴에는 미소 한 줌 들어 있지 않았다. 협상을 체결하듯 사무적인 태도였다.

더 이상 할 말이 없다는 듯 어머니는 꼿꼿이 고개를 든 채 집무실을 나섰다.

어머니가 사라지고 나자마자 태형은 곧장 비서실에 전화를 걸었다.

정확히는 도현에게 건 전화였다.

-무슨 일로 전화하셨어요?

"부탁할 게 생겨서."

자존심은 필요 없었다. 질투의 감정이 들어올 공간조차 없었다.

지금은 누구보다 제 상황을 잘 알고 있는 사람이 필요했다.

누구보다 빠릿빠릿하게 일을 처리할 사람.

-말씀하세요.

"집 좀 알아봐 줘. 최대한 빨리."

-지금 사는 집은 어쩌고요?

"그건 놔두고."

-갑자기 어디서 부동산 정보라도 들으셨어요?

"마음에 드는 곳을 봐서."

애가 느닷없이 전화해서 무슨 소리를 하나 싶었을 거다.

"그리고 복숭아 살 수 있는 곳도 알아봐 줘."

-여름까지 기다리세요.

"지금 필요해."

불가능한 일이라 떠들어 대는 소리는 가뿐하게 무시했다. 불만을 터뜨려도 깔끔하게 일을 처리할 녀석이라는 걸 아니까.

전화를 끊은 태형도 포털 사이트에 '복숭아'를 끝없이 검색했다.

　　　　　　　　　　＊

　매일같이 눈에 띄던 태형이 며칠간 보이지 않았다.
　날씨 타령을 하던 문자 메시지도 없고, 집 앞에 나타나는 법도 없었다.
　드디어 흥미가 사라진 건가.
　다행이다 싶었다. 이제 태형과 마주칠 일은 없을 테니까.
　"저는 잘하려고 했던 건데……."
　그때 옆에서 울먹이는 소리가 들렸다. 무슨 일 때문인지 차 과장이 민아를 향해 소리를 질렀다.
　저럴 것까지야.
　그렇다고 차 과장을 말릴 수는 없으니 소란이 끝나기를 기다리는 수밖에 없었다.
　차 과장이 답답하다면서 사무실을 나가 버리고 민아만 자리에 덩그러니 남겨졌다.
　"괜찮아, 민아 씨."
　"제가 망치려고 한 거 정말 아니거든요."
　제 위로에 민아가 왈칵- 울음을 터뜨렸다. 다독거리는 손길에 눈물이 그녀의 얼굴을 뒤덮었다.
　여울이 할 수 있는 거라고는 어깨를 다독이며, 이야기를 들어 주는 것밖에 없었다.
　그렇게 퇴근 때까지도 민아는 저기압이었다.

시무룩한 모습을 보고 있자니 그냥 집에 보낼 수가 없었다. 평소에는 하지도 않는 오지랖을 한 번 부려 보자 싶었다.

"민아 씨, 혹시 시간 괜찮으면 우리 집에서 같이 저녁 먹지 않을래?"

자신의 제안을 부담스러워하지 않을까. 걱정하지 않았다면 거짓말이었다. 하지만 걱정이 무색하게 민아는 단박에 좋다며 제 팔짱을 꼈다.

차 과장을 좋아하지 않는 사람들의 모임이 삽시간에 결성된 거다.

"들어와."

민아를 데리고 집에 도착하자마자 부엌으로 들어갔다. 두 팔을 걷어붙이고 저녁을 먹을 준비를 했다.

집에 오는 길에 산 밀키트 덕에 준비가 수월했다.

"제가 상 차리고 있을게요!"

민아가 나서서 수저를 놨다. 분주하게 움직이는 모습에 웃음이 났다. 민아를 보고 있자니 불현듯 화장실에 박혀 차 과장 욕을 했던 때가 떠올랐기 때문이다.

'왜 내 아이디어 가져가는 건데!'

눈물을 쏟아 내고 나면 신기하게도 마음이 후련했다.

'여자들은 저래서 골치 아프다니까. 울기나 하고, 쯧.'

 화장실에서 잡은 마음을 차 과장이 단박에 망가뜨렸지만.
 여울은 냄비에 만두를 예쁘게 넣었다. 바글바글 끓는 시원한 국물에 민아의 마음이 풀리기를 바랐다.
 그렇게 소담한 밥상을 두고 민아와 앉았을 때였다.
 땡동-
 초인종 소리에 현관으로 고개가 돌아갔다.
 이 시간에 올 사람이 없을 텐데?
 누군지 감도 잡지 못한 채로 비디오 폰 앞에 섰다.
 "누구세요?"
 "나예요."
 비디오 폰 화면으로 태형의 얼굴이 보였다.
 이 남자가 지금 왜 여기 있어?
 "어? 강태형 본부장님 맞죠?"
 하필이면 민아가 그 광경을 목격하고 말았다. 비밀이라도 들켜 버린 사람처럼 여울의 모든 생각이 일시 정지됐다.
 "본부장님이 왜 여기 계세요?"
 눈앞에 떡하니 태형이 보이는데 아니라고 부정할 수는 없었다.
 굳게 문을 걸어 잠글 수도 없게 됐다.
 "글쎄. 왜 오신 건지 모르겠네."

여울이 혼잣말을 중얼거리면서 얼른 현관으로 나갔다.

문을 열자 태형이 저를 반겼다.

반갑게 인사를 나눌 사이는 아닌 것 같은데.

태형의 손에는 제법 큰 종이 쇼핑백이 들려 있었다. 대체 뭘 가져온 거야?

"여기는 어쩐 일이세요?"

"저녁 먹고 있었어요?"

"회사 사람이 와서요. 같이 먹고 있었어요."

그러니까 이만 가 달라는 의미였다.

"나도 저녁 먹기 전인데."

너스레를 떨라는 의미는 절대 아니었는데.

태형은 웃음을 지어 보이며 자신을 들여보내 달라는 눈빛을 보내고 있었다.

너무 염치없는 거 아니야?

"배고프시겠다. 와서 같이 드세요. 양도 많은데."

돌아가는 상황을 알 리 없는 민아가 태형을 반겼다.

"그래도 되죠, 대리님?"

저렇게 물어보는데 아니라고 할 수도 없었다. 얼른 저녁을 먹이고 두 사람을 모두 집 밖으로 내보내는 수밖에.

이 상황이 반갑기라도 한 듯 집에 들어온 태형의 입가에서는 웃음이 떠나지 않았다.

"뭐 먹고 있었어요?"

"저희 만두전골요."

"맛있겠네."

"밀키트 샀거든요."

민아 씨, 거기까지만!

누가 들으면 매일 밖에서 사 먹는 것 같잖아.

여울은 괜히 민망해져서 어색한 웃음만 터뜨렸다.

"본부장님은 어떻게 오셨어요?"

"인사하러요."

"갑자기요?"

본심이 툭- 나와 버렸다.

"오늘 낮에 맞은편으로 이사 왔거든요."

잘못 들은 줄 알았다. 태형이 이곳에 올 리가 없지 않나.

좋은 집도 있잖아. 그런데 이사를 왔다고?

"여기요?"

여울이 재차 물었다.

"예."

그런데도 대답은 달라지지 않았다.

"주여울 대리님 집 맞은편."

아예 못을 박아 버린다.

또박또박 내다 박히는 말에 여울은 무슨 말을 해야 할지 머리가 하얗게 변했다.

"여기를 왜요?"

"살기 좋아 보이길래."

"여기 밤에는 엄청 시끄러워요."

"소음 좀 있어야 사람 사는 맛 나죠."

"엘리베이터도 한 대밖에 없어서 출근 때마다 전쟁인데."

"사람들하고 만나고 인사하기 좋겠네요."

태형은 제가 던지는 단점을 모두 가볍게 받아쳤다. 사실 단점이랄 것도 없는 곳이라 안 좋은 점을 말하기가 어려웠다.

"이거는 이사 떡 대신 선물."

그가 종이 쇼핑백을 내밀었다.

"대리님 뭔지 저도 같이 봐도 돼요?"

민아의 말에 쇼핑백을 열자 복숭아가 잔뜩 들어 있었다.

"대박. 겨울에도 복숭아가 열려요?"

솔직히 말하자면 민아보다 훨씬 많이 놀랐다.

'하라는 거 전부 다 할 테니까 나, 가라고만 하지 마요.'

'맛있는 복숭아 정도 가져오면 생각해 볼게요.'

일부러 짓궂게 던진 말이었다. 절대로 가져올 수 없을 거라 생각했으니까.

그런데 정말로 한겨울에 복숭아를 가져올 줄이야.

통조림이나 모형 복숭아라도 가져오면 거절을 날릴 생각이었는데…….

연한 분홍빛이 도는 동그란 복숭아의 자태에 여울은 할 말을 잃었다. 빙긋거리는 태형의 웃음 속에서 설핏 은은한 복숭아 향이 나는 것 같았다.

"11월에 수확한 복숭아랍니다. 마침 저장된 게 있다길래 직접 가서 가져왔어요."

"이거 구하기 엄청 힘들지 않아요?"

"그래도 꼭 구해야 했어서."

태형이 민아의 말에 대답하며 저를 봤다.

하필이면 조건을 내건 바람에 발목을 붙잡혀 버렸다. 이럴 줄 알았으면 하늘에 있는 별이라도 따 오라고 할 걸 그랬다.

'하라는 거 전부 다 할 테니까 나, 가라고만 하지 마요.'

태형의 목소리가 머릿속에서 사라지지 않았.

"민아 씨 배고프지? 얼른 전골 끓여야겠다."

서둘러 화제를 돌리고는 서둘러 인덕션을 켰다.

복숭아 얘기로 돌아가면 어쩌나 걱정했는데 다행히 민아가 전골에 관심을 가져 준 덕에 화제가 돌아갔다.

셋이서 식탁에 둘러앉아 밥을 먹고 있자니 기분이 묘했다.

단 한 번도 생각해 본 적이 없던 그림이었기 때문이다.

아마 그건 태형도 마찬가지가 아니었을까.

항상 집에 혼자 있던 사람들끼리 모여 식사하는 기분이 나쁘지는 않았다.

*

 버너의 불이 꺼졌다. 바글바글 시원스럽게 만두전골이 끓던 소리가 순식간에 사라졌다.
 차 과장의 만행을 토로하면서 목에 핏대를 세우던 민아는 맥주에 와인까지 섞어 먹더니 그대로 뻗어 버렸다.
 태형의 도움으로 간신히 민아를 침대에 눕힐 수 있었다.
 "강태형 본부장님, 저 대리님 집에 갈 거예요. 얼른 따라오세요. 와."
 곤히 잠든 민아가 잠꼬대를 했다. 허공에 손을 휘적거리면서 중얼거렸다.
 꿈에서도 태형을 불러 대는 게 스파이가 누군지 확실히 알 것 같았다. 이렇게 가까이에 붙어 있었을 줄이야.
 태형은 아무것도 듣지 못했다는 듯 어깨를 으쓱거렸다.
 나 들겼기든요.
 "컴 온……."
 민아를 뒤로 한 채 침실을 나왔다.
 침실 문까지 꽉 닫아 주고 나오자 태형과 단둘이 남게 됐다는 사실이 선명히 느껴졌다.
 태형은 식탁을 치우고 있었다.

"제가 할게요. 앉아 계세요."
"음식 한다고 힘들었을 텐데 이건 내가 할게요."
"있는 거 한 거라 괜찮아요."
"차리는 것부터가 일이니까."

그렇다고 가만히 앉아 있을 수는 없는 노릇이었다. 명색이 집주인이기도 하고 그릇이 개수대에 수북이 쌓여 있었기 때문이다.

어느새 수세미에 거품을 내서 그릇을 닦고 있는 태형의 옆에 섰다.

달그락거리면서 부딪히는 식기 소리가 듣기 좋다.

하얗게 쌓여 가는 거품을 보는 것도 좋고 그릇이 깨끗하게 씻겨 나가는 것도 기분 좋다.

"닦는 건 제가 할게요."

거품이 묻은 그릇을 건네받아 깨끗하게 닦았다.

둘이 힘을 합친 덕에 설거지가 생각보다 빨리 끝났다.

식기 건조대에 놓여 있는 그릇을 보자니, 마음까지 개운해졌다.

"근데 진짜 저희 집 앞으로 이사 온 거 아니죠?"
"왔는데."
"왜 왔어요?"
"매일 보면 정들 수 있을 것 같아서."

이러다 정말 정이라도 드는 건 아닌지 걱정됐다.

왜 이 사람은 멀어지려 할수록 가까이 다가오는 걸까.

"복숭아 드실래요?"

여울이 주방 수건에 젖은 손을 닦으며 물었다.

"선물한 걸 먹을 수는 없죠."

"양도 많은데요."

팩에 예쁘게 포장된 복숭아 하나를 꺼내 들었다. 손에 감기는 크기가 꽤 컸다.

"됐어요. 여울 씨 먹으라고 구한 건데."

"같이 먹어야 더 맛있을 것 같아서요. 몇 개 씻을게요."

여울은 복숭아를 식초 물에 잠깐 담갔다. 그러고는 부드럽게 겉을 닦아 냈다. 부드러운 곡선을 타고 물기가 흘러내렸다.

은은하게 번지는 향기에 절로 고개가 앞으로 나갔다.

겨울의 복숭아.

낯설지만 나름의 매력이 있었다.

겨울의 복숭아나 여름의 복숭아나 빛깔이 예쁜 건 같았다. 다만 태형은 자신이 구한 복숭아가 더 달거라 자부했다.

태형의 말을 들으면서도 코는 복숭아에 거의 박혀 있었다.

"좋아요?"

"네, 좋아요. 맡아 보실래요?"

태형의 앞에 복숭아를 내밀었다.

그러자 태형이 가까이 얼굴을 들이밀었다. 순식간에 복숭아 크기만큼 태형과의 거리가 줄어들었다.

그는 고개를 기울이고는 천천히 향을 음미했다.

복숭아를 잡고 있는 자신의 손에 절로 힘이 들어갔다. 이걸 놓치기라도 하면 그나마 있던 벽도 사라지게 되는 것일 테니까.

태형을 피해 아래로 눈을 살짝 내렸다. 그러자 그의 입술이 선명하게 눈에 들어왔다.

뜨거운 입김이 복숭아 향을 머금고 번져 온다.

그 바람에 웃기지 않게도 입술이 옴찔거렸다. 침을 삼키기조차 어려웠다.

침을 삼키는 소리까지 크게 들릴 것만 같다.

"하아……."

숨을 참고 참다가 결국 한바탕 쏟아 내고 말았다.

"향이 좋네요."

"……."

"당장 먹고 싶어지게."

태형이 저를 뚫어져라 바라보며 말했다.

그 시선 한 번에 얼굴이 화르륵 달아올랐다. 고작 태형이 복숭아나 같이 먹자는 말을 꺼냈을 뿐인데…….

술기운에 이성이 잠시 마비된 걸까. 아니면 복숭아 향에 뭐라도 숨겨 놓은 건가.

여울이 손에 든 복숭아를 놓치고 말았다. 손아귀에서 벗어난 복숭아가 그대로 바닥에 떨어졌다.

열감이 끝없이 피어올라 제 온몸을 집어삼킬까 봐. 그래서 실수하게 될까 무서웠던 것 같다.

둔탁한 소리에도 두 사람 중 어느 누구도 움직이지 않았다.

서로를 바라보고 있었을 뿐.

침묵 속에서 먼저 움직인 건 태형이었다.

"먹기 싫어요?"

그가 복숭아를 집어 들고는 물었다.

먹고 싶어요.

거절하지 말라는 간절한 표정이 사람을 홀리려고 한다.

"네."

다행히도 마음과는 다른 말이 나왔다.

"아뇨. 다음에 먹을게요."

황급히 말을 바꾸면서 여울은 분리수거를 해야겠다며 베란다로 나갔다. 태형과 멀어졌는데도 열감이 얼굴에서 빠져나가지 않았다.

호랑이 굴에 금방이라도 들어가게 생겼다.

*

태형은 아쉬운 마음을 누르며 여울의 집을 나섰다.

"들어가세요."

"나오지 마요. 춥겠네."

코가 닿을 만큼 거리가 가까워졌는데도 아쉬운 마음이 남는 건 어쩔 수 없었다. 새로운 제집으로 돌아가는 걸음이 천근만근이다.

태형의 새집은 있는 게 거의 없었다.

가구도 최소, 옷도 최소.

원래 집에 있던 짐은 거의 가져오지 않았다.

도현은 너무 휑하다면서 한 소리를 날렸지만 간단한 게 나았다. 그 덕에 여울이 퇴근하기 전에 이사를 잘 마치지 않았나.

굳이 이곳까지 거처를 옮긴 건 단아 때문이었다.

지금쯤이면 어머니가 자신의 뜻대로 움직이지 않았다는 걸 알게 됐을 것이다. 뒤에서 제멋대로 날뛰던 그녀가 어떻게 나올지 알 수 없었다.

순순히 상황을 받아들이기를 바랐으나 그 반대의 경우도 대비할 수밖에 없다.

'사모님이 주 대리님한테 돈 봉투를 주셨다는데.'

특히 도현의 말이 마음에 걸렸다.

어머니는 절대 단아에게 돈 봉투를 건네게 할 분이 아니었다. 도리어 지난번처럼 저를 찾아와 헤어지라고 말하는 쪽이 우아한 방식이라 생각하시는 분이니까.

유일하게 아끼던 미래의 며느릿감에게 그런 일을 시킬 리도 만무했다.

　차라리 비서를 통해서 처리하셨다면 모를까.

　결국 그 돈 봉투를 만들고 건넨 건 단아라는 결론에 도달했다.

'남 회장님 만나 봬야겠어.'

'단아 아버지 뵈면 뭘 어쩌려고?'

'더는 주여울, 건드리지 못하게 만들어야지.'

　최고의 방어는 공격뿐이었다. 단아를 확실히 막아서지 않는다면 다음에는 무슨 일이 벌어질지 모르니까.

　태형이 어둠 속에서 바깥을 내려다봤다.

　낯선 차 한 대가 비상등을 깜빡거리며 한참이고 제자리에 서 있었다.

제16장
꺾이지 않는 마음

여울은 몰라도 태형에게는 새로 이사 온 집이 더할 나위 없이 좋았다.
"출근해요?"
일찍이 일어나 엘리베이터 앞에 서 있으면 여울을 볼 수 있었다.
"집에 가요?"
퇴근하는 여울과 함께 집에 올라갈 수도 있었고.
"본부장님 회사 다니고 계신 건 맞죠?"
하루는 여울이 제게 물었다. 제가 하루 종일 엘리베이터를 사수하고 있는 걸 눈치챈 듯했다.
여울이 싫어한대도 어쩔 수가 없었다. 주기적으로 비상등을 깜빡거리며 공동 현관 앞에 서 있는 차가 거슬렸기 때문이다.

꼭 그녀의 뒤를 따라다니고 있는 느낌이라고 해야 하나.

보통 이런 기분 나쁜 축은 빗겨 나는 법이 없었다.

"잘 다니고 있어요. 일도 많이 하고."

"너무 자주 보이셔서요. 혹시나 하고……."

"자주 보니까 정도 들고 좋지 않아요?"

여울이 잘 모르겠다는 듯 어깨를 으쓱거렸다. 그 모습이 귀여웠다.

어른의 말에 무조건 반대로 대답하는 꼬맹이 같다.

"밥은 먹었어요?"

"먹었어요."

"어디서?"

"있어요."

"나하고 같이 먹어 줘요. 혼자 먹으려니까 심심해서."

"저는 혼밥파라서요."

한 번에 허락하는 법이 없었다.

두 사람이 나란히 엘리베이터에 올라탔다.

서로 각자의 집으로 돌아가기 전까지의 시간이 좋았다. 여울이 투덜거리는 소리조차 좋다.

"저 가요."

제가 나타나면 그렇게 싫어하다가도 엘리베이터에서 내리면 여울은 항상 제게 인사를 했다.

좋은 신호라고 생각했다.

어쨌든 여울이 자신의 존재를 인지하고 있다는 뜻이니까.

여울이 집에 들어가는 걸 보고 나서야 태형도 집으로 돌아갔다.

집이라고 부르기에도 휑한 공간이었다. 냉장고에는 물과 샐러드 몇 개가 전부였다. 그나마도 도현이 집에 가면 꼭 먹으라고 보낸 것들이었다.

소파에 앉아 있던 태형이 고개를 젖혀 천장을 바라봤다.

여울을 보고 싶은데 구실이 없었다.

"드라이버라도 빌려 봐야 하나."

빌릴 수 있는 건 죄다 떠올리려 애썼다.

그래 봐야 생각은 드라이버에서 조금도 벗어나지 못했지만.

태형은 샤워를 마치고 편한 옷으로 갈아입었다.

'자연스럽게'와 '드라이버'.

두 개의 말을 중얼거리며 집에서 나오는데 여울과 현관 앞에서 마주쳤다.

"어디 가요?"

"편의점요. 본부장님은요?"

"저도 편의점."

드라이버는 단박에 잊었다.

여울이 저를 위아래로 훑었다. 외투도 없이 편의점을 간다는 게 사실이냐는 눈빛이다.

"급하게 나왔더니 외투를 깜빡했네."

부자연스러운 웃음과 함께 집으로 돌아왔다. 대강 손에 잡히는 외투에 몸을 욱여넣고는 여울을 따라갈 생각이었다.

그런데 급히 나왔는데도 여울의 모습이 보이지 않았다.

엘리베이터 숫자가 1이라고 쓰여 있는 걸 보니 그새 내려갔나 보다.

부지런히 따라가면 충분히 만날 수 있을 거라는 생각에 재빨리 엘리베이터를 타고 내려가 공동 현관 앞에 섰다.

자동문이 열리기 무섭게 찬바람이 밀려왔다.

'어디 간 거야?'

고개가 분주하게 움직였다. 여울을 찾아야겠다는 생각이 머리에 가득했다.

바삐 눈을 굴린 끝에 골목을 도는 여울을 발견했다. 금방 여울을 따라잡을 수 있을 것 같았다.

거의 달리듯 모퉁이를 돌아섰을 때였나.

밝은 헤드라이트 불빛이 여울에게 달려들고 있었다.

"주여울 씨."

여울을 향해 뛰었다.

"주여울!"

여울의 이름을 부르는 목소리가 커졌다.

이어폰이라도 끼고 있는지 여울은 제 목소리를 듣지 못했다.

숨이 목 끝까지 차올랐다. 심장이 그대로 터져 버릴 것 같았다. 그래도 멈출 수가 없었다. 절대 여울이 다치는 꼴은 볼 수 없었으니까.

차가 여울을 덮치려던 찰나.

태형이 몸을 던져 그녀를 끌어안고 넘어졌다.

끼익-

바닥을 긁는 날카로운 소리와 함께 차가 멈춰 섰다.

"괜찮아요?"

고개를 든 여울은 놀랐는지 아무 말도 하지 못했다. 아랫입술이 바르르 떨리는 게 보였다.

어디가 다쳤을지도 모른다는 생각에 바삐 여울을 살폈다.

아스팔트에 긁혀 상처라도 나지 않았을까. 많이 놀라지는 않았을까. 태형의 머릿속에는 여울의 걱정밖에 없었다.

"손목 아파요?"

여울을 덮치려던 사람을 잡아야겠다는 생각보다는 걱정이 더 컸다.

"우선 병원부터 갑시다."

그들을 비추던 빛이 팟, 하고 꺼졌다. 시동이 꺼진 차에서 남자 둘이 내렸다. 건장한 체구의 남자들이었다.

"아, 씨."

"남자도 있었네."

"다시 타."

실수가 아니다.

의도적으로 여울에게 달려든 게 분명했다.

매일 비상등을 깜빡거리면서 집 근처에 서 있던 게 이 새끼들일 수도 있겠다는 생각이 들었다.

태형이 재빠르게 번호판을 살폈다.

얼마 전 도현에게 조회를 부탁했던 그 번호였다.

불법 명의의 대포차.

이들을 잡을 수 있는 건 직접 대면하는 것밖에 없다는 소리이기도 했다. 태형이 자리에서 일어나 조수석에 타려던 남자의 멱살을 잡았다.

"사람치고 어디 도망가게?"

"정확히는 치이지는 않았으니까."

"살인 미수라고 하죠."

"뭐라는 거야. 놓고 각자 갈 길 갑시다?"

"안 되겠는데?"

"시발, 비켜라."

두 남자의 욕설에도 태형은 눈 하나 꿈쩍하지 않았다.

이대로 소란을 끊고 도망가야겠다고 생각했는지 수염이 덥수룩한 남자가 제게 주먹질했다. 얼굴로 날아오는 주먹을 가뿐하게 피했다.

멱살을 잡고 있던 손이 순간적으로 떨어졌다.

그 순간을 놓치지 않고 도망가려던 남자를 붙잡고 주먹을 날렸다. 강한 기세와는 다르게 남자가 균형을 잃고 바닥에 쓰러졌다.

그의 몸에 올라타 쉴 새 없이 주먹을 날렸다.

묵직한 소리와 함께 손등이 피로 물든다.

"본부장님, 그만요."

반쯤 정신이 나간 남자를 보면서 여울이 서둘러 저를 말렸다. 잠깐 주먹질이 멈춘 틈을 그들은 놓치지 않았다.

조수석에 타려고 했던 남자가 거대한 덩치로 태형을 짓눌렀다.

바닥에 사람을 눕히고 똑같이 때려 댔다. 얼굴을 정통으로 가격한 주먹에 정신이 얼얼했다.

엿같이 아프네.

벌건 피를 바닥에 툭- 뱉었다.

그 모습을 보던 여울이 어디선가 주워 온 박스로 남자의 등을 내리쳤다.

"때리지 마요! 건드리지 마!"

남자가 짜증스럽게 고개를 돌려 여울을 봤다. 타깃을 바꾸려는 기세다.

"건드리지 말라고 했어요!"

"이게 뒤지고 싶어서 환장했나."

그가 자리에서 일어나 여울에게 다가가는 모습을 보자 눈이 뒤집혔다.

뒤지고 싶어서 환장했나.

"아아악!!"

자리에서 일어난 태형이 남자의 팔을 꺾었다. 비명이 삽시간에 허공을 채웠다.

"이거 조금만 더 꺾으면 부러져."

태형이 남자의 귀에 나직이 속삭였다.

"이대로 감방 갈래?"

"아, 아프니까 놓고… 악!"

"돈 받을래?"

"도, 도, 돈 받을래요."

남자가 금방 백기를 흔들어 댔다. 강한 사람한테는 얼마든지 무릎도 꿇을 수 있는 새끼들이었다.

"돈, 받겠습니다."

"근데 누구야?"

"이름이요?"

"이런 짓 시킨 새끼 누구냐고."

두 남자가 서로를 쳐다보면서 눈빛을 교환했다. 말을 해야 할지 말아야 할지 고민하는 얼굴들이었다.

"그 새끼가 누구든지 당신들 절대 안 구해."

"……."

"이대로 묻어 드려요? 아니면 돈 받고 해피 엔딩?"

"주, 죽이려던 건 아니었어요. 그냥 겁만 주면 된다고. 동정할 것도 없는 사람이라고 했어요, 예."

다른 남자가 맞다며 고개를 세차게 끄덕거렸다.

"그니까 누가 그랬냐고."

"이름은 몰라요."

"이름도 모르는데 움직인다?"

"조, 조, 조 비서라고. 선금 두둑하게 주고 큰 회사도 다니니까……."

"H 백화점?"

그들은 침묵으로 대답을 대신했다. 아마 자신들은 아무 말도 하지 않았다는 핑계를 대려는 속셈이 분명했다.

"H 백화점요?"

가만히 이야기를 듣고 있던 여울이 믿을 수 없다는 듯 물었다.

*

여울이 다급하게 구급함을 거실 테이블에 올려놨다. 자신은 다친 곳이 없는데, 태형은 온몸에 상처가 가득했다.

마음 같아서야 경찰을 부르고 싶었지만 태형이 말리는 바람에 그럴 수 없었다.

병원에 가자고 했는데, 그것도 싫단다.

그 고집을 꺾을 수 없어 결국 그를 끌고 집에 왔다.

태형의 집은 삭막하기 그지없었다.

흔한 비상약도 보이지 않았다. 그의 집은 뭐랄까. 집이라기보다는 모델 하우스에 가까운 느낌이었다.

소파에 앉아 저를 보던 태형이 실없이 웃었다.

"웃음이 나와요?"

"네."

고민도 하지 않고 바로 대답을 날린다.

"박스는 왜 들고 왔어요?"

태형이 소파 옆에 있던 박스를 가리키며 물었다.

남자들을 때릴 때 무기로 사용했던 박스였다. 저걸 이곳까지 끌고 들어왔는지도 몰랐다.

"정신없어서 들고 왔나 봐요."

"기념품 잘 간직해야겠네."

"제가 가져갈게요. 그렇게 개 패듯 사람 때려 본 건 처음인데 제가 보관해야죠."

"장난 아니시던데."

"태형 씨 살리려고 그런 거거든요."

"덕분에 살았어요."

다치고서도 뭐가 좋은지 태형의 입가에서 미소가 사라지지 않았다.

입가에 난 상처가 더욱 벌어진다. 아프지도 않나.

"따끔할 거예요."

상처 부위에 조심스럽게 소독약을 발라 주었다. 약이 발릴 때마다 태형이 움찔거리는 게 느껴졌다.

사람은 사람인가 보다.

태형의 얼굴은 다행히도 많이 다치지 않았는데 다리가 문제였다. 길고 깊은 상처에 붉은 피가 가득했다.

솜으로 닦아 내자 상처 부위가 더욱 선명히 보였다.

달려드는 남자를 상대하다가 다친 건가. 어쩌면 저를 안고 넘어지다가 생긴 상처인지도 몰랐다.

"다리에 약은 바르겠는데, 내일 병원 가 보는 게 좋겠어요."

"그럴게요."

"같이 가 드려야 할까요?"

자신 때문에 생긴 상처라 생각하자 마음이 불편했다.

자칫하다가 흉터가 남을까. 그게 제일 걱정이었다.

"같이 가 줘요."

태형이 자신에게 얼굴을 가깝게 들이밀고는 대답했다. 아직 장난칠 기력은 있나 보다.

더 이상 다가오지 말라는 듯 여울이 태형의 가슴팍을 살짝 밀었다. 그러자 그는 가까이 다가오지 않고 뒤로 물러났다.

여울은 연고를 바르는 데만 집중했다. 처치를 끝내고 집으로 돌아갈 생각이었다.

순간 차올랐던 두려움을 태형에 대한 두근거림으로 착각하기 전에.

"예전부터 궁금하던 게 있었는데요."

"말해요."

"전에 만났던 여자분들도 항상 이랬나요?"

"이랬다는 게 무슨 말인데요?"

"상처도 받고 돈도 받고."

집에 번진 조용한 공기에 떠밀려 쓸데없는 말이 튀어나왔다. 그랬다고 하면 어쩔 거고 그러지 않았다면 또 어쩌게.

"이런 적 없었어요."

"제가 처음이에요?"

태형이 고개를 끄덕였다.

"제가 운이 없나 봐요."

너스레를 떨면서 상처 부위에 계속 연고를 발랐다.

다리를 타고 올라와 팔, 그리고 손등까지 꾸덕꾸덕한 연고가 살에 스몄다.

그렇게 태형의 얼굴까지 올라왔다.

처음에는 최대한 거리를 두고 연고를 바르려 했다. 그러나 상처에 집중할수록 여울은 그의 얼굴 쪽으로 기울어졌다.

태형과 시선이 마주친 순간부터 숨소리가 선명히 느껴졌다.

"당신 운은 나빴던 적 없어요."

"……"

"내가 당신을 좋아하게 된 게 문제지."

연고를 바르던 여울의 손이 잠시 멈췄다.

좋아한다.

그 뜨거운 말이 입김과 함께 떠밀려 와 입술에 달라붙었다.

자꾸만 듣고 싶어지는 말이다.

  좋아한다, 좋아한다.

  정말 나를 좋아하는 걸까.

"그래서 사과라도 하려고요?"

"할게요."

"하지 마요."

"왜?"

"사과는 잘못한 사람한테 받아야 하는 거잖아요."

  살짝 뒤로 물러난 여울이 밴드를 꺼냈다.

"사과받게 해 줄게요."

  아무 대답 없이 태형을 바라봤다. 그가 어쩌려는 건지 조금도 알 수 없었다.

*

  일찍이 퇴근한 여울은 태형과 함께 호텔 중식당으로 향했다. 서버가 깍듯하게 두 사람을 룸으로 안내했다.

  아직 손님이 도착하지 않아 자리는 모두 비어 있었다.

  여울은 태형의 옆에 자리를 잡고 앉았다.

  이런 자리는 처음이라 긴장이 됐다. 단아가 자신을 보고 어떤 반응을 보일지 알 수 없었다.

  룸에 번진 잔잔한 음악을 뚫고 시끄러운 소리가 들려왔다. 똑똑- 차분한 노크 소리와 함께 문이 열렸다.

단아의 아버지, 남 회장이 룸으로 들어섰다.

"오셨어요?"

남 회장의 등장에 두 사람이 나란히 자리에서 일어났다.

"내가 이래서 자네를 좋아해. 늦는 법이 없어."

"매번 좋게 봐 주셔서 감사합니다."

"우리 애들이 강 본부장 반이라도 닮았으면 좋겠다니까."

남 회장이 너털웃음을 터뜨리다가 금세 걱정스러운 얼굴이 됐다.

"근데 얼굴이 왜 그래? 누구하고 싸운 거야?"

"예."

"많이 맞았어?"

"배로 돌려줬습니다."

"잘못하면 흉 지겠네."

"치료 잘 받고 있습니다."

남 회장은 다친 걸 되갚기 위해 이 자리를 준비한 거라는 걸 알지 못했다. 이곳을 나갈 때까지도 자신을 부른 이유를 알지 못할지도.

두 사람이 대화를 나누는 동안에도 단아는 나타나지 않았다. 설마 제가 올 줄 알고 자리를 피하기로 작정이라도 한 걸까.

"단아는요?"

"금방 올 거야. 근데 옆에는 누구?"

뒤늦게 남 회장의 시선이 제게 꽂혔다.

"안녕하세요, 주여울이라고 합니다."

여울이 허리를 구부리며 인사를 했다.

"제가 쫓아다니는 사람입니다."

남 회장의 눈동자에는 아쉬운 기색이 스쳤다. 태형을 사윗감으로 탐냈는데 뜻대로 되지 않았으니 그럴 만도 했다.

그렇지만 거기까지였다.

"잘 어울리네. 좋아 보여."

남 회장의 칭찬에 태형의 입가에서 미소가 사라지지 않았다.

곧 문이 열리고 따뜻한 우롱차가 올라왔다. 차 한 잔씩을 마시면서 일상적인 이야기를 나눴다.

대부분 날씨나 경제 얘기였다. 가끔 화초 얘기도 나왔는데, 화초를 좋아하는 이모에게서 들었던 게 꽤 도움이 됐다.

하지만 화기애애한 분위기는 오래가지 못했다. 문이 열리고 단아가 나타났기 때문이다.

단아의 미간이 구겨졌는데 못 볼 꼴이라도 본 얼굴이었다.

"주 대리님도 같이 있을 줄 몰랐네요."

"아는 사이야?"

"태형이 거래처 직원이라는데, 여기는 어떻게 왔어요?"

"우리 딸이 소식이 느리네."

딸이 모르는 소식을 먼저 알았다는 것에 신났는지 남 회장이 웃음을 터뜨렸다.

"둘이 곧 만날 것 같던데."

남 회장의 말에 단아의 얼굴이 흙빛으로 변했다.

만약 남 회장이 딸의 팔을 끌어당기지 않았더라면 단아는 자리에 앉지도 못하고 있었을 거다.

"우리 단아도 괜찮은 사람 만나야 하는데."

남 회장이 한숨 섞인 말을 쏟아 냈다.

"봐라, 같이 앉아 있으니 얼마나 보기가 좋아."

남 회장의 핀잔에도 단아의 시선은 제게서 떨어지지 않았다.

믿을 수 없다는 표정이었다. 자신이 지레 겁을 먹고 태형에게서 영원히 떨어졌다고 생각했을 테니까.

남 회장이 딸의 맞선 실패담을 늘어놓는 동안에도 단아는 아무 반응도 보이지 않았다. 흔한 웃음조차 없었다.

"이것도 먹어 봐요."

남 회장과 이야기를 하면서도 태형은 살뜰히 저를 챙겼다.

하나하나에 반응하듯 단아의 몸이 움찔했다.

"지난번에 저한테 말씀해 주신 H 항공은 저희 쪽에서 인수 신행하겠습니다. 해외 경쟁당국 심사만 잘 넘기면 기업 결합까지 가능할 것 같아서요."

여울에게는 그들의 대화가 외국어처럼 들렸다.

여기 오기 전에 태형에게 앞으로 어떻게 할 건지 이것저것 듣기는 했지만 전부 기억이 나지는 않았다.

확실한 건 남 회장의 아들에게 힘을 실어 줄 거라고 했다. 단아가 키운 백화점을 오빠에게 뺏길 수밖에 없게 만들겠다고.

"태형아, 무슨 이런 중요한 얘기를 남이 있는 데서 해?"

"누가 남인데."

"그거야,"

단아의 시선이 제게로 움직였다.

"내 사람이 못 들을 것도, 못 볼 것도 없지."

저를 보는 태형의 입가에 미소가 번졌다. 아무래도 그는 썸이라도 타는 듯 연기하는 데 천부적인 재능이라도 있는 듯했다.

사랑스럽다는 눈빛을 아무렇지 않게 날리는 것만 봐도 그랬다.

꼭 정말 엄청 좋아하는 것 같잖아.

여울은 맞장구 대신 웃음으로 대답을 전했다.

저희를 번갈아 쳐다보는 단아의 표정이 굳어 풀어질 줄 몰랐다.

$*$

화장실에서 나온 여울이 손을 씻었다. 물기를 털어 내고 거울을 보며 흐트러져 있는 매무새를 가다듬었다.

대화가 거의 끝나 가고 있었다. 조금만 더 고생하면 됐다.

집에 돌아가면 가만히 누워만 있을 생각이었다. 이곳에서 소진한 체력을 채워야 하니까.

마음을 다잡고 돌아가려는데 화장실로 들어오던 단아와 맞닥뜨렸다.
"주여울 씨도 사람 뒤통수치는 데 재주 있네요."
단아가 밖으로 나가려는 자신의 앞을 막아섰다.
"태형이 만나요?"
"그럴까 생각 중이에요."
"걔한테 당하고도 정신 못 차리겠어요? 수준에도 안 맞는 여자라는데. 관심 있을 때만 갖고 노는 여자라는데. 그런데… 자존심도 없어?"
도통 이해를 할 수 없다는 듯 단아의 목소리가 커졌다. 태형과 자신이 가까이 붙어 있었던 게 어지간히 눈꼴 시렸던 모양이다.
"그건 제가 단아 씨한테 물어보고 싶은데요."
"뭐라고요?"
"자기한테 관심도 없는 남자한테 왜 그렇게 목을 매요?"
"목을 매?"
반문하던 단아가 헛웃음을 흘렸다. 저를 보는 눈동자가 흔들리는 게 보였다.
"거짓말에 협박까지 해서 제가 떠나면요? 그러면 태형 씨가 관심 가져 줄 것 같아요? 그 사람이 단아 씨한테 관심 없는 거 이미 알고 있으면서."
단아가 화에 차서는 제 뺨을 후려쳤다. 뜨끈한 열감과 함께 아린 감각이 번져 올랐다.

그녀를 보면서 울먹이지 않았다.

약한 모습도 보이지 않고 반대로 단아의 뺨을 때렸다.

짝-

날카로운 소리가 터져 나왔다.

"너 지금 나 때렸니?"

"먼저 때린 건 당신이야."

여울은 조금도 뒤로 물러나지 않았다.

배신감이 솟아올라 여울을 분노하게 만들었다.

단아가 정말로 자신을 위하는 줄 알았다. 사실은 자신을 벼랑 끝으로 떠밀고 있었는지도 모르고.

"태형이가 조금 관심 가져 주니까 뭐라도 된 것 같지? 그래서 이렇게 기어오르는 거야?"

"아니."

"뭘 믿고 까불어?"

"나 믿어요."

단호한 목소리가 피어올랐다.

"이제 더 이상 나를 망가뜨리기 싫으니까."

엄마를 죽게 만들었다는 죄책감에, 누구에게든 사랑받고 싶다는 마음에. 다른 사람이 자신을 마음대로 휘젓도록 놔두었다.

그 바람에 마음이 곪고 썩어 가고 있다는 것도 모르고.

매일을 남의 눈치나 보면서 살았다.

하지만 이제는 그러고 싶지 않았다. 멍든 채로 남아 있기에는 자신이 너무 불쌍하니까.

"먼저 갈게요."

멍하니 선 단아를 지나쳐 갔다. 다행히도 단아는 저를 붙잡지도 따라오지도 않았다. 제자리에 선 채로 헛웃음을 흘리고 있을 뿐이었다.

그리고 그게 지독한 관계의 끝이었다.

*

「청해 항공, H 항공 집어삼키나」

「H 항공 남준형 전무, H 백화점 부회장 내정」

「남준형 부회장⋯⋯ H 그룹 후계자 굳히기?」

얼마 가지 않아 단아의 기반은 완전히 무너졌다.

이때만을 기다린 사람처럼 남 회장은 아들에게 모든 힘을 실어 주었다. 제아무리 단아의 능력이 뛰어나대도 남 회장의 힘을 이길 만큼은 못 됐다.

단아에게 남은 선택지는 단 두 개뿐이었다.

마음에도 없는 결혼을 하든가, 한국을 떠나든가.

"이제는 폭력 전과 있는 사람까지 데리고 오시네."

마지막 맞선 자리에는 달양 건설 막내아들이 나왔다.

자신이 여울의 옆자리에 꾸역꾸역 붙여 놓았던 그 남자였다.

스스로가 던졌던 그물에 걸리는 꼴이 된 것 같아 쓴웃음이 흘렀다.

달양 건설의 아들은 전과 달라진 게 없었다. 지난번에도 누구를 때렸다는 이야기가 있었다. 아버지마저 거의 버린 자식.

힘없는 자식이라는 걸 아버지도 모르지 않을 거다.

그래서 일부러 자신에게 붙여 줬을 게 뻔했다.

사랑하는 아들의 자리를 다시는 넘보지 못하게 하려는 심산일 거다.

맞선 자리에 앉은 단아가 손에 쥐고 있던 휴지를 테이블에 내려놨다.

"저 먼저 일어날게요."

"어디 가시려고?"

"미국."

"지금?"

"네, 거기 눌러서 살 거니까 다른 여자 찾아봐요. 아니, 그쪽은 아예 여자를 만나지 마."

단아는 미국으로 날아가는 쪽을 택했다.

거기서 다시 기반을 다지려면 시간이 많이 걸릴 것이다. 얼마나 힘이 들지는 가늠도 되지 않았다.

그래도 한국에 남아 스스로를 갉아먹는 것보다는 백번 나았다. 자신을 도와줄 동아줄을 찾아다니는 게 얼마나 부질없는지 알게 됐으니까.

이제는 자신의 힘으로 일어설 거다.

단아는 가방끈을 어깨까지 끌어 올리며 호텔 로비를 나섰다. 밖으로 나오자 찬 공기가 한꺼번에 밀려왔다.

깊이 들이마신 공기에 갑갑했던 속이 조금 뚫리는 기분이었다.

*

두 달 후.

매서운 겨울바람이 이제 많이 누그러들었다. 낮에는 봄볕이 쏟아지면서 제법 따뜻했다.

태형과 함께 진행한 터치펜 콜라보레이션의 반응은 가히 최고였다. 유명 아이돌이 자신의 SNS에 사진까지 올린 덕에 추가 수량까지 동이 났다.

그 덕에 마케팅팀에서는 웃음이 떠나지 않았다.

작은 실수도 관대하게 넘어갈 수 있을 만큼 훈훈한 광경이 연출됐다.

하지만 무엇보다 여울이 좋았던 건 눈치를 보지 않고 연차를 길게 붙여 쓸 수 있다는 거였다.

여울은 이모의 집에서 휴가를 보내기로 했다.

멀리 떠나는 것도 부담이었고 집에만 박혀 있기도 아쉬울 것 같았기 때문이다.

봄의 향기를 잔뜩 느낄 마음으로 이모 댁에 내려간 것까지는 좋았다. 그런데 설마하니 태형이 따라붙을 줄이야.

"이모, 죄송해요."

"뭐가?"

"혹 좀 달고 왔어요."

"안녕하십니까. 강태형이라고 합니다."

차에서 내린 태형이 이모에게 깍듯하게 인사를 했다.

"누구?"

생각지 못한 외간 남자의 등장에 이모가 제게 속삭였다.

태형을 보고 있는 여울의 눈이 가늘어졌다. 그와의 관계를 정리하기가 쉽지 않았다. 사귀는 사이도 아니고 그렇다고 친구도 아니니까.

콜라보도 끝나서 거래처 직원이라고 할 수도 없었다.

"그냥 앞집 사는 사람이요."

제일 그럴듯한 설명이었다.

"일단 들어와요. 내 집이다 생각하고."

이모의 호의에 태형은 거절하지 않고 집으로 들어섰다. 그래도 염치가 있을 텐데 오래 집에 있지는 않을 거다.

남의 집이 자신의 집처럼 편해질 수는 없는 일이니까.

"신세 좀 지겠습니다."

그런데 뭐랄까. 태형에게서는 묘한 편안함이 느껴졌다.

집에 있던 강아지가 태형의 앞에서 꼬리를 흔들었다. 자신의 앞에서는 단 한 번도 보인 적 없던 과한 반가움이었다.

"별거 아닌데 받아 주세요."

태형은 미리 준비한 선물을 이모에게 건넸다.

상자를 열자 스카프가 이모의 마음을 흔들었다.

"어머나, 너무 곱다."

태형의 센스에 이모가 박수까지 치며 좋아했다.

"이렇게 두르셔도 예쁜데."

이 남자는 심지어 스카프를 손수 매어 주기까지 했다. 예쁘게 묶인 스카프를 보고 있자니 손이 야무진 건 인정할 수밖에 없었다.

벽에 걸린 거울을 보던 이모의 얼굴에 함박웃음이 번졌다.

좋아하는 이모를 보니 제가 선물이라도 한 듯 기분이 좋았다.

그러면서도 태형이 이대로 이 동네를 모조리 홀려 버릴지도 모른다는 생각이 들었다.

"짐부터 부려야겠네. 일단 이쪽으로 와요."

이모는 자신이 쓰던 방으로 태형을 안내했다.

"여기다가 짐 풀고 쉬고 있어요."

"예."

이모는 손님을 불편하게 할 수 없다면서 친히 방문까지 달아 주었다.

"이모 그러면 저는 어디서 자요?"
"맞네. 방이 없네."
이모가 난감하다는 듯 목덜미를 매만졌다.
"내 방에서 같이 자자."
그러더니 이마를 탁- 치고는 말했다.
집주인의 결정을 순순히 따를 수밖에 없었다. 혹을 붙이고 온 건 자신이었으니까.
이모의 방에 들어가 짐을 풀고 거실로 나왔다.
어느새 소파에 앉아 있던 태형의 얼굴에는 아쉬움이 가득했다. 아무 때나 저를 불러낼 수 없다는 것에 미련이라도 남나 보다.
"밥부터 먹자."
이모가 태형과 저를 불렀다.
두 사람이 나란히 부엌으로 들어섰다.
상다리가 부러지게 상이 차려져 있었다. 조카가 온다고 얼마나 열심히 음식을 준비했을지 눈에 보이듯 훤했다.
"이모 힘드셨겠다. 뭘 이렇게 많이 준비하셨어요."
"별거 없어."
"없기는 왜 없어요. 나물 무침이 얼마나 손 많이 가는데."
"그 대신에 예쁜 스카프 받았잖아."
이모의 목에는 아직도 스카프가 둘러져 있었다. 태형이 여심을 완전히 저격하기는 했나 보다.

"어서 앉아서 좀 들어요."

세 사람이 식탁에 앉았다. 이모가 수저를 들자 그제야 태형도 밥을 먹기 시작했다.

여울도 식탁을 보면서 뭐부터 먹을지 고민에 빠졌다. 가장 먼저 눈에 들어온 건 미역국이었다.

이모의 손맛을 떠올리며 미역국을 떠먹었다. 그런데 어딘지 모르게 자신이 기억하는 것과는 다른 맛이 났다.

매번 빠지지 않고 넣던 굴도 보이지 않았다.

자신이 잘못 기억하고 있는 걸까. 그럴 리가 없다.

얼마나 잊지 못한 음식이었는데…….

하지만 다시 먹어 봐도 기억하고는 미묘하게 맛이 달랐다.

"왜 그래? 맛없어?"

"아뇨. 그건 아닌데……."

"아닌데, 왜?"

"예전하고 맛이 다른 것 같아서요."

이모가 믿을 수 없다는 듯 국물을 마셨다. 하지만 의아하기는 이모 역시 마찬가지인 표정이었다.

"전하고 똑같은데. 짜?"

"아뇨."

"간이 덜 되지는 않았는데."

"간은 괜찮은데……."

의아하기는 여울도 마찬가지라 애꿎은 국그릇만 뚫어져라

쳐다봤다.

"굴이 없어서 그런가 봐요."

"굴?"

"이모가 제 생일에 보내 준 미역국에는 굴이 들어 있었는데 여기는 없더라고요. 그래서 맛이 조금 다르다고 생각했나 봐요. 근데 이것도 맛있어요."

"나 미역국 보낸 적 없는데."

이건 또 무슨 말인가 싶었다.

'네 이모가 보냈다.'

아버지는 생일 아침마다 미역국을 퍼 주며 항상 그렇게 말했다. 이모가 너를 생각해서 힘들게 준비한 거니까 남김없이 먹으라고.

그런데 미역국을 보낸 적이 없다니?

"너희 아빠한테 알려 준 적은 있지."

"아버지가요?"

"형부가 하셨나."

"아니, 아버지가 그런 걸 끓일 리가,"

"몰라. 저번에 서울 올라갈 때도 너 딸기 좋아한다고 얼마나 많이 담아 가는지 깜짝 놀랐다니까. 그것도 죄다 예쁜 걸로만 가져갔어."

이모의 웃음에도 여울은 미역국에서 눈을 떼지 못했다.

아버지가 자신을 생각하고 있었다.

그게 낯설게 느껴졌다.

자신이 아는 사람과 다른 사람의 이야기를 듣고 있는 것도 같다.

그런데 이모에게서 들려오는 말이 싫지는 않았다.

*

여울은 그날 오후에 태형을 데리고 카페로 나갔다.

이모가 딸기 농장 옆에서 운영하는 자그마한 카페였다.

어릴 때부터 카페 사장이 꿈이었다는 이모는 카페를 열고 얼마나 좋아했는지 모른다. 그래선지 가게 곳곳에서 이모의 손길이 묻어났다.

처음에는 이모가 갈아 준 딸기주스를 마시고 태형과 동네 한 바퀴를 돌 생각이었다.

장이 열렸으면 거기 가 봐도 좋겠다 싶었다.

그런데 어느 순간 태형은 자연스럽게 가게에서 일을 하고 있었다.

목장갑을 끼고 있는 태형이 순식간에 전구를 교체했다.

이모가 충분히 할 수 있는 일을 부러 태형에게 시킨 것 같았다. 일종의 테스트라는 듯 가만히 놔두라고 이모는 저를 보면서 눈을 찡긋거리기까지 했다.

 태형은 전구를 갈고 제대로 작동되지 않는 기계를 고쳤다.

 무거운 짐도 군말 없이 카페 안으로 들여놨다.

 "태형 씨, 쉬어요."

 "이것만 하고요."

 저 고집을 누가 말릴까.

 결국 여울은 의자에 앉아 부지런히 움직이고 있는 태형을 보고만 있었다.

 "힐링하러 온 건데."

 "주스 마셔. 그러면 바로 힐링이야."

 이모의 말에 주스를 마시자 이곳이 지상 낙원처럼 느껴졌다.

 "내가 아까부터 궁금했는데……."

 왠지 이모가 무슨 말을 할지 알 것 같았다.

 "뭐요?"

 "저 친구하고 무슨 사이야?"

 "아무 사이 아니에요."

 "요즘 애들 만나기 전에 썸 탄다던데. 그거야?"

 "썸은 아니고……."

 만났다가 버렸다가 다시 붙어 다니는 걸 뭐라고 하는 게 맞을지 모르겠다.

 이런 것도 썸이라고 할 수가 있나.

 여울의 시선이 부지런히 움직이는 태형에게 꽂혀 있었다. 그는 저와 눈이 마주칠 때마다 환하게 웃어 보였다.

"저기 강 씨는 우리 조카한테 푹 빠진 것 같고."

"그건,"

"무조건이야. 나사 빠진 것도 아니고. 좋아하지도 않는 여자 네 집에 와서 저런 거 하는 놈이 어디 있어?"

이모의 목소리에는 강한 확신이 묻어났다.

"너도 아예 마음 없는 건 아니지?"

속마음을 들킨 것 같아 삽시간에 얼굴이 빨개졌다. 뜨끔한 마음에 아니라는 말을 바로 하지도 못했다.

"좋기는 한데 만나 보는 건 싫어?"

"음……."

여울은 아무 대답을 못하고 손만 만지작거렸다.

"뭐가 걱정인네?"

"실패하기 싫어서요."

"응?"

"저 사람의 마음이 변하면 너무 슬플 것 같아서요."

진심이 번져 나갔다.

"그래서 이대로가 좋아?"

태형을 보면 마음이 들뜨고 즐거웠다. 출퇴근을 하면서 그와 대화를 나누는 것도 일상이 됐다.

사실 가끔 태형을 만나기 위해 일부러 엘리베이터 앞을 서성 거린 적도 있었다. 그러다가 그가 나타나기라도 하면 좋아서 어쩔 줄 몰랐다.

시시콜콜한 얘기를 하고 듣고.

평범하게 흘러가는 자신의 일상 속에 태형이 있는 게 좋았다.

그래서 태형에게 가까이 다가가 볼까 하는 마음이 들다가도 몸을 움츠리게 됐다. 또다시 상처를 받게 될까 두려웠다.

이모는 아무런 대꾸도 하지 않고 잠자코 저를 보고만 있었다.

바보 같다고 생각할까.

무서워서 도망치는 겁쟁이라고?

"내가 말한 적 있었나. 이 카페 열고 후회한 적 있다고."

"이모가요?"

"손님도 없고 몸도 피곤하고. 가게를 열 때마다 오히려 적자까지 나고."

이모가 내색하지 않아서 전혀 몰랐다. 카페를 열고 행복하게 지내고 있다고만 생각했을 뿐.

"나 정말 그때 엄청 후회했어. 이걸 왜 한다고 했을까. 내 마음이 가는 대로 하다가 내가 죽겠구나."

"근데 왜 계속하셨어요?"

"멈춰도 후회하고 안 멈춰도 후회할 거면 가 보자 싶어서."

"……."

"그랬더니 어느 순간부터 여기서 사람도 만나고 커피도 계속 내리고. 그러고 웃고 있더라, 내가."

이모의 입가에 번진 웃음에는 평온함이 녹아 있었다.

"그러니까 해 봐도 좋을 것 같아. 실패해도 미련은 없어지잖아."

자신을 한번 믿어 보라는 듯 이모가 눈썹을 들썩였다.

"혹시라도 실패하면 이모한테 와."

"AS라도 해 주려고요?"

"무조건 해 줄게. 나 좋은 사람 많이 아는 거 알지?"

이모의 말이 궁금했는지 태형이 '뭐예요?' 하고 입을 벙긋거렸다.

여울은 아무것도 아니라는 듯 고개를 저었다. 그래도 태형은 찝찝한 마음을 완전히 털어 내지 못한 것 같았지만.

어느새 그는 목장갑까지 벗어 던지고 테이블로 돌아왔다.

그러더니 자신에게서 조금도 떨어지지 않겠다는 듯 옆에 앉아 떨어지지 않았다.

청춘의 연애를 응원하듯 이모를 웃음을 던지며 금세 자리에서 일어났다.

*

여울은 태형과 함께 이모가 추천한 자작나무 숲으로 향했다. 길게 쭉 뻗어 있는 흰 나무 기둥에 푸른 잎들이 자라나고 있었다. 숲을 가득 채울 만큼은 아니지만 봄 숲의 맛이 느껴졌다.

"여기 와서 고생만 하고 힘들죠?"

"재미있어요."

"아까도 일만 하고."

"대신 이렇게 보상이 확실하니까."

태형이 제게 보폭을 맞추며 느리게 걸었다.

"산은 많이 와 봤어요?"

"아뇨."

"바빠서요?"

"그건 아니고, 흥미가 없어서."

"진짜요? 딴 데 갈걸."

기껏 고르고 고른 장소가 실패라는 걸 믿고 싶지 않았다.

"근데 주여울 씨가 좋아하는 거 보니까 갑자기 관심 가네."

거짓말이 아니라는 듯 태형의 시선은 제게서 떨어지지 않았다. 산을 보는 게 아니라 꼭 자신을 음미하고 있는 것 같다.

바람에 실려 태형의 향기가 느껴지는 것 같았다.

어떤 향수로도 흉내 낼 수 없는 기분 좋은 향이었다.

태형의 품에 뛰어들면 얼마나 좋을까. 너른 품에 얼굴을 묻고 싶었다. 그의 향기를 전부 삼켜 맛보고 싶었다.

그러면 꼭 초록빛 여름의 숲 한가운데에 선 기분이 날 것 같았다.

태형을 두고 이런저런 생각에 잠기다 번쩍 정신이 들었다. 숲이 주는 분위기에 머리가 어떻게 됐나 보다.

"피톤치드 완전 좋죠? 마음도 차분해지고."

자신의 마음이 차분해지길 바라는 주문이었다.

릴렉스.

여울은 하나에 들숨을, 둘에 날숨을 쏟아 냈다. 태형이 아니라 자신을 둘러싼 풍경에 집중하는 데 정신을 쏟았다.

푸른 하늘과 높이 솟아난 나무, 바람결에 파르르 흔들리는 초록 잎.

일정한 간격으로 뱉어 내고 있는 숨소리.

명상이라도 하듯 여울은 주변의 소리에 귀를 기울였다.

그리고 강태형, 강태형…….

나란히 걸을 때마다 스치는 손끝이 주변 풍경까지 흐릿하게 만들었다. 찌릿하게 피어나는 감각이 자신의 온몸을 짓궂게 간질이는 것 같다.

태형과 거리를 두면 해결될 일이라는 건 안다. 그런데 문제는 그러고 싶지 않다는 거였다.

"그거 알아요?"

자게 번진 침묵을 깨고 태형이 물었다.

"뭐요?"

"자작나무가 탈 때, 자작자작 소리가 난대요. 그래서 자작나무라고."

아는 것도 많다.

"어디서 들었어요?"

"이모님한테 주워들었어요."

"아아- 그래서 자작나무였구나."

자작자작.

제 마음도 그렇게 타들어 가고 있는 것 같다.

"생각보다 커서… 악!"

태형에게만 집중하고 있다가 돌부리에 다리가 걸렸다. 둔감한 운동 신경에 중심을 잃고 휘청거렸다.

태형이 제 손을 잡아 주지 않았더라면 벌써 바닥에 얼굴을 박아 버렸을 거다.

"무슨 생각해요?"

"네?"

"다른 생각 하느라 바쁜 것 같아서."

눈치 빠른 태형은 제가 집중을 하지 못하고 있다는 걸 진즉 알고 있던 것 같다.

잠깐의 고요.

바람까지 숨을 죽이고 자신의 입에서 고백이 흘러나오길 기다리고 있는 것 같았다.

어딘가에서 마음이 원하는 대로 움직이라고 속삭이는 소리가 들렸다면 착각이었을까.

"전에 저 좋아한다고 말씀하셨죠. 그거… 지금도 그래요?"

"좋아해요."

듣기 좋은 저음이 나무 사이사이로 번져 나갔다.

"…도요."

불현듯 스치는 부끄러움에 여울이 옹알거리듯 말했다.

"방금 뭐라고 했어요?"

작은 소리를 전부 듣겠다는 듯 태형이 얼굴을 가까이 들이밀었다.

"저도 좋아해요."

고백해 버렸다.

"지금도 무서워요. 태형 씨 마음이 변할 것 같아서. 그치만 이번에도 마음 가는 대로 해 보고 싶어요. 후회하기 싫으니까."

한 글자 한 글자에 마음이 눌려 있었다.

"아직도 당신을 좋아하니까."

속에 있던 말들이 쉴 새 없이 쏟아져 내렸다.

"좋아해요."

동시에 조여 있던 마음이 풀어지면서 눈물이 함께 터졌다.

"좋아해요, 좋아……."

"왜 울어요."

"모르겠어요. 미쳤나 봐."

손등으로 얼른 눈물을 훔치는데도 소용이 없었다.

"우는 것도 예쁘네."

환한 웃음을 지은 태형이 커다란 손으로 제 눈물을 닦아 주었다.

이 와중에도 예쁘다는 말이 듣기 좋아 저도 모르게 웃음이 터졌다. 산에서 갑자기 코를 훌쩍거리고 있는 이 상황이 웃겼던 것도 같다.

  울다 웃으면 큰일 나는데.

"이리 와요."

  태형이 두 팔을 벌렸다. 자석에 끌리는 쇠처럼 너른 품에 폭 안겼다.

  제가 생각했던 대로 말간 향기가 코끝을 스쳤다. 그게 자꾸 저를 품속에 깊이 파고들게 한다.

  자신을 감싸 안은 태형의 두 팔에서 느껴지는 힘마저 좋았다.

"나도 좋아해요."

  가슴팍에서 울리는 저음이 귓가를 파고들었다.

"좋아해."

  그 소리가 마음에 깊숙이 박혀 빠져나갈 줄 몰랐다.

  몇만 번이고 듣고 싶은 말이었다.

  당신에게 제일 듣고 싶었던 그 말.

  좋아해.

  좋아해, 여울아.

마침

제17장
끝나지 않은 이야기(외전)

탁- 탁-

턱을 괴고 있는 태형의 시선이 삐뚜름하게 스크린에 꽂혔다. 미간을 찌푸리고 있는 게 누가 봐도 이 상황이 마음에 들지 않는다는 모양새였다.

어둠 속에서 번뜩이는 태형의 눈빛에 대회의실에 있는 사람들이 잔뜩 굳어 있었다. 개중에서도 스크린 앞에서 발표를 하고 있던 R&D 센터장이 특히나 진땀을 뺐다.

태형이 어떤 질문을 던질지 감을 잡을 수 없었기 때문이다.

"전 모델보다 고속 충전 속도는 높였지만 타사 신형에 비해서는 턱없이 부족하다는 평이 자주 보이고 있어서요. 60W로 속도를 높여야 하지 않을까 하는 의견이 나왔습니다."

센터장의 말에도 태형은 눈만 가늘어질 뿐 아무런 대답이 없었다.

  중앙에 위치한 태형의 양옆에 앉아 있는 임직원들은 서로가 눈치 보기에 바빴다. 침묵이 길어진다는 건 그다지 좋은 반응이라고 볼 수는 없으니까.

  "음."

  무언가 깊은 생각에 빠진 듯 태형의 입술 사이로 한숨이 흘렀다.

  대회의실에 있는 사람들의 머릿속에는 경고등이 켜졌다.

  필시 회의가 좋지 않게 끝날 거라는 생각에 센터장은 재킷 안주머니에서 손수건을 꺼내 연신 땀만 닦아 댔다.

  모두 짙은 정석 속에 갇히고 있었다. 적어도 한쪽에 자리를 잡고 서 있는 김 비서가 보기에는 그랬다.

  이 숨 막히는 분위기를 깰 수 있는 사람은 오직 태형뿐이었다.

  "흠."

  하지만 그는 별다른 말을 하지 않았다.

  그저 두 손으로 얼굴을 쓸어내리기만 한다.

  대체 뭘 얘기하려고 저렇게 심각한 걸까.

  모두가 겉으로 내색하지는 않았지만 태형을 힐끔거리기에 바빴다.

  12년 전에 벌어진 청해 전자 핸드폰 배터리 폭발 사고 때문인가. 그 사건으로 주가가 떨어지고 책임자가 바뀌긴 했지만 태형의 기분을 다운시킬 것까지는 못 됐다.

어차피 태형이 부임하기도 전의 일이 아닌가.

더욱이 그는 원체 큰일에 눈 하나 꿈쩍하는 사람이 아니었다.

사업부 전체가 흔들릴 만한 사고가 벌어져도 차분하게 처리하지 않았나.

그런 강태형을 통째로 흔들 수 있는 건 하나밖에 없었다.

2년째 만나고 있는 여자 친구.

"미안합니다. 지금 당장 결정을 못 내리겠네. 의견 정리해서 조만간 R&D 센터로 가죠."

"아, 예……. 부회장님."

센터장의 얼굴에 어색한 웃음이 피어올랐다.

신임 부회장의 날카로운 지적이 반갑지 않은 기색이 역력했다.

하지만 태형은 센터장이 어떻게 생각하든 관심 없다는 듯 회의를 끝내고 자리에서 일어났다. 김 비서가 서둘러 그의 뒤를 따랐다.

"부회장님, 다음 일정은,"

"미뤄요."

"저 아직 무슨 스케줄인지 말씀 안 드렸습니다."

머리가 지끈거리는지 태형은 대답도 하지 않고 관자놀이만 눌렀다.

"약 사다 드릴까요?"

"됐어요."

거절을 날린 태형이 엘리베이터에 탔다.

저기압인 그를 건드려 봐야 좋을 게 없다고 판단한 김 비서는 입을 다물었다.

태형이 벽에 등을 기대고 선 채로 주머니에 손을 찔러 넣었다. 부회장실로 돌아갈 때까지도 태형의 표정은 나아질 줄 몰랐다.

굳게 닫힌 집무실 문을 바라보던 김 비서가 수화기를 들었다. 지금 상황에서 SOS를 보낼 데라고는 단 한 곳밖에 없었다.

*

태형은 집무실에 앉아 창밖을 봤다.

"하아……."

손 하나 까딱하기 싫고 입맛도 없었다. 다른 사람의 말에 집중도 안 됐다. 컨디션이 좋지 않은데 회의 내용이 머리에 들어올 리 만무했다.

매일 잿빛 하늘을 멍하니 올려다보고 있는 기분이었다.

이게 우울감인가. 그럴 수도 있겠다.

문제는 마음이 축 처지는 이유가 여울 때문이라는 거다. 정확하게는 출장을 떠난 여울을 이틀이나 보지 못했다는 것.

"시간이 왜 이렇게 안 가?"

손목시계를 보는 태형의 얼굴이 심하게 구겨졌다.

자신이 출장을 갈 때도 미칠 것 같았는데 여울이 낯선 나라에 있다고 생각하니 더욱 불안해 미치겠다. 무슨 일이 있지는 않을까, 걱정이 끝을 모르고 눈덩이처럼 불어난다.

가장 좋은 방법은 여울을 따라 독일로 가는 건데… 아쉽게 실패했다.

'나도 같이 가고 싶은데.'
'회사 일이라 곤란할 것 같아요. 대신 나중에 같이 놀러 가요.'
'엿새나 못 보는 거잖아.'
'영상 통화 자주 해요. 연락도 틈틈이 할게요. 그러면 되죠?'

거기서 절대 알겠다고 대답하지 말았어야 했다.

여울이 저를 질려 할지라도 그녀를 붙들고 같이 가자고 졸라 댔어야 하는데. 하필이면 새끼손가락까지 걸고 약속을 한 바람에 독일에 날아갈 수도 없었다.

프랑크푸르트의 시간만 끝없이 검색해 대면서 여울의 연락이나 기다릴 수밖에.

"돌아 버리겠네."

여울아, 여울아…….

그녀가 보고 싶어 미치기 일보 직전이던 그 순간 노크 소리가 들렸다.

아무도 들이지 말라니까.

"나야."

도현이 고개를 내밀고는 저를 반겼다. 자신과 다르게 얼굴빛이 아주 좋다.

"김 비서가 불렀어?"

"네가 하도 얼빠져서 일이 안 된다고 그러던데?"

"내가? 나 아주 나이스하게 일 처리 중인데?"

"그래서 다음 일정도 취소했어?"

"휴식 중이야."

"여울 씨 보고 싶어서 미쳐 가는 중 아니고?"

"귀신같은 새끼."

"내가 니 옆에 얼마나 붙어 있었는데."

도현의 말에 별다른 부정을 하지 않고 헛웃음만 지었다.

도현이라면 가라앉은 제 마음을 살릴 수 있는 비책이라도 가지고 있지 않을까. 내심 기대하기도 했다.

어떤 일이든 늘 해결책을 가지고 있던 녀석이 아닌가.

도와 달라는 눈빛에도 도현은 아무런 말이 없었다.

이럴 거면 왜 왔어?

"문제 있냐."

"너 꼭 말라비틀어진 꽃 같아서."

"정상인 게 이상하지. 여울이 못 본 지 벌써 이틀이나 지났는데."

"이럴 거면 차라리 따라가지."

"당연히 가고 싶지. 가고 싶은데……."

대차던 태형의 기세가 한풀 꺾였다. 세상 시무룩하다는 게 무엇인지 절감하고 있었다.

상담이라도 하듯 태형은 어느새 여울을 따라갈 수 없는 이유에 대해 설명하고 있었다. '그렇게 됐다'고 말을 끝낼 때까지 도현은 이따금 고개만 주억거렸다.

"가."

그리고 나온 결론.

"어딜?"

"독일."

"내 말 듣기는 했냐."

"들었어. 각자 할 일 하면서 보내기로 했다며. 그러니까 일을 만들면 되지 않겠어?"

이보다 더 명쾌한 해답은 없을 거라는 듯 도현이 눈썹을 위아래로 들썩거렸다.

"독일에 갈 만한 일."

웃기지 않게도 도현의 말에 일순간 기력이 회복됐다.

어째서 그 생각을 하지 못했을까. 핑계를 댈 재료야 차고 넘치는데.

여울을 보고 싶다는 생각에 파묻혀 다른 건 생각도 못했다.

도현의 명쾌한 방법에 힘이 끝을 모르고 샘솟았다.

머릿속에는 '독일'이라는 말만 가득했다. 어떤 이유를 대야

노골적이지 않고 자연스러워 보일까.

"공장 방문 어때?"

순식간에 도현이 일정을 만들어 낸다.

기가 막힌 놈.

"산업 기술 전시회에 참관하러 가는 것도 나쁘지 않을 거고."

독일로 날아갈 구실로 손색이 없었다.

태형은 서둘러 수화기를 들고 김 비서를 호출했다. 영문도 모른 채 김 비서가 다급히 집무실로 들어왔다.

"휴가 필요하지 않아요?"

갑작스러운 말에 김 비서는 어리둥절한 표정이었다.

"일주일 동안 내가 독일에 다녀올 생각이라."

"언제부터 가시는데요?"

"오늘부터."

"오, 오늘부터요? 금일 일정은 뺐지만 내일은,"

"시간 변경이나 화상 회의로 대체할 수 있는 것들은 그렇게 진행 부탁해요. 김 비서 선에서 해결하기 어려운 건 나한테 돌리고."

다른 일정은 관심 없었다.

지금 태형을 흥분시킬 수 있는 건 여울을 만난다는 것뿐이다.

"프랑크푸르트에 가장 빨리 도착하는 비행기부터 알아봐 줘요."

"지금 바로 알아보겠습니다!"

김 비서가 바삐 집무실을 나섰다. 비행기표를 구하는 것이든 태형의 스케줄을 조정하는 것이든, 시간이 넉넉한 일은 아니기 때문이었다.

"당장 떠나라는 건 아니었는데……."

도현은 그의 엄청난 추진력에 감탄을 터뜨렸다. 독일로 바로 떠날 수 있는 비행기가 없다면 전용기라도 띄울 기세였으니까.

"나 먼저 간다."

태형은 노트북에 겉옷을 챙겨 들고 집무실을 나섰다.

어디 가냐는 김 비서의 질문에 태형은 딱 두 글자만 내뱉었다.

공항.

사무실을 나선 지 정확하게 3시간 8분.

태형은 프랑크푸르트 공항으로 향하는 비행기에 앉아 있었다. 특별히 수화물이랄 것도 없었나. 기껏해야 노트북이 든 가죽 가방이 전부였으니까.

기내에서 제공하는 붉은 와인을 마시며 창밖을 바라봤다.

여울을 볼 생각에 잠도 오지 않았다. 어서 독일에 도착하기를 바랐다.

여울이 보고 싶어 미치기 일보 직전이니까.

*

6월의 프랑크푸르트는 따뜻했다.

비구름 하나 없는 청량한 하늘을 보고 있자니 태형의 마음은 한없이 가벼웠다.

얼마나 기분이 좋은지 12시간 동안의 비행시간도 모조리 잊어버렸다. 이제 곧 여울을 볼 수 있을 텐데 그깟 피로가 문제일까.

태형은 공항 근처에 정차해 있는 택시를 잡아타고는 호텔로 향했다.

여울에게는 제가 독일에 왔다는 말을 꺼내지 않았다. 그녀를 깜짝 놀래 주고 싶은 마음이었다.

물론 쓴소리를 들을까 걱정스러운 마음도 있었다.

"여행 오셨나요?"

택시 기사가 태형에게 말을 걸었다.

보통 때라면 수행 비서와 다니니 택시를 탈 일이 거의 없었고, 만약 택시를 타게 되더라도 피곤하다며 대화를 잇지 않는 태형이었다.

"여자 친구 보러요."

그러나 오늘은 능숙한 독일어로 기사의 말에 대답했다.

기분이 좋으니 모든 게 좋았다.

"여자 친구가 독일에 살아요?"

"아뇨. 이곳에 출장 왔는데 보고 싶어서 날아와 버렸네요."

"오! 로맨틱해라."

연애 얘기에 잔뜩 흥분한 택시 기사가 호텔 근처에 있는 레스토랑 몇 곳을 추천해 주었다. 분위기가 좋아 여자 친구가 좋아할 거라는 말에 귀가 솔깃했다.

여울이 좋아하는 모습을 보고 싶다.

"그 레스토랑 맞은편에 카페가 있는데 거기가 인기가 많더군요. 날도 좋으니 야외 테라스에 앉아서 커피 한잔하는 것도 나쁘지 않을 겁니다."

기사의 추천을 하나도 빠짐없이 저장했다.

완벽한 데이트를 위한 나름의 준비였다.

택시 기사와 떠드는 사이에 호텔에 도착했다. 여울이 묵는 호텔 근처에 위치한 곳이었다.

여울과 같은 곳을 예약하고 싶었으나 하필이면 만실인 바람에 그럴 수 없게 됐다. 아쉽지만 한국과 독일의 거리보다는 훨씬 나았다.

택시에서 내리고는 트렁크에서 캐리어를 꺼냈다.

"좋은 여행이 되길 바랍니다!"

운전석에서 내린 기사가 유쾌한 끝인사를 날렸다.

태형은 미소로 화답하고는 이내 호텔로 발길을 돌렸다.

체크인을 끝내자마자 여울의 호텔로 갔다.

정확히는 호텔 로비.

카페에 앉아 있다가 여울을 깜짝 놀라게 해 줄 생각이었다. 자신을 보면 잠깐 놀라겠지만 그래도 좋아할 거라 여겼다.

[일은 끝났어?]

 호기롭게 문자 메시지를 보냈는데 답장이 없었다.
 심지어 읽지도 않는다.
 조급한 마음을 달래려는 듯 커피를 마시며 창밖을 봤다. 사람들 속에서도 여울의 모습은 분명 바로 눈에 들어올 거다.
 문제는 여울이 코빼기도 보이지 않는다는 데 있었다.
 더군다나 인내심도 자꾸 바닥이 난다.

[언제 끝나?]

 결국 태형은 두 번째 메시지를 보내고 말았다.
 자신의 간절한 마음이 닿기를 바랐는데 그러지 못한 듯했다. 여울은 한 시간째 대답이 없었다.
 분명 문구 박람회가 다 끝난 시간일 텐데…….
 무슨 일이라도 생겼는지 모른다는 생각에 결국 여울에게 전화를 걸고 말았다.
 그런데 전화기가 꺼져 있단다.
 "도대체……."
 삽시간에 태형의 이성이 무너졌다. 이대로 가만히 앉아 있을 수는 없는 일이다.
 일단 박람회부터 가 봐야겠다 싶었다.

카페를 나와 호텔을 나가려는데 갑자기 핸드폰이 울렸다.

[배터리 나가서 이제 충전했어요! 근데 무슨 일 있는 거 아니죠? 전화했길래.]

그토록 기다린 답장이었다.
태형의 입술 사이로 절로 안도의 한숨이 흘러나왔다.
아무 일 없으면 그걸로 된 거다.

[끝날 시간 됐는데 답이 없길래 걱정돼서. 뭐 하고 있어?]
[회사 사람들하고 밥 먹으러 가려고요. 거기는 새벽이죠? 피곤할 텐데 얼른 자요ㅠㅠ]
[보고 싶어서 잠이 안 와.]
[내일 영상 통화라도 할까요?!]
[약속한 거야.]

태형은 호텔로 도착하자마자 연락을 달라 문자 메시지를 날리고는 제자리로 돌아갔다.
그렇게 얼마나 더 기다렸을까.
여울이 회사 사람들과 함께 로비를 지나갔다. 밝게 웃고 있는 그녀만 봐도 절로 웃음이 지어졌다.
도현의 말로는 제 광대가 승천한단다.

좋은 걸 어떡하라고.
숨길 수 있는 놈들이 대단한 거지.
엘리베이터로 향하는 여울이 핸드폰을 하고 있었다.

[저 호텔 왔어요. 이제 올라가서 쉬려고요.]

자신에게 보내는 문자 메시지를 쓰고 있었나 보다.
그 문자 메시지에 답장 대신 전화를 걸었다. 여울이 회사 사람들을 먼저 올려 보내고는 전화를 받았다.
-아직 안 잤어요?
"눈 빠지게 너 기다리느라."
-내일 출근은 어쩌려고요.
"안 해도 될 것 같아. 너하고 독일 구경 다니려고 일을 좀 일찍 끝냈거든."
-으응?
수화기 반대편에서는 그것 말고는 아무 대답도 나오지 않았다.
"여울아."
-방금 뭐라고 했어요? 어디라고요?
"독일."
-독일 어디?
"너희 호텔 로비?"

여울의 고개가 여기저기로 바삐 움직였다. 자신의 위치를 알리려 가볍게 손을 들자 여울의 눈이 커졌다.

-나 지금 환영 보고 있는 거 아니죠?

"나 맞아."

-그러니까 태형 씨가…….

잠깐 생각이 멈추기라도 한 듯 여울이 말을 끝내지 못했다.

"계속 그러고 있을 거야?"

-그건 아닌데 놀라서요.

"우선 안아 보자."

태형이 두 팔을 벌렸다. 이곳에 달려오기로 결정한 직후부터 그가 가장 바랐던 시간이었다.

여울의 얼떨떨한 표정마저 예뻐 미치겠다. 어떻게 이렇게 사랑스러울 수 있냐며 여기저기 입을 맞춰 대고 싶을 지경이다.

조금씩 제게로 걸어오는 그녀의 느린 발걸음을 참을 수가 없었다.

찬란한 빛을 쏟아 내는 빛이 눈앞에 보이는데 가만히 있을 수 있을 리가. 더 이상 기다리지 못하고 단숨에 여울에게 다가갔다.

여울을 품에 안고 나자 행복이 터져 나왔다.

불안정했던 것들이 전부 정상으로 돌아가는 기분이다. 마치 여울이 있어야 제 세상이 완전해지는 것처럼.

"여기 진짜 어떻게 왔어요?"

여울이 고개를 들며 물었다.

"독일 공장에 급한 일이 있어서."

부디 도현과 머리를 맞대고 만든 시나리오가 먹혀들기를 바랐다.

여기까지 왔는데 돌아가기 싫다. 자신에게서 멀리 떨어지라는 경고를 받고 싶지도 않았다.

"밥은 먹었어요?"

"아직."

"밥도 안 먹었어요? 시간도 늦었는데. 다른 사람들은?"

"다 돌아갔어."

"왔다가 바로 갔다고요?"

도대체 믿기지 않는다는 듯 여울이 되물었다.

멀리까지 와서는 곧장 한국으로 돌아갔다는 걸 믿을 수 없다는 투다. 다른 곳으로 이동이라도 했다고 해야 했을까.

아차 했지만 던진 말을 주워 담을 수는 없었다. 오히려 더 이상하게 보일 거다.

"배고프죠? 일단 밥부터 먹으러 가요."

"어, 나 배고파."

다행스럽게도 여울은 자세한 상황에 대해서는 묻지 않았다.

호텔을 나선 두 사람이 밤거리를 걷기 시작했다.

여울과 같은 길을 걷는 중이라 그런가. 건물에서 새어 나오는 불빛까지 낭만스럽게 느껴졌다.

"호텔은 잡았어요?"

"저기."

태형이 맞은편 호텔을 가리켰다.

"완전 가깝다!"

"가 볼래?"

"밥은 어쩌고요?"

"룸서비스 시켜도 되니까."

여울과 오붓하게 있고 싶다는 욕심에 마침내 굴복했다. 밤새 그녀를 안고 입을 맞추고 사랑하고 싶다.

그리웠던 마음이 남김없이 사라질 때까지.

애달픈 마음을 느끼지 못한 건지 여울은 바로 대답이 없었다. 뭘 고민하는 건지 알 수 없었다.

이렇게 기다리다가 숨이 넘어가겠다.

"다음에요. 민아 주임 몰래 나온 거거든요."

서운해도 어쩔 수 없는 일이었다. 여울을 난감하게 하고 싶지는 않으니까.

"대신에 제가 맛있는 저녁 사 줄게요. 저번에 슈바인스학세 먹어 봤는데 너무 맛있어서 안 그래도 나중에 태형 씨 데리고 와야겠다고 생각한 데가 있거든요."

사실 자신을 내내 생각하고 있었다는 말에 서운한 마음은 금방 힘을 잃고 무너졌다.

"정말 내 생각 했어?"

"당연하죠. 태형 씨 보고 싶다고 하도 그래서 환영이라도 보는 줄 알고 아까 얼마나 놀랐는데."

그 한마디에 세상을 다 가지기라도 한 듯했다.

마음을 다잡기로 했다. 여울과 멀어져 있다는 것만으로도 얼마나 힘들었던가. 그러니 그녀의 손을 잡을 수 있는 이 순간이 얼마나 소중한지 절대 잊어서는 안 된다.

"나도 주여울 타령 엄청 했는데."

"진짜요?"

"얼마나 니 이름 불렀으면 곽도현한테도 주여울이라고 불렀다니까."

제 말에 여울이 금세 웃음을 터뜨렸다. 도로를 지나가는 불빛이며 하늘에 뜬 달빛까지 모두 여울을 비추는 듯했다.

그러니까 그녀밖에 보이지 않게 되는 거겠지.

여울의 깍지를 끼며 마디마디로 전해지는 체온을 느꼈다.

마인강이 흐르는 인도 위에서 서로를 보는 두 사람에게서는 웃음이 끊이지 않았다.

*

여울은 회사 사람들을 보내고 프랑크푸르트에 남기로 했다.

돌아가는 비행기표와 숙박비를 사비로 해결해야 하는 데다가 연차까지 써야 했지만 상관없었다.

일 핑계까지 대면서 이곳까지 날아온 태형에게 보상을 해 주고 싶었다. 사실 커피 몇 잔을 같이 마셨다고 자신도 만족이 되지 않기도 했고.

"회사에서 봐요."

"잘 놀다 와요!!"

회사 사람들이 출국장으로 들어갔다. 그들이 시야에서 사라지자마자 여울은 시계를 봤다.

4시.

빨리 공항을 나서 호텔로 돌아가면 단장할 시간은 있을 것 같다.

태형과 독일에서 함께 먹는 식사다 보니 예쁘게 보이고 싶은 마음이 당연했다. 게다가 분위기 좋은 레스토랑이라고 하지 않나.

[회사 사람들은 갔어?]

시내에 있는 호텔로 돌아가는데 태형에게서 문자 메시지가 날아왔다.

[다 갔어요ㅎㅎ]

[호텔로 들어갈 거야?]

답장을 보내기도 전에 태형에게서 전화가 왔다. 다른 일에서는 인내심이 많은 사람인데 자신과 관련된 일에서는 그러지 못한다.

아예 인내라는 것이 존재하지도 않는 사람 같다.

그건 어쩌면 자신도 마찬가지일지도.

-나도 네 호텔로 갈까?

당장에 호텔로 들이닥칠 기세다.

"레스토랑 앞에서 봐요. 늦지 않게 갈게요."

-잘 찾아올 수 있겠어?

"지도 앱이 얼마나 좋은데요. 걱정 마요. 잘 찾아갈게요."

-음…….

호텔로 와요, 하는 말을 듣고 싶은 게 느껴진다.

"이따 봐요."

-조심해서 와.

알겠다는 대답과 함께 전화가 끊겼다.

태형과 이곳에서 데이트를 즐길 줄 알았더라면 예쁜 옷을 잔뜩 챙겨 오는 건데.

아쉬운 마음이 들기는 했으나 있는 옷 중에 고를 수밖에 없었다. 쇼핑센터라도 기웃거렸다가는 꼼짝없이 약속 시간에 늦을 테니까.

호텔로 돌아온 여울이 마스크 팩부터 꺼냈다. 푸석한 피부부터 어떻게 진정시켜 보자는 마음이었다.

다행히 수분을 머금은 피부 덕에 화장이 잘 먹었다.

다만 바쁘게 움직일수록 객실은 어지럽게 변해 갔다. 침대에 널브러진 옷가지며 손에서 놓친 화장품까지 바닥을 나뒹군다.

"이러다 늦겠다. 가자, 괜찮아."

하지만 여울은 준비를 끝내고 밖으로 나가기에 바빴다.

태형과 만나기로 한 레스토랑은 호텔에서 멀지 않았다.

걸어서 15분 거리.

코 닿을 거리라고 하면 그럴 수도 있겠다. 하지만 구두를 신은 바람에 걸음 속도가 느렸다.

멈추지 않고 부지런히 걸은 덕에 레스토랑 간판이 드디어 보였다.

배낭을 메고 있는 남자가 자신에게 다가오고 있는 줄도 모른 채 간판만 보고 식진했다.

"저기요."

그러다 앞에 나타난 남자의 등장에 걸음이 멈췄다.

"혹시… 한국분이세요?"

타지에서 들려온 코리안이라는 말에 여울의 마음이 약간 느슨해졌다.

"한국인인데. 그건 왜요?"

"아……!"

한국말에 남자의 얼굴빛이 대번에 밝아졌다.

"제가 길을 잃어서요. 핸드폰 배터리도 나가 가지고."

"저도 여기는 처음이라서… 도움이 될지 모르겠어요."
"호텔 위치만 검색해 주실 수 있을까요? 이 근방인데 제가 같은 자리만 계속 돌고 있어서."
"아, 말해 주세요. 검색해 드릴게요!"
 앱 하나 켜는 게 어려운 일은 아니었다.
 게다가 레스토랑이 코앞에 있어서 약간 안심도 됐다. 빠르게 걸으면 약속에 늦지도 않을 거고 왠지 태형이 어디서든 저를 지켜 줄 거라는 믿음이 든다고 해야 할까.
"슈미? 슈니? 아파트먼트 호텔이에요."
"혹시 이거 맞을까요?"
 호텔 이름을 검색하고 있는데 어디선가 따가운 시선이 느껴졌다.
 남자와 함께 핸드폰 화면을 보고 있던 여울이 고개를 들었다. 도시 전체를 불태울 듯 뜨겁게 불타고 있는 태형의 눈빛이 또렷이 보인다.
 자신의 영역을 침범한 불청객을 경계하듯 태형이 으르렁거리고 있었다.
"아아!! 여기 맞아요. 슈니 아파트먼트 호텔요."
 그의 등장을 알 리 없는 남자의 목소리가 커졌다.
"지도 좀 확대해서 봐도 되나요?"
 문제는 호텔을 찾았다는 남자의 기쁨이 태형에게는 개수작으로 보이고 있다는 거였다.

태형은 빠른 걸음으로 제게 다가왔다.

"여울아, 여기서 뭐 하고 있어?"

보란 듯이 제 허리에 손을 감고는 잡아당겼다. 그 바람에 태형의 품에 반쯤 안긴 모양새가 됐다.

아마 남자의 앞에서 키스를 날린대도 그는 별 관심이 없을 거다. 애초에 길을 찾기 위해 자신에게 다가온 것뿐이니까.

한마디로 태형의 애정 표현은 과한 경계일 뿐이었다.

"누군데 내 여자 친구 핸드폰을 가지고 계신지?"

세상 삐딱한 말투였다.

지도를 확인하던 남자가 그제야 태형의 존재를 알아챘다.

"어? 어… 아! 제가 핸드폰 배터리가 나가 가지고요."

사실을 말하는 남자의 모습에도 태형의 눈빛은 '개수작'을 외치고 있었다.

"호텔이 이 근방인데… 지도만 보려고. 예, 다 봤습니다."

말을 더듬거리던 남자가 얼른 제게 핸드폰을 돌려주었다.

정말로 지도를 다 본 건지도 모르고 아니면 태형에게서 멀어지는 게 낫겠다고 생각한 건지도 모르겠다.

"저는 이만 가 보겠습니다. 도와주셔서 감사합니다!"

"더 안 보셔도 괜찮으세요?"

"아, 네네. 저쪽 골목에 있나 봐요."

남자가 어색한 웃음을 흘리며 대답했다.

그래도 타국에서 한국인의 정이라는 게 있는데.

여울은 남자를 그만 째려보라는 듯 팔꿈치로 태형을 찔렀다. 그 덕에 불같던 태형의 기세가 약간 꺾였다.

남자는 인사를 하고는 태형에게서 발길을 돌렸다.

"거기 아닌데."

그가 사라지는 곳을 보던 태형이 무심하게 말했다.

"그쪽 아니라는데요!"

혹시라도 남자가 또다시 길을 잃을까. 여울이 크게 소리쳤다. 그 소리에 남자가 가방끈을 붙잡은 채로 고개를 돌렸다.

"저쪽, 세 블록."

태형은 남자가 가려던 방향과 다른 곳을 가리켰다.

"12시 방향에 인타임이라는 카페 지나면 나올 겁니다."

무감한 듯 상세하고도 다정한 설명이었다.

"고맙습니다!"

어딘지 알겠다는 듯 남자의 표정이 밝아졌다.

태형이 나쁜 사람이 아니라는 걸 깨달은 것도 같다. 그래 봐야 남자의 감사 인사도 별 감흥 없이 바라보는 태형이었지만.

남자는 태형이 알려 준 곳으로 자신 있게 걸어갔다.

"제 번호라도 따는 줄 알았어요?"

태형을 올려다보며 물었다.

"거의 따려고 했어."

"길 물어보는 중이었다니까."

"이렇게 순진해서 내가 마음을 놓을 수가 있나. 길 묻는 척하면서 천천히 작업 걸려는 개수작이 분명해."

"어떻게 알아요? 경험인 건 아니죠?"

"어……."

이 반응은 뭐야?

"어? 경험이에요? 혹시 그래서 예전에 나 사진 찍어 주겠다고 했던 거예요?"

정곡을 찔렸는지 태형이 제 시선을 피했다.

"진짜예요? 진짜?"

진실을 끝까지 캐내고 말겠다는 듯 태형의 손을 잡았다. 어떻게든 저를 보게 하려는 굳센 손길이었다.

"근데 저 친구는 어디 핸드폰을 쓰길래 배터리가 나가. 설마 우리 회사 건 아니겠지?"

"사실대로 말하면 상이라도 주려고 했는데 안 되겠다."

열심히 당겨 봐야 소용없을 때는 한 번쯤 밀어 주는 게 세일이었다.

태형의 품에서 나와 레스토랑으로 발길을 돌렸다. 그러자 그가 얼른 달려와 제게 얼굴을 들이밀었다.

"무슨 상?"

상이라는 말에 꽂힌 듯했다.

"사실대로 말하면 무슨 상인지 말해 줄게요."

깊은 내적 갈등에 빠진 게 눈에 훤히 보인다.

"반짝거리는 게 눈앞에 있는데 가만히 있는 게 더 이상하잖아."

"그래서 내가 반짝거렸다고요?"

"어."

"그렇게까지······,"

"예뻤어."

나직하게 번지는 저음이 달다. 저를 바라보는 눈빛마저 사람을 기분 좋게 만들었다.

무엇보다 태형에게 듣는 예쁘다는 말에 기분이 들떴다. 금방이라도 하늘로 날아올라 갈 만큼.

"지금은 예뻐서 걱정이고."

"치이."

"다른 새끼들이 아까처럼 너한테 기웃거리면 불안하잖아."

정말이지 사람을 꼼짝 못 하게 만든다니까.

"그래서 상은?"

태형의 말에 바삐 걷던 걸음이 멈췄다.

"저녁 먹고 나하고 일탈할래요?"

여울이 꼿꼿하게 고개를 들고는 물었다. 곧장 자신의 말뜻을 눈치챈 태형이 바람 빠지듯 웃었다.

되도록 미소를 감추려고 하는데 입꼬리가 씰룩거리는 게 눈에 훤하다.

"어디 가려고?"

"어디든요. 호텔 많잖아요."

"이거 왠지 내가 예전에 했던 말인 것 같은데."

"그래서 싫어요?"

두 팔을 뻗어 태형의 목에 팔을 둘렀다.

"억지로 하는 건 내 취향 아닌데."

그러자 태형도 허리에 팔을 감았다. 서로를 안고 있는 두 사람의 체온이 서서히 올라가고 있었다.

"고민하는 거예요?"

여울이 더욱 고개를 들고 태형에게 가까이 붙었다. 눅진하게 젖은 숨이 서로의 입술에 녹아든다.

"아니."

"그럼요?"

"시간이 좀 필요해서."

"무슨 시간?"

"벌써 흥분해서. 잠깐 이대로 있어야겠어."

다리 아래로 느껴지는 단단한 기운에 한참이나 태형을 끌어안고 서 있었다. 굳게 다문 입술 사이로 자꾸 웃음이 새어 나왔다.

*

프레지던트 스위트룸 문이 열렸다. 호텔에서 단 하나밖에 운영하지 않는 최상위 스위트룸이었다.

고급스러운 가구와 감각 넘치는 인테리어가 엿보이는 룸이지만 불타오르는 연인에게 그런 것들이 눈에 들어올 리 없었다.

강한 파도처럼 밀려드는 태형의 키스에 여울의 몸이 뒤로 밀려났다.

단단한 벽만이 겨우 저를 지탱했다.

"벌려, 여울아."

부드럽고도 강한 목소리에 떠밀리듯 여울의 입술이 벌어졌다.

그 안을 파고드는 말캉한 혀가 여린 살들 사이를 유영했다. 축축하게 젖어 드는 타액에 정신이 아득해지는 기분이다.

목을 타고 넘어가는 뜨거운 타액이 자신의 것인지 태형의 것인지조차 구분할 수 없었다.

꿀을 빨아내는 것처럼 츕츕거리며 제 속을 헤집는 혀를 빨아 대면서 아찔한 감각에 갇혀 갔다.

"하아, 아……."

격렬한 입맞춤에 숨이 가빠졌다. 심장이 터질 때까지 어디론가 달려가는 기분이었다.

입술에서부터 시작된 열감이 순식간에 얼굴을 뒤덮고 저를 녹아내리게 했다.

혀가 거칠게 뒤엉키다가 떨어지기를 반복했다.

태형은 곧 제게서 입을 떼고는 타액이 범벅된 입술을 닦아 주었다. 부드럽게 입술을 문질러 대는 느낌이 미끌거리면서도 좋았다.

하지만 그걸로 만족이 되지 않았다.

그의 입술을, 울대뼈를, 쇄골을… 완벽한 흉근과 아름답게 갈라져 있는 복근에 입을 맞추고 싶다.

그 아래로 뻗어 있는 수많은 살과 향을 입 안 가득 물고 삼키면 얼마나 달까.

요동치는 맥박이 주저하지 말고 태형에게 달려들라고 용기를 흔들어 대는 듯했다.

신기한 느낌이다.

뭐든지 다 할 수 있을 것 같다는 자신감.

그러면서도 쾌락에 빠질 수 있을 거라는 기대감.

"아……."

서로에게 흘러내리는 가쁜 숨소리가 야릇하게 들렸다.

붉어진 태형의 입술을 매만지는데 그의 입꼬리가 씩- 올라간다.

"뭐 하고 싶어?"

"응?"

"키스로는 역시 안 되겠지?"

짓궂은 말에 대답을 하기도 전에 태형이 입을 벌려 목을 삼켰다. 보드라운 살덩이가 그의 입으로 빨려 들어갔다.

아찔한 감각이 터져 나와 여울을 더욱 흥분시켰다.

"아읍······."

허리가 들썩이고 야한 신음이 흘렀다.

목을 빨던 태형이 고개를 들고는 붉게 변한 제 얼굴을 올려다봤다.

"이걸로도 안 될 거야."

"그러니까."

"나도 안 되겠으니까."

두꺼운 몸통에 울리는 독일어가 매력적이었다. 비록 무슨 말인지는 알아듣지 못했지만.

섹시한 목소리에 속이 들끓고 마음이 미쳐 날뛰기 시작한 건 알겠다. 태형이 셔츠를 풀고 얼굴을 묻었다.

브래지어 위로 느껴지는 숨결이 뜨거워 허리가 들썩였다.

봉긋한 가슴을 삼키며 열기를 쏟아 냈다.

살에 붉은 흔적이 남는 줄도 모르고 여울은 부드럽고도 간지러운 감촉에 온 신경을 집중했다.

단정하던 셔츠 단추가 벌어지고 태형은 거추장스럽다는 듯 윗옷을 벗겨 냈다.

바닥에 떨어진 셔츠 위로 브래지어가 떨어졌다.

여울이 민망한 마음에 두 손으로 가슴을 가려 보지만 태형이 탐스러운 살덩이를 놓칠 리 없었다. 한 손에 가득 가슴을 붙든 채로 아래로 내려갔다.

다리가 후들거리고 금방이라도 주저앉을 것 같았다.

서둘러 태형의 얼굴을 감싸고 그의 얼굴을 위로 올렸다.

그러지 않았더라면 당장에 치마를 끌어 내리고 다리 사이로 뜨거운 입김을 쏟아 낼 테니까.

"키스하고 싶어요."

"원하면 해 줘야지."

자신의 몸을 미끄러지던 입술이 몹시도 뜨거웠다.

격하게 안으로 들이치는 키스에 정신을 차릴 수가 없었다. 태형은 어느새 그녀를 가뿐히 안아 올리고는 침실로 움직였다.

문을 열고 단숨에 저를 침대에 던졌다. 팔꿈치로 침대를 짚고 반쯤 몸을 일으켰다.

태형이 씩- 웃고는 단숨에 셔츠를 벗어 냈다.

군살 하나 없는 몸이 시선을 사로잡았다. 어느 조각가가 공을 들여 만든 작품이라고 해도 이렇게 아름다울 수 있을까.

먹잇감에게 다가오는 뱀처럼 태형이 느릿하게 몸에 올라탔다.

그 몸짓이 몹시도 우아했다.

뒤로 물러서려는 서를 보더니 허벅지를 붙들고 자신의 쪽으로 잡아당겼다.

그 힘을 이기지 못하고 여울의 몸이 쑥- 내려가 그에게 가까이 붙었다.

"어디 가게?"

"침대가 넓으니까."

"그럴수록 더욱 가까이 붙어 있어야지."

가슴을 움켜쥔 태형의 입가에 번진 웃음이 퍽 개구졌다.

여울이 아랫입술을 깨물고는 가슴에서 피어나는 찌릿한 느낌을 견뎠다. 충분히 참을 수 있다고 생각했다.

손가락이 가슴 사이를 내려와 서서히 아래를 점령하기 전까지는.

허물이라도 벗듯 걸치고 있던 치마까지 단숨에 사라졌다.

얇은 팬티 위로 태형의 손이 스칠 때마다 아랫배가 팽팽해졌다. 야릇한 느낌에 발가락까지 오므라들었다.

"움질거리네."

"그런 말… 아, 하응."

외설스러운 말이 다리 사이를 적셨다. 훅- 끼쳐 온 입김이 살을 파고들었다.

태형이 다리에 얼굴을 박고 있는 자세조차 야하게 보여 절로 교성 가득한 신음이 터졌다. 그래도 맨살은 아니니까…….

축축한 공기로 가득한 천 속을 달래며 속으로 중얼거렸다.

"민망해서……. 잠깐요! 아!"

여울이 황급히 속옷을 끌어 내리는 태형을 말렸다. 그렇다고 그를 막을 수 있을 리 없었다.

살덩이에 그대로 태형의 입술이 닿았다.

부끄러움과 즐거움이 교차돼 여울의 가슴팍을 들썩이게 했다. 곧 추릅거리는 소리가 침대 위를 서서히 채웠다.

물기에 젖은 소리가 날 때마다 얼굴이 금방이라도 터질 듯 달아올랐다.

"아, 그… 하아, 그만, 흐으응……."

태형의 부드러운 머리카락을 붙든 채로 같은 말을 중얼거렸다.

하지만 진심으로 끝내고 싶지는 않았다.

어느새 민망한 마음이 쾌락으로 바뀌기 시작했으니까.

예민한 부분에 혀를 대고 물고 빨아 대는 태형의 몸짓에 여울의 허리가 휘어졌다. 정말 혼이 빠져나가 버리는 것 같다.

흥분한 살덩이가 벌렁거리는 것까지 느껴졌다.

"하아앙… 흐응."

뜨거운 열기에 몸이 젖은 건지 아니면 자신 혼자 온몸으로 흥분한 티를 내고 있는 건지 모르겠다.

좁은 살덩이 사이로 밀려든 손가락이 깊숙하게 인에서 움직이고 있다는 것만 또렷이 알 수 있을 뿐.

"벌써부터 조이는 거야?"

"나도 태형 씨 기분 좋게, 하유… 해 줄래."

"너 흥분한 것만 봐도 기분 좋아."

"혼자는 싫… 아!"

연약한 살덩이를 헤집는 손길에 백기를 들었다.

"이거 말고……. 다른 거."

진심이 아무렇지 않게 흘렀다.

앙큼하게도 태형을 잡아먹고 싶어졌다. 하나도 빠짐없이 꽉- 그의 것을 조이며 모든 것을 삼키고 싶다.

"근데 콘돔 사야."

"사이즈가 다양해서 좋더라고."

태형이 협탁 서랍을 열어 콘돔을 꺼냈다. 사이즈가 큰 콘돔을 쟁여 두기로 결심이라도 한 모양이다.

그러지 않고서야 저 많은 걸 사 뒀을 리가 없다.

하루 이틀 만에 절대 다 쓸 수 없는 양이니까!

여울이 서랍을 바라보는 사이. 그가 능숙하게 입으로 소포장지를 깠다. 콘돔을 끼는 손길이 재빨랐다.

더한 짓을 하고 싶기는 태형도 매한가지였기 때문이다.

그녀의 허락이 떨어지기를 얼마나 기다렸던가.

태형은 번들거리는 입술을 훔치고 그녀의 속에 들이쳤다. 묵직한 무게감과 고통이 순간 여울의 머리를 새하얗게 만들었다.

"읏읍!"

벌어진 구멍이 태형을 가득 머금었다.

느릿하게 움직이는 허리에 신음이 끝없이 터져 나왔다.

"아, 아앙······."

아픔이 사라지고 황홀감이 여울을 지배했다.

한껏 달아오른 벌판에 누워 있는 것처럼 온몸이 뜨거웠다. 헉헉거리는 달뜬 숨소리가 미끄러져 내려와 베개를 적셨다.

하지만 여울의 시선은 태형에게 꽂혀 움직이지 않았다.

"하아……."

자신을 내려다보는 눈빛이 좋다.

세상 그 어떤 것보다 소중하고 사랑스럽다는 눈빛.

"아, 하읍… 더……."

강하게 박히는 힘에 서둘러 태형의 허리를 붙잡았다. 격렬한 움직임이 손에 그대로 전해졌다.

지겨거리는 소리가 침대를 뒤흔들었다.

열락에 빠져들수록 더욱 애달게 태형을 원했다.

자신의 안에 있어 주기를. 그렇게 자신의 몸에 새겨져 영원히 빠져나가지 않기를.

"사랑해."

자신을 감싸 안은 태형에게서 저음이 울렸다.

입김과 함께 쏟아지는 목소리를 계속 듣고 싶다.

"사랑해, 여울아."

"나도… 나도 사랑해요."

서로를 향한 고백이 몇 번이고 침대 위에 피어올랐다. 온몸을 물들이는 뜨거운 체온과 함께.

그날 밤의 열기는 어슴푸레한 새벽빛이 나타날 때까지도 꺼질 줄 몰랐다.

몇 번의 쾌락과 아찔함이 두 사람 사이에 피어올랐다가 사라졌는지 셀 수도 없을 정도였다.

여울은 기절하듯 잠이 들어 버렸다.

아직도 기력이 남은 태형만 그녀가 편히 잘 수 있도록 뒷정리를 마치고 비로소 잠자리에 들었다.

그런 줄도 모르고 여울은 그의 가슴팍에 얼굴을 비벼 대며 곤히 잠들었다.

격정적이었던 정사가 끝난 침대에 드디어 평화가 돌았다.

그 평온한 공간 속에서 거실에 놓인 태형의 핸드폰이 울었다.

[형 형 형! 나 석윤인데, 이 문자 보면 연락 좀!!]

곤히 잠든 태형은 문자 메시지가 왔다는 것도 알지 못했다.

＊

태형 어머니의 네 번째 결혼 생활이 끝났다.

석윤에게 전해 들은 소식을 태형은 담담하게 말했다. 놀랄 것도 하나 없는 소식이었다.

'기사 나가지 않게 주시해요. 어떤 이슈 던져 줘도 상관없으니까 참고하고.'

늘 그랬던 것처럼 상황을 처리했다. 처음이 아니라 어렵지도 않았다.

하지만 태형의 얼굴빛이 마냥 좋지 않았다. 기사를 막는다는 것이 말처럼 쉬운 일이 아니니 그럴 만도 했다.

프랑크푸르트를 떠나 집에 도착할 때까지도 여울은 그에게서 눈을 떼지 못했다.

아무렇지 않아 보여서 더 걱정됐다.

어찌나 태형의 생각에 잠겼는지 여울은 지혜와 만나고 있는 중이라는 것도 잠시 잊어버렸다.

"여울아, 나 누구하고 대화하니?"

"미안. 다른 생각 하느라. 무슨 말 했어?"

"기사 터진 것 같다구."

지혜가 핸드폰을 들이밀었다.

그가 나름 신경을 썼는데도 기사가 아예 나오지 못하게 막는 건 어려웠던 것 같다. 하긴 요즘 시대가 어느 때인데.

게다가 재벌가의 결혼과 이혼이야 사람들의 관심을 끌기에 충분하지 않나.

가정 법원에서 나오는 태형의 어머니가 입고 있던 옷까지 품절이라니 그저 놀라울 따름이었다.

"태형 씨는 결혼 생각 아예 없겠지?"

태형의 어머니 기사를 보며 저도 모르게 중얼거렸다.

"너는 결혼하고 싶고?"

"하고 싶기는 한데……."

"이번 일 잠잠해지고 나면 얘기 꺼내 보는 건 어때?"

"싫어하면 어떡해?"

"그거야 말해 보고 그때 생각해도 되지 않겠어? 니가 지레 겁먹고 있는 건지도 모르잖아."

"그럴까?"

솔직히 말하자면 자신이 없었다. 만에 하나 태형이 결혼 생각이 없다고, 평생 연애만 하자고 말할까 봐 두려웠던 것도 같다.

머리로 알고 있는 것과 직접 듣는 거에는 차이가 있으니까.

그를 닮은 아이도 낳아 가정을 꾸리고 싶은 욕심이 제게만 있는 거라면. 태형의 선택을 존중할 자신이 없다면… 정말 어떻게 해야 될까.

결혼 문제로 태형과의 관계를 절대 끝내고 싶지는 않다.

"일단 부딪혀. 결과가 나오면 나도 같이 열심히 고민해 줄게."

지혜의 응원에 마음이 든든해졌다.

"커피부터 마셔. 얼음 다 녹겠다."

지혜에게 핸드폰을 돌려주고는 커피를 마셨다.

목을 타고 넘어가는 차가운 커피에도 정신이 번쩍 들지 않았다. 여울의 정신은 온통 어머니 기사를 마주했을 태형을 생각하는 데만 꽂혀 있었다.

그는 지금 어떨까.

네 번이나 반복된 일이라 아무렇지도 않을까. 아니면 역시 결혼이라는 것에 질려 하고 있을까.

부디 결혼은 미친 짓이라는 생각이 태형의 머리에 강하게 자리 잡지 않기를 바랐다.

"바스크 치즈케이크도 먹어 봐. 여기가 치즈케이크 맛집이라더니. 야, 녹는다. 입에서 녹아."

지혜의 말에 포크를 들고는 치즈케이크를 한 입 베어 먹었다.

입에서 치즈가 어찌나 살살 녹던지 여울의 눈이 절로 커졌다. 과연 맛집다운 맛이었다.

많이 달지도 않아 태형도 좋아할 것 같다.

태형과 만나고 가장 달라진 게 있다면 항상 그가 먼저 떠오른다는 거였다. 좋은 곳을 가도, 맛있는 음식을 먹어도 항상 태형 생각뿐이었다.

게다가 그가 웃는 모습을 떠올리면 절로 기분이 좋아졌다.

결혼 같은 건 아무래도 상관없지 않겠냐는 마음까지 들 정도다.

"이거 지금 다 팔리지는 않겠지?"

여울이 목을 빼고 카페 카운터 옆에 있던 쇼케이스를 봤다.

"사 가려고?"

"태형 씨가 좋아할 것 같아시."

"저번에 보니까 태형 씨도 너 좋아하는 거 다 사 주려고 그러던데. 아주 천생연분이라니까. 나는 둘이 곧 결혼한다에 한 표."

내색하지는 않았으나 지혜의 예감이 틀리지 않기를 바랐다.

＊

 여름이라 그런지 저녁인데도 날이 꽤 밝았다. 비가 내리지 않았더라면 어둑한 분위기는 전혀 찾아보지 못했을 거다.
 다가오는 초복에 맞춰 여울은 삼계탕을 준비했다. 작년에는 태형이 초복부터 말복까지 손수 챙겨 줬으니 이번에는 제가 솜씨를 발휘해 볼 생각이었다.
 카페에서 사 온 바스크 치즈케이크까지 내가면 완벽한 한 상이 될 것이다.
 팔팔 끓는 삼계탕을 보던 여울이 그에게 전화를 걸었다.
 ―어, 여울아.
 수화기 너머로 들리는 목소리가 약간 피곤해 보였다. 어머니 일로 많이 시달렸나.
 "어디쯤 왔나 하고요."
 ―이제 막 출발했어. 들를 곳이 잠깐 있어서.
 "비도 와서 차 많이 막힐 텐데 천천히 와요. 어차피 푹 더 끓어야 맛있어요."
 ―내 생각 해 주는 건 너밖에 없네.
 "더 많이 생각해 줄 테니까 곧 봐요. 도착하기 전에 연락 줘요."
 ―금방 갈게.
 태형의 기력 회복을 위해서 나름대로 값비싼 약재를 샀는데 도움이 됐으면 했다.

닭에서 나오는 진한 육수 향이 코끝을 찔렀다. 비가 내리지 않았더라면 벌써 도착했을 거리인데 전화가 없는 걸 보니 길이 막히기는 하나 보다.

태형의 전화를 기다리며 앉아 있던 여울이 자리를 박차고 일어났다.

아무래도 마중을 나가는 게 좋겠다. 우산이 없어도 절대 저를 부를 사람도 아니니까.

신발장에 있던 우산을 두 개 챙겨 들고 집을 나섰다.

쏴아아-

빗줄기가 거셌다. 훗훗한 바람도 제법 세게 불어온다. 여울은 공동 현관 근처에 서서 지나가는 차를 봤다.

태형의 차가 아닌가 자꾸 흠칫거리게 됐다.

Rrrrr- rr-

미어캣처럼 좌우만 살펴 대던 여울의 핸드폰이 울렸다. 동시에 주차장으로 들어서는 태형의 차가 보였다.

차체가 커선지 주차장이 비좁게 보였다. 그것만 빼면 더할 나위 없이 좋은 동네인데.

그의 말대로 다시 새집을 알아보는 게 나을지도 모르겠다.

"저 나와 있어요!"

전화를 받은 여울의 목소리가 절로 커졌다.

그녀는 신나서 태형의 차를 향해 손을 흔들어 대기까지 했다.

태형도 그런 그녀를 발견했는지 차를 잠시 멈췄다.

환한 전조등 불빛이 여울을 적셨다.

반가운 마음에 제자리에 가만히 붙어 있을 수가 없었다. 여울은 곧장 우산을 펴고는 빗속으로 걸어갔다.

곧 태형이 짙게 선팅이 된 운전석 차창을 내렸다.

"왜 나와 있어?"

"우산 없을 것 같아서요."

"뛰어가면 되는데."

"젖은 것도 보고 싶기는 한데……. 음. 그래도 아프면 안 되니까."

여울은 우산을 높이 들고 태형을 봤다.

"배고프겠다. 빨리 차 대고 삼계탕 먹으러 가요."

제 말에 태형이 금세 빈자리에 차를 댔다. 시동을 끄자 전조등 불빛이 팟- 하고 사라졌다.

차에서 내린 그가 젖기라도 할까 얼른 우산을 들이밀었다.

그런데 열정이 과했는지 우산이 기울어지는 바람에 도리어 빗방울이 태형에게로 후드득 떨어졌다.

"이리 와. 비 맞겠다."

그 와중에도 태형은 저를 챙기느라 바빴다.

자연스럽게 우산을 가져간 그가 제 어깨를 감쌌다. 좁다란 우산이 눈에 띄게 제 쪽으로 기울어져 있었다.

이러다가 태형의 어깨가 다 젖겠다.

"이쪽으로 더 들어와요. 태형 씨 다 젖잖아요."

"너만 안 젖으면 돼."

태형의 입매가 예쁘게 호선을 그리며 휘어졌다.

"여기서부터 삼계탕 냄새 나는 것 같네."

"여기저기서 다 삼계탕 먹나 봐요."

"그런가."

"우리처럼 미리 초복 챙기나. 아무튼 얼른 와요. 힘 잔뜩 내라고 약재도 엄청 많이 넣었어요."

"벌써 기운 나네."

집으로 올라가는 두 사람에게서 웃음이 끊이지 않았다.

엘리베이터에서 내려 현관문을 열자마자 진한 삼계탕 냄새가 났다.

태형은 냄새부터 남다르다면서 기대감에 부풀어 있었다. 혹시라도 입맛에 맞지 않을까 괜히 걱정됐다.

태형이 여분의 옷을 꺼내 갈아입는 동안 커다란 냄비에 끓여 둔 삼계탕을 먹기 좋게 그릇에 덜었다.

실한 닭 한 마리만으로도 테이블이 가득 채워진 느낌이다.

금세 방에서 나온 태형이 식탁에 앉았다. 그가 숟가락을 한 번 들었을 뿐인데 긴장된다.

꼭 요리 경연 대회에 나가 심사평이라도 기다리는 기분이다.

"어때요?"

"나 아직 먹기 전인데."

"얼른 먹어 봐요."

드디어 삼계탕 국물이 태형의 입으로 들어갔다.

"싱거워요? 짜요?"

맛을 음미하기도 전에 질문이 쏟아졌다.

기다려야 한다는 걸 알지만 마음이 조급해서 어쩔 수가 없었다.

더욱이 태형은 아무 대답도 없지 않나.

"별로예요?"

남의 레시피를 몇 번이나 정독했는데!

하필이면 태형의 얼굴에 변화도 없어 입에 맞는지 가늠도 되지 않았다.

"제 입맛에는 괜찮았는데. 국물 별로면 고기라도 먹어요. 단백질."

조급해져서는 바쁘게 손을 움직였다.

"맛있어."

"정말로요?"

"이렇게 자꾸 길들여지면 다른 음식은 못 먹을 것 같은데. 나 그냥 여기서 살까?"

"여기서?"

"우리 집에서 같이 살아도 좋고."

"동거하자는 거죠?"

삼계탕에서 시작된 갑작스러운 제안이었다.

"결혼하고 싶다는 소리였는데."

결혼?

방금 잘못 들은 건가.

여울이 할 말을 잃고 눈만 깜빡거렸다. 태형에게서 한 번도 나올 거라 생각한 적 없던 말이라 실감이 잘 가지 않았다.

그래서 그 어떤 대답도 하지 못한 채 결혼이라는 말만 속으로 곱씹었다.

아무 대답이 들려오지 않자 태형은 조금씩 불안해지기 시작했다.

초조한 마음이 묻어나지 않게 노력하고 있었으나 입이 바짝 타는 건 어쩔 수 없었다.

만약 여울이 싫다고 한다면?

그랬다고 그녀를 닦달할 수는 없는 노릇이었다. 자신의 욕심으로 진행될 수 있는 일이 아니니까.

"그러니까……."

여울의 입이 드디어 떨어졌다.

"이게 프러포즈라고요?"

도무지 믿을 수 없다는 표정.

태형은 자신이 너무 성급했을지도 모른다고 생각했다.

결혼을 논하기에는 좋지 않은 상황이기는 했다. 자신의 어머니가 이혼했다는 소식을 봤을 테니까.

거기에서 '강태형하고 결혼은 곤란하겠구나' 생각했을지 몰랐다.

이번에도 영원한 사랑이 없다는 걸 자신의 어머니가 몸소 증명한 셈이지 않나.

그건 평생을 태형이 가지고 있던 마음이기도 했다.

하지만 여울을 생각하면 그 '영원'이라는 말을 믿고 싶어졌다.

'우산 없을 것 같아서요.'

특히 자신을 향해 달려오던 여울이 빛나는 걸 보니 더욱 가만히 있을 수가 없었다.

여울을 품에 안고 매일 사랑한다고 속삭이고 싶었다.

일어나서부터 잘 때까지 그녀의 얼굴을 보면서 지내고 싶다.

이 찬란한 빛 속에서 계속 숨 쉬고 싶으니까.

"프러포즈라는 거잖아요?"

"맞아, 프러포즈."

"나하고… 결혼하고 싶다는 거죠?"

똑같은 말을 끝없이 내뱉는 걸 보니 결혼이라는 말이 부담스러웠던 모양이다.

아니면 빈손으로 삼계탕을 먹다가 꺼낼 말은 아니라 실망했나. 자신조차 결혼이라는 말을 이런 식으로 꺼내게 될 줄 몰랐다.

"아니……."

여울이 뭘 말하려다가 멈췄다.

차라리 다시 프러포즈를 준비하겠다고 하는 게 나을지도 몰랐다.

태형은 한발 물러나는 쪽을 택하려 했다. 거절이 두려웠던 것도 같다.

"왜 갑자기요?"

"갑자기는 아니고."

"그동안 우리 결혼 얘기는 한 번도 한 적 없잖아요. 근데 갑자기 프러포즈를 하니까……."

"나한테 오던 네가 너무 예뻐서."

"……."

"너하고 평생 사랑하고 싶어서. 그래서 결혼이 하고 싶어졌어. 근데 시기상조라고 생각하면 더 기다릴게. 제대로 프러포즈도 준비하고,"

"하고 싶어요!"

태형의 말이 끝나기도 진에 대답이 터져 나왔다.

"저도 태형 씨하고 결혼하고 싶어요."

여울의 입가에 화사한 미소가 번져 나갔다.

"너무 하고 싶었어."

자리에서 일어난 여울이 와락- 그를 안았다.

이보다 세상에서 행복한 일은 없다고 생각했다. 결혼을 바라던 순간에 기적같이 태형이 프러포즈를 했지 않나.

"진짜 청혼은 다음에 다시 할게."

"지금도 좋은데."

"너무 멋없지 않아?"

"삼계탕 때문에요?"

"그것도 그렇고……."

"미리 신혼 체험하는 것 같고 좋지 않아요? 조용하고 서로한테 집중도 잘 되고. 나는 더 좋은데."

"아버님한테 허락도 받아야겠지?"

"우리 아버지… 괜찮겠어요?"

"오늘부터 이쁨 받는 법 좀 공부하려고."

서로를 보는 두 사람의 눈빛이 조금씩 단단해졌다. 이제부터는 둘이 손을 잡고 거대한 산을 넘어야 했다.

*

태형의 차가 한적한 도로를 달렸다.

작열하는 태양 아래 푸릇한 나무가 초록빛을 마구 흩뿌리고 있었다. 아름다운 시골 풍경에도 여울은 힐링을 할 수 없었다.

도리어 차가 달리면 달릴수록 끝없이 심장이 뛰었다.

아버지가 어떤 반응을 보일지 알 수 없었다. 부디 태형을 마음에 들어 하셨으면 좋겠다.

만약 그렇지 않더라도 최소한 서로 어색해질 상황은 만들어지지 않았으면 했다.

"나보다 더 떠는 것 같네."

정지 신호에 잠시 멈춰 선 태형이 여울을 걱정스럽게 봤다.

"청심환인데 먹어."

그러더니 어디서 가져왔는지 청심환을 꺼내 건넸다.

"태형 씨 먹으려고 산 거 아니에요?"

"아직은 견딜 만해서 괜찮아."

"이따가는 어쩌게요?"

"호랑이 굴에 가니까 정신 차려야지."

태형은 자신이 처가에 도착하는 순간부터 어떻게 할지 몹시도 세세하게 이야기했다.

장인어른에게 결혼을 허락받는 모든 방법을 공부한 것 같았다.

바쁜 시간을 얼마나 쪼개 공부했는지 눈이 붉게 충혈돼 있었다.

그는 어서 청심환을 먹으라면서 컵 홀더에 있던 물병까지 따서 건넸다.

"반씩 먹어요. 나머지는 서로 기대면 되겠죠."

제 말에 태형은 솔로몬이 따로 없다면서 감탄했다. 아마 제가 청심환을 혼자 홀랑 다 먹어 버린대도 칭찬을 했을 사람이다.

청심환을 먹고 나자 적색 신호등이 바뀌었다.

다시 도로를 달리기 시작한 차가 이내 좁다란 골목으로 들어섰다.

그늘 아래에 누워 쉬고 있는 진돗개와 평상에 앉아 부채질을 하고 있는 동네 할머니들이 보였다. 같은 파마를 하고서 수다를 떨고 있는 아줌마들도 옆으로 사라져 갔다.

여름이 내려앉은 동네는 한가로워 보였다.

긴장에 사로잡혀 있는 것은 오직 태형과 자신뿐인 것 같았다.

"이쪽으로 들어가면 돼요."

여울이 가리키는 방향을 따라 차가 움직였다. 느릿하게 비포장도로를 굴러가던 차바퀴가 드디어 멈췄다.

평소에도 높던 담벼락이 어쩐지 더 높게 보였다.

여울은 크게 심호흡을 하고는 태형과 함께 차에서 내렸다. 차에서는 절대 느끼지 못했던 열기가 뜨겁게 올라왔다.

"저 초인종 누를게요."

트렁크에서 짐을 꺼내는 태형을 보고는 말했다.

준비가 끝났다는 그의 끄덕임에 벨을 누르자 기다렸다는 듯 대문이 벌컥 열렸다. 너무도 순식간이라 대문 앞에서 아버지가 기다리고 있던 게 아닌가 생각될 정도였다.

저승사자라도 된 것처럼 딱딱한 얼굴로 선 아버지가 저희를 반겼다.

정확하게 말하자면 반겼다기보다는 가만히 쳐다보고 있었다.

"멀리까지 오느라 힘들었겠네. 아유, 이게 다 뭐야."

뒤늦게 집에서 나온 이모가 정적을 깨고 저희를 반겼다.

이모는 태형이 손에 가득 들고 온 선물을 보고는 잔뜩 놀랐다.

그도 그럴 것이 한우부터 버섯, 굴비, 양주, 과일까지. 이 중에 하나라도 아버지 취향이 있을 거라는 생각으로 백화점을 쓸어 왔다고 했다.

"가볍게 와도 되는데."

"더 필요한 거 있으시면 말씀해 주세요. 바로 준비해서 내려보내겠습니다."

"됐어요, 됐어. 충분해요. 그죠, 형부?"

이모의 물음에 아버지는 헛기침으로 대답을 대신했다.

이모와 아버지의 뒤를 따라 집 안으로 들어섰다. 먼지 한 톨 없이 집이 깨끗했다. 손님이 온다고 평소보다 더 깔끔해진 느낌이다.

"차 많이 밀리지 않았어?"

"괜찮았어요."

"고생했네."

"태형 씨가 고생했죠. 저는 옆에서 편하게 왔거든요."

여울의 말에 태형은 전혀 힘들지 않았다면서 손사래를 쳤다.

"배고프죠? 밥부터 먹을까요?"

이모의 능숙한 주도 아래 식사 자리가 마련됐다.

그때까지도 아버지는 별다른 말이 없었다.

자신이 누구를 만나든 관심이 없는 걸까. 얼른 인사를 하고 집에서 나갔으면 할지도 몰랐다.

이모는 아버지에게 뭐라도 물어보라고 눈치를 줬지만 통하지 않았다.

식탁에 앉아 있던 그 누구보다 빠르게 밥 한 공기만 뚝딱 해치웠을 뿐이었다.

그래도 나름대로 귀한 손님이 왔다고 아버지가 손수 거실에 다과상을 내왔다.

"들어요."

아버지가 투박하게 썬 참외를 가리키며 말했다.

"참외는 이따가 먹어도 되겠습니까. 아버님께 먼저 드릴 말씀이 있어서요."

그 말을 던진 순간부터 아버지는 태형이 무슨 말을 할지 짐작한 듯했다.

하기야 남자를 이곳까지 데리고 온다는데, 그저 놀러 왔겠거니 생각하지는 않았을 거다.

게다가 옷차림만 봐도 '인사드리러 왔습니다' 하는 향기가 잔뜩 풍겨 나기도 하고.

흠…….

서로를 바라보는 두 남자 사이에 침묵이 돌았다.

여울은 자신이 나서서 적막을 깨야 하는 건지 잠시 고민했다. 잘못 끼어들다가 도리어 분위기를 더 망칠 수도 있다는 생각 때문이었다.

그럼에도 무슨 말이든 하는 게 낫겠다고 결론을 내린 순간.

"바둑 둘 줄 알아요?"

이곳에 들어온 직후 아버지가 처음으로 던진 질문이었다.

"예."

"같이 한 판 두면 좋겠는데."

"영광입니다."

난데없는 바둑 제안에 여울은 얼떨떨한 얼굴로 태형을 봤다.

아버지는 단둘이 대국을 하고 싶다고 했다. 남자 대 남자로 진정할 대결이라도 펼치고 싶으신가 보다.

아버지가 태형을 자신의 방으로 데리고 들어가는 바람에 그와 헤어지게 됐다.

이렇게 보내도 되는 건가.

걱정스러워하는 저를 돌아보는 태형의 얼굴에는 비장함이 맴돌았다.

소파에 앉아 있는 여울의 시선이 아버지의 방에서 떨어지지 않았다. 바둑 대국을 얼마나 하고 있는 건지 두 남자는 방에서 나올 생각이 없어 보였다.

혹시라도 안에서 소란이 나고 있는 건 아닌가 귀를 쫑긋 세웠다.

그런데 가끔 웅웅거리는 소리만 들릴 뿐 시끄러운 소리는 나지 않았다.

"산책이라도 하고 오자."

"태형 씨가 방에 혼자 있어서……."

"형부하고 잘 노는 것 같은데, 뭐. 남자들끼리 긴히 나눌 대화도 많을 테고."

이모에게 반쯤 끌려 밖으로 나갔다.

동네를 돌면서도 여울은 핸드폰을 손에 꼭 쥐고 있었다. 태형이 자신에게 구조 요청이라도 날리면 당장에 달려갈 참이었다.

하지만 걱정이 무색하게 핸드폰은 울리지 않았다.

바둑 대결에 집중하고 있거나 아버지와의 대화가 예상보다 잘 이루어지고 있는 건지도 몰랐다.

"네 아버지가 누구 데려오나 얼마나 기대했는지 몰라."

"아버지가요?"

"나 오기 전부터 얼마나 집을 깔끔하게 치워 놨는지, 말도 말라니까. 그리고 내가 보기에 네 아버지 벌써 미래 사위한테 꽂혔어."

"그럴까요?"

"아까 나한테 몰래 와서 니들 너무 잘 어울리는 것 같지 않냐고 묻더라."

자신의 선택을 칭찬하고 격려하는 아버지의 모습이라니. 상상이 가지 않는다.

"이모도 너만 좋다면 누구든지 다 좋고."

이모는 어느 누구를 데려왔든 제 편이 되어 줬을 거다.

훗훗한 여름날의 열기를 없애려 막대 아이스크림을 하나씩 물고 이모와 나란히 슈퍼 앞 평상에 앉았다.

해가 지고 있어선지 처음 집을 나설 때보다는 더위가 약간 누그러져 있었다. 막대 아이스크림의 힘인지도.

여울은 집으로 돌아가기 전에 아이스크림을 몇 개 골라 담아 샀다. 종일 아버지를 상대하고 있느라 태형에게 당이 필요할 지도 모르니까.

한결 가뿐하게 집으로 돌아가는데 집 안의 공기가 전과 달랐다.

"아버님!!"

주방에서 우렁찬 목소리까지 들린다.

"이게······."

주방에 펼쳐진 풍경에 그녀는 말문이 막혔다.

"여울이 왔네."

"우리 딸내미 왔네."

거나하게 취한 두 남자가 저를 반겼다. 심지어 태형의 넥타이는 잔뜩 풀어 헤쳐져 있기까지 했다.

"아버님한테 지고 위로주 받고 있었어. 어디 다녀와?"

"아이⋯ 강 서방이 져 주드만."

"실력 차이가 나서 제가 이길 수가 있어야죠."

"나한테는 좋은 말 안 해도 괜찮으니까 우리 딸한테 많이 해 줘. 내가 워낙에 표현을 못 해서 얼마나 마음에 걸렸는지."

"제가 많이 해 주겠습니다."

"그래그래. 강 서방이 그리 말해 주니까 내 마음이 놓이네."

바둑 하나에 마음이라도 이어진 모양이다. 기가 막힐 정도로 가까운 모습에 헛웃음이 나올 정도였다.

여울은 냉장고에 아이스크림을 넣어 두고는 식탁을 살폈다. 태형이 취한 이유를 알 것 같았다.

고량주라니!

"아니 형부, 얼마나 마신 거예요."

여울의 시선에 이모가 얼른 술병을 치웠다.

산책을 해도 해도 너무 많이 한다고 생각했는데……. 다 계획이 있던 모양이다.

"간만에 대국 상대도 제대로 만나고 기분이 좋아서."

"저도 즐거웠습니다, 아버님."

맞장구를 치는 태형의 솜씨가 얼마나 대단한지 말문이 막힐 정도였다.

이모는 일단 태형을 데리고 들어가 쉬라며 눈짓을 보냈다. 두 남자를 더 붙여 놨다가는 누구 하나가 뻗을 때까지 부어라 마셔라 할 게 분명했으니까.

"먼저 들어가 쉬겠습니다."

몸도 제대로 가누지 못하면서도 태형은 끝까지 예의를 차렸다.

연신 꾸벅거리는 태형을 데리고 방으로 들어갔다. 그러고는 침대에 내던지듯 태형을 눕혔다.

곱게 자면 참 좋겠는데 그는 곯아떨어질 생각이 전혀 없어 보였다.

어느새 윗몸을 일으키고 앉아서는 제 팔을 덥석 잡았다. 자신의 쪽으로 잡아끄는 힘에 못 이기는 척 끌려갔다.

그랬더니 이 남자는 가슴팍에 얼굴을 대고는 긴 숨을 내뱉는다.

하아-

얇은 블라우스에 입김이 번져 나간다. 태형은 꼭 집 밖에 나갔다가 돌아온 주인에게 안긴 대형견 같았다.

그래서 저도 모르게 태형의 머리칼을 쓸어내렸다. 손가락 사이사이로 흐르는 머리카락이 부드럽다.

"아버지가 뭐라고 안 하셨어요?"

"하셨어."

"나쁜 말이요?"

"너 평생 웃게 해 주라고."

역시 아버지의 다른 모습이 아직은 낯설다.

"눈물 나게 하면 아버님이 나 지구 끝까지 쫓아오시겠다던데."

"그래서 뭐라고 대답했어요?"

"네가 날 떠올릴 때마다 지금처럼 웃을 수 있게 만들겠다고 약속했어."

"치이-"

자신감 너무 넘치는 거 아니야?

제가 바람 빠지듯 웃자 그가 고개를 들었다.

"지금도 웃잖아, 예쁘게."

그가 취해서 던지는 예쁘다는 말까지 듣기 좋다.

어느새 위로 올라온 그의 커다란 손이 여울의 얼굴을 감쌌다. 당장 입을 맞추겠다며 그가 다가왔다.

곧 따뜻한 입술이 맞닿았다. 프라이팬에 버터가 녹는 것처럼 순식간에 태형의 향에 녹아드는 기분이었다.

벌어진 입술 사이로 터져 나오는 숨이 미치게 달았다.

자중해야 한다는 걸 아는데 뜻대로 되지 않는다. 혓바닥을 달게 적시던 막대 아이스크림은 생각나지도 않았다.

"아……."

태형의 머리카락을 움켜잡고 뜨거운 키스를 나눴다. 그러다 순간 중심을 잃고 그의 몸 쪽으로 기우뚱했다.

그가 이 기회를 절대 놓칠 리 없었다.

태형이 덜렁 침대에 누워 버리는 바람에 그의 몸에 올라탄 자세가 되어 버리고 말았다.

허리를 순순히 놓아줄 사람도 아니라 여울은 그의 품에서 벗어나는 것도 진즉에 포기했다.

사실 너른 품이 너무 포근해서 벗어나고 싶지도 않았다. 가슴팍에 얼굴을 기댄 채로 숨을 깊게 들이마셨다.

은은하게 코를 간질이는 향이 그에게서 조금도 떨어질 수 없게 만든다.

"이대로 있자."

"누구 들어오면 어쩌게요."

"불타는 예비부부라고 생각하실걸."

참 능청스러운 대답이었다.

"근데 바둑은 언제 배웠어요?"

"내가 어릴 때 배운 게 많아. 오래 살아남으려면 재주가 많아야 됐거든. 예쁨 받아야 하니까."

술기운에 태형의 눈이 서서히 감기고 있었다.

"이제는 아무것도 배우지 마요. 그래도 내가 이뻐해 줄 테니까."

"좋네."

어여쁜 미소가 그의 입가에 걸렸다. 뭐가 그리도 좋은지 입이 귀에 걸리겠다.

"내가 너 웃게 해 주겠다고 약속드렸는데 내가 웃네."

"뭐 어때요. 나는 태형 씨 웃는 것만 봐도 기분 좋은데."

"그럼 많이 웃어야지."

물속에 잠기듯 태형의 목소리가 점점 작아졌다. 긴장도 완전히 풀렸겠다, 피로가 훅 밀려드나 보다.

살짝이라도 움직이면 감긴 그의 눈이 떠질까.

여울은 숨을 죽이고는 처음 자세 그대로 태형에게 안겨 있었다.

숨을 들이마시고 내쉴 때마다 부풀다 꺼지는 그의 가슴팍 움직임이 꼭 자장가 같았다.

마음을 편하게 만들고 잠이 솔솔 찾아들게 만든다.

'이대로 잠들면 안 되는데… 일어나야 되는데.'

하염없이 머리로는 안 된다고 외치고 있는데 몸이 움직일 생각을 하지 않았다.

결국 여울은 그를 안은 채로 잠들어 버리고 말았다. 얼마나 깊게 곯아떨어졌는지 이모가 선풍기를 방 안에 넣어 주고 갔는지도 알지 못했다.

여름이라는 사실도 잊을 만큼 서로를 부둥켜안은 두 사람의 숨소리가 방 안에 작게 울려 퍼졌다.

*

그날 밤.

여울은 엄마가 돌아가시고 난 후로 처음 엄마 꿈을 꿨다. 몇십 년 만에 보는 얼굴인데도 마치 어제 본 것처럼 익숙했다.

저를 구하다가 물에 빠졌던 그날처럼 엄마는 흠뻑 젖어 있었다.

얼마나 추웠을까. 혼자라서 얼마나 외로웠을까.

엄마를 바라보는 눈동자에 저도 모르게 눈물이 차올랐다. 코끝이 싸해지고 목소리가 맥없이 잠긴다.

그런 제게 먼저 다가온 건 엄마였다.

엄마는 바르르 떨리는 제 손을 잡고는 환하게 웃어 보였다. 아무 목소리도 들리지 않았는데 꼭 울지 말라고 다독이는 느낌을 받았다.

입술을 감쳐문 여울이 뜨거운 침을 삼켰다. 목을 타고 넘어간 타액이 속까지 달구는 것 같다.

"…엄, 마."

어렵게 떨어진 두 글자에 엄마의 미소가 진해졌다. 꼭 저를 보고 '그래, 여울아.' 하고 말하는 것 같다.

절대 엄마와 떨어지지 않으려는 어린아이처럼 손을 꼭- 잡았다.

미안하다는 말은 하고 싶지 않았다. 평생 동안 그 말을 담은 채 살았으니까.

"고마워요."

" …."

"나 구해 줘서… 고마워요. 엄마, 행복하게 지낼게요. 엄마 몫까지 더 즐겁게 살게요."

여울은 엄마를 따라 미소 지었다.

축축하게 젖어 있던 엄마의 몸에서 순식간에 물기가 말랐다. 저와 함께 모래사장에 앉아 있었을 때처럼.

그때 어디선가 분홍빛 꽃잎이 날아왔다. 바람이 부는 곳으로 고개를 돌리자 꽃잎이 만발한 벚꽃 나무가 여러 그루 서 있었다.

다정하게 밀려드는 바람결에 벚꽃 잎이 끝없이 날아든다.

여울을 부드러이 감싸는 꽃잎의 끝에서 엄마는 사라졌다. 손톱만 한 작은 벚꽃 잎이 어느새 여울의 아래에 수북하게 쌓여 있었다.

꽃잎에서 퍼진 달달한 향이 은은하게 피어올라 그녀를 적셨다.

그 꿈속에서 여울은 세상에서 가장 행복한 얼굴로 서 있었다.

외전 마침